rororo

Marko Leino wurde 1967 in Helsinki geboren, wo er auch heute noch lebt. Er ist Schriftsteller und Drehbuchautor. «Wunder einer Winternacht» ist der größte finnische Kinoerfolg aller Zeiten; Hunderttausende ließen sich zu Tränen rühren.

«Anrührender Bestseller aus Finnland: die perfekte Weihnachtslektüre.» *Westfalenpost*

«Die Geschichte von dem Waisenjungen Niklas ist traurig, warmherzig, besinnlich – von allem eine gute Mischung.» *Kieler Tageblatt*

«Einfach, aber nicht simpel. Süß, aber nicht banal. Moralisch, aber nicht moralinsauer. Berührend!» *Main-Echo*

Marko Leino

Wunder einer Winternacht

Die Weihnachtsgeschichte

Aus dem Finnischen von
Gabriele Schrey-Vasara

Rowohlt Taschenbuch Verlag

Die finnische Originalausgabe erschien 2007
unter dem Titel «Joulutarina» bei Gummerus, Jyväskylä.

2. Auflage November 2009

Veröffentlicht im Rowohlt Taschenbuch Verlag,
Reinbek bei Hamburg, November 2009

Redaktion Anne Bubenzer / Elisabeth Raether

Umschlaggestaltung any.way, C. Günther, nach dem Original
von Joulutarina / Snapper Films 2007
(Foto: Joulutarina / Snapper Films 2007)
Satz Adobe Caslon PostScript
bei Pinkuin Satz und Datentechnik, Berlin
Druck und Bindung CPI – Clausen & Bosse, Leck
Printed in Germany
ISBN 978 3 499 24846 7

Man braucht kein echter Weihnachtsfan zu sein, um diese Geschichte zu lesen, man muss nicht einmal an den Weihnachtsmann glauben. Dieses Buch ist all jenen gewidmet, die an 365 Tagen im Jahr an Nächstenliebe und Uneigennützigkeit glauben.

1. Türchen

Es war ein heißer Nachmittag im Spätsommer. Die Sonne brannte vom wolkenlosen Himmel, die Bottenwiek schlug träge Wellen. Dort, wo der Uferfels schroff wie eine senkrechte Wand zum grünlichen Meer abfiel, standen zwei kleine, braungebrannte Jungen in Badehosen. Ein Stück weiter weg, am nördlichen Ende der Meeresbucht, erhob sich in etwa zwei Kilometer Entfernung die Stadt: Die Fenster der Hochhäuser reflektierten die Sonnenstrahlen, und die Fabrikschornsteine pafften dunklen Rauch in den blauen Himmel. Riesige, uralte Föhren ragten hinter den Jungen auf. Ossi, der kleinere der beiden, war sechs Jahre alt; sein zwei Jahre älterer Bruder hieß Tommi.

Ossi hielt mit der rechten Hand ein kleines rotes Feuerwehrauto hoch über den Kopf und schaute seinen Bruder an. Tommi nickte, und Ossi schleuderte das Spielzeug ins Meer. Aufmerksam verfolgten die Brüder den Flug des verbeulten Autos, das schon vieles mitgemacht hatte. Als es im Wasser versank, stellten sie sich an die Felskante und machten sich zum Sprung bereit.

«Eins, zwei, drei … los!», rief Ossi.

Mit einem Kopfsprung hechteten die Jungen ins Meer.

Das Wasser war so klar, dass Tommi den von träge wogendem Seetang bedeckten Boden deutlich erkennen konnte, obwohl das Meer an dieser Stelle gut vier Meter tief war. Er schaute zu Ossi hinüber. Der Kleine tauchte zielstrebig nach unten, doch wie immer hatte er die Augen dabei fest zugekniffen. Damit hatte er keine Chance zu gewinnen!

Tommi erreichte den Grund als Erster und sah sich rasch um. Das Feuerwehrauto lag nur ein paar Meter entfernt, es war nicht einmal bis auf den Grund gesunken, sondern ruhte auf der dichten Tangdecke wie auf einem Präsentierteller. Schnell schnappte sich Tommi das Auto und stieß sich mit den Füßen von dem weichen Tangteppich ab. Er grinste, als er sah, wie Ossi mit geschlossenen Augen und aufgeblasenen Backen auf dem Grund herumschwamm und den Tang mit den Händen abtastete.

Tommi kletterte bereits den Uferfelsen hinauf, als Ossi auftauchte und mit einem triumphierenden Jauchzer die Hand aus dem Wasser streckte.

«Ich hab's gefunden! Zum ersten Mal hab ich gewonnen!»

Tommi drehte sich um, beschirmte die Augen mit der Hand und sah, wie sein kleiner Bruder eilig ans Ufer kraulte. Er schien tatsächlich etwas in der Hand zu halten.

«Von wegen gewonnen! Ich hab das Auto!», rief Tommi und zeigte Ossi, der Salzwasser spuckte und versuchte, sich aus dem Wasser zu hieven, seine Trophäe.

«Und was ist das?», fragte Ossi trotzig und hielt einen vollständig von Tang bedeckten eckigen Gegenstand hoch.

«Ein Stein?», meinte Tommi und kletterte weiter.

«Nee!», rief Ossi. «Für einen Stein ist es viel zu leicht.»

«Wenn wir oben sind, gucken wir es uns an», erwiderte Tommi.

Bald darauf saßen die Brüder tropfnass auf den Handtüchern, die sie auf dem Felsen ausgebreitet hatten.

Ossi riss den Tang ab, der sich fest um sein Fundstück gewickelt hatte. Seinem Bruder fiel es schwer, untätig zuzuschauen, doch Ossi wollte sich nicht helfen lassen. Inzwischen ahnte auch Tommi, dass es sich wohl nicht um einen Stein handelte. Dass er den Tauchwettkampf gewonnen hatte, war auf einmal ganz unwichtig.

Er versuchte auszumachen, was sich in Ossis Schoß verbarg, doch der hielt stur eine Hand über den geheimnisvollen Gegenstand, sodass Tommi nichts weiter erkennen konnte als die fliegenden Tangbüschel.

«Oho!», rief Ossi, als die letzten Tangstreifen sich plötzlich wie von selbst lösten.

«Zeig schon her!»

«Warte mal!» Ossi nahm sein Hemd und wischte den grünen Schleim ab, der den Fund bedeckte.

Endlich warf er das Hemd beiseite und streckte die Hand aus. Die beiden Brüder starrten den Gegenstand verwundert an.

Es war ein winziges altes Holzkästchen, über und über mit feinem Schnitzwerk verziert. An den Seiten waren mit winzig kleinen Nägeln Metallbeschläge befestigt. Obwohl das Kästchen im Lauf der Zeit unter Wasser gelitten hatte, sah man immer noch deutlich, dass es eine exakte und kunstvolle Tischlerarbeit war.

«Mach auf!», drängte Tommi.

«Da ist ein Schloss dran», sagte Ossi und drehte das Kästchen um, sodass auch sein Bruder das winzige Vorhängeschloss sehen konnte.

Die Jungen schauten sich an.

«Eine Schatztruhe!», jubelten sie wie aus einem Mund.

«Versuchen wir, das Schloss aufzubrechen?», schlug Tommi vor.

«Nein! Dann geht es doch kaputt. Wir laufen nach Hause und zeigen es Opa», sagte Ossi.

In der nächsten Sekunde rannten die beiden Jungen schon den Waldpfad entlang. Das Blockhaus ihres Großvaters lag nicht weit entfernt. Zwischen den Bäumen schimmerte schon das Blechdach hindurch.

Großvater saß, in ein Buch vertieft, auf der Veranda, als die Jungen hereinstürmten.

«Opa! Opa! Wir haben einen Schatz gefunden!», rief Tommi.

«*Ich* hab ihn gefunden!», stellte Ossi richtig und überholte seinen großen Bruder auf den letzten Metern.

Atemlos standen die Jungen auf der Veranda und erzählten beide gleichzeitig von ihrem Fund. Großvater verstand kein Wort.

«Ihr blubbert ja wie Bohnensuppe», lachte er, klappte das Buch zu und legte es auf den Tisch. «Zeig mir mal euren Schatz, Ossi.»

Ossi reichte ihm das Kästchen. Großvater hielt es sich dicht vor die Augen und betrachtete es eingehend.

«Alt ist es jedenfalls. Sehr alt», sagte er.

«Aber doch nicht so alt wie du?», fragte Tommi.

«Noch älter. Ich bin schließlich noch kein Tattergreis.» Großvater kicherte.

Er wog das Kästchen prüfend in der Hand. «Es ist schwerer, als es sein sollte», sagte er. «Irgendetwas muss darin sein.»

«Ein Schatz!», jauchzten die Jungen im Chor.

«Bestimmt ist es deshalb abgeschlossen», setzte Ossi hinzu.

«Vielleicht sind Diamanten drin», meinte Tommi.

«Immer mit der Ruhe. Besonders viele Diamanten passen da gar nicht hinein», sagte Großvater und besah sich das winzige Schloss. «Tommi, hol mir mal die Drahtrolle aus dem Schuppen. Sie liegt ganz unten im Regal, neben den Ködern.»

Das musste er nicht zweimal sagen: Tommi flitzte bereits los.

«Oho! Das war ja ein Blitzstart. Wenn ihr doch beim Geschirrspülen auch so eifrig wärt.» Großvater zwinkerte Ossi zu.

Die Jungen warteten ungeduldig, während Großvater sich mit dem Schloss abmühte.

Er hatte das Ende des Drahts im rechten Winkel abgebogen und vorsichtig in das winzige Schlüsselloch gebohrt. Behutsam drehte und wendete er den Draht.

«Ich glaube, es geht doch nicht», sagte er und wischte sich mit dem Handrücken einen Schweißtropfen von den Brauen.

«Probier's nochmal!», drängten die Jungen.

«Ich versuche es ja die ganze Zeit, aber Wunder kann ich …»

Er brach mitten im Satz ab, denn plötzlich schnappte der Riegel des Schlosses zurück und gab den Bügel frei. Der Deckel sprang auf, als wäre er mit einer Feder versehen, und gleichzeitig erklang ein leises Klingeln.

«Habt ihr das gehört?», staunte Ossi.

«Ist es eine Spieldose?», fragte Tommi. Großvater war nicht weniger verwundert als die beiden Jungen.

«Das kam bestimmt von da drüben», sagte er schließlich und nickte zu der Windharfe hinüber, die auf der Veranda hing.

Die Brüder beugten sich gleichzeitig über das Kästchen. Dabei stießen sie mit den Köpfen aneinander und schrien vor Schmerz auf.

«Ist Gold drin?»

«Oder Diamanten?»

«Nein», brummte Großvater. «Nur eine alte, verbeulte Taschenzwiebel.»

«Eine Taschenzwiebel? Was ist das denn?», wunderte sich Tommi.

«Ist sie aus Gold?», fragte Ossi erwartungsvoll.

«Es ist eine silberne Taschenuhr», erwiderte Großvater. «Und bevor ihr weiterfragt – ich kann euch gleich sagen, dass sie nicht besonders wertvoll ist.» Er legte die Uhr auf den Tisch. Der Kronenaufzug fehlte. «Aber seht euch mal das Kästchen an. Das ist ein echtes Meisterwerk. Es ist sogar mit gefärbtem Robbenfell gefüttert.»

Die Jungen warfen nur einen flüchtigen Blick darauf. Sie konnten ihre Enttäuschung nicht verbergen, dass das Kästchen keinen wertvollen Goldschatz in sich barg. Ossi griff flink nach der Uhr und versuchte, den verzogenen Deckel mit dem Fingernagel zu öffnen.

«Ob die noch geht?», überlegte er halblaut.

«Bestimmt braucht sie eine neue Batterie», meinte Tommi.

Großvater musste schmunzeln. Die Brüder hatten jedes Interesse an dem Kästchen verloren.

«Ich hab sie aufgekriegt», sagte Ossi. «Guckt mal! Da liegt ja ein Stück Papier drin.»

«Eine Schatzkarte!», jubelte Tommi.

Auch Großvater beugte sich neugierig vor. Tatsächlich: Ossi hielt ein gefaltetes, vergilbtes Stück Papier in der Hand. Behutsam begann er es auseinanderzufalten.

«Vorsichtig, Ossi, es ist bestimmt ganz brüchig», riet der Großvater.

Ossi glättete das Papier und starrte darauf. «Hier steht irgendwas geschrieben», sagte er.

«Lies mal vor!», rief Tommi. «Bestimmt ist das eine Anleitung, wie man den Schatz findet.»

«Die Schrift ist ganz klein und blass», sagte Ossi, dann räusperte er sich und las den in verschnörkelten Buchstaben geschriebenen Text langsam vor:

«Frohe Weihnachten, liebe kleine Ada. Dein Bruder Nikolas.»

«Mehr steht da nicht?», fragte Tommi enttäuscht.

Ossi schüttelte den Kopf.

«Ada und Nikolas», murmelte Großvater mit ungläubiger Miene. «Seltsam. Ich dachte immer, das sei nur ein Märchen.»

Die Jungen sahen ihn verwundert an.

«Was ist nur ein Märchen?», wollte Ossi wissen.

«Die Geschichte, die man den Kindern in dieser Gegend schon seit Jahr und Tag erzählt. Sie handelt vom Wunder einer Winternacht. Ich hörte sie von meinem Großvater. Damals war ich kaum vier Jahre alt», sagte Großvater abwesend, während er immer noch verblüfft das Kästchen betrachtete. «Ich hatte die Geschichte schon beinahe vergessen, obwohl ich sie als Kind jedes Jahr in der Adventszeit erzählt bekam.»

«Und wovon handelt sie?»

«Es ist eine lange Geschichte. Bestimmt habt ihr nicht so viel Geduld, sie euch anzuhören», seufzte Großvater mit gespielter Bescheidenheit.

«Doch, bitte, erzähl sie uns! Wir hören dir ganz bestimmt zu», versicherten die Brüder und zupften ihren Großvater ungeduldig am Ärmel.

«Erst müsst ihr mir zeigen, wo ihr das Kästchen gefunden habt», sagte der alte Mann und erhob sich. «Kommt, führt mich hin.»

Wenig später saßen die drei nebeneinander auf dem Felsen, von dem Tommi und Ossi ins Meer gesprungen waren.

Die Jungen musterten ihren Großvater von der Seite. Er wirkte seltsam abwesend. Fast zärtlich strich er über das Kästchen und starrte aufs Meer hinaus.

«Das ist also die Stelle», sagte er wie zu sich selbst. «So nah, die ganze Zeit. Sogar die alte krumme Kiefer hinter uns … alles stimmt. Unglaublich.»

«Erzähl doch endlich!», riefen die Jungen.

«Nun gut», nickte Großvater schließlich. «Ich erzähle euch die Geschichte so, wie ich sie von meinem Großvater hörte. Sie wurde uns immer in der Adventszeit erzählt. Von Anfang Dezember an jeden Tag ein bisschen mehr, bis sie schließlich am Heiligen Abend zu Ende war.»

«So ähnlich wie ein Adventskalender», überlegte Ossi.

«Ja, das kann man so sehen», bestätigte Großvater. «Es ist ein wenig merkwürdig, die Geschichte mitten im Sommer zu erzählen. Aber bis Weihnachten könnt ihr sicher nicht warten. Oder soll ich doch lieber erst im Dezember anfangen?» Auf Großvaters Gesicht bildeten sich tausend fröhliche Fältchen.

«Nein, wir wollen sie jetzt gleich hören!», riefen die Jungen.

«Das dachte ich mir!» Großvater musste lachen. Er zeigte auf die Silhouette der Stadt im Norden. «Vor langer, langer Zeit gab es dort drüben, wo jetzt die Stadt liegt, nur ein kleines armes Dorf, in dem acht Familien wohnten. Es hieß Korvajoki. Damals lebten die Menschen hauptsächlich vom Fischfang. Das Fischerdorf Korvajoki war die einzige Siedlung weit und breit, sonst lebte in dieser Gegend keine Menschenseele. Außer …», Großvater sah wieder hinaus aufs Wasser, «außer einer Familie, draußen auf einer Insel.» Er deutete über die Wellen. «Sie liegt ungefähr in dieser Richtung, etwa zwei Kilometer vor der Küste. Es ist eine winzige Insel, kaum größer als eine Klippe. Heute ist sie, soweit ich weiß, ganz verlassen, nicht einmal ein Sommerhaus steht noch dort.»

Gebannt schauten die Brüder in die Richtung, in die Großvater zeigte. Das Meer glitzerte in der Sonne.

«Wer wohnte denn auf dieser Insel?», fragte Ossi.

«Die Familie Pukki, eine arme Fischerfamilie», antwortete Großvater. «Sie waren zu viert: der Vater, Einari Pukki, seine Frau Alexandra und zwei Kinder, Nikolas und Ada.»

«Nikolas und Ada!», rief Tommi überrascht. «Genau wie auf dem Zettel!»

«Sei still!», fuhr Ossi ihn an. «Lass Opa doch mal erzählen.»

«Die Weihnachtsgeschichte handelt vom Schicksal dieser Familie. Zu Beginn der Geschichte war Nikolas fünf Jahre alt und seine kleine Schwester Ada noch nicht ganz ein Jahr.»

«Was geschah denn mit ihnen?», fragte Tommi dazwischen.

«Wie wäre es, wenn ihr die Augen zumacht? Dann könnt ihr euch die Ereignisse besser vorstellen. Zumal zu Beginn der Geschichte eine ganz andere Jahreszeit herrschte als jetzt.»

Zu seinem Erstaunen gehorchten die Jungen sofort. Er nickte zufrieden.

«Stellt euch vor, ihr hättet riesige Flügel wie Adlerschwingen», begann er, «sie heben euch in die Luft und tragen euch über das Meer, bis zur Insel der Familie Pukki. Lasst euch von eurer Phantasie beflügeln.»

«Ich kann aber nicht fliegen», wandte Tommi ein.

«Es ist ganz leicht. Jeder Mensch hat in seinem Innern Flügel. Man muss sie nur finden», versicherte Großvater und strich Tommi über den Kopf. «Unter euch wogt träge das Meer. Nach und nach wird das warme Blau des sommerlichen Meeres dunkler, tiefer, fast schwarz. Die Wellen werden weicher.

Tief unten seht ihr bereits die Insel, klein, felsig und karg. Es ist kalt geworden, die Luft ist glasklar, das Meer fast spiegelglatt, und das Ufer der Insel bedeckt eine dünne Raureifschicht, die der Nachtfrost zurückgelassen hat. Über dem offenen Meer hängt eine dicke schwarze Wolkendecke.

Es ist die Zeit, in der die Natur für einen winzigen Moment innehält, bevor sie sich dem harten, alles verschlingenden Winter ergibt.»

Großvater ließ den Blick zum Horizont schweifen, und nachdem er eine Weile aufs Meer geschaut hatte, schloss auch er die Augen.

Als er wieder anhob zu sprechen, konnte er hinter seinen geschlossenen Lidern alles genau erkennen. Und er war sich sicher, dass seine Worte auch bei Tommi und Ossi ein ebenso lebendiges Bild der Vergangenheit hervorzauberten. Das Bild einer Welt, die ganz anders war als die, in der sie lebten.

2. Türchen

Die Felseninsel, auf der die Familie Pukki lebte, war nur spärlich mit Bäumen bewachsen. Lediglich ein paar verkrüppelte Kiefern umrahmten die kleine Senke, in der die bescheidene Hütte stand.

Das Häuschen hatte nur zwei Zimmer: eine Wohnküche und eine Schlafkammer. An einem Ende des Hofplatzes stand ein Wirtschaftsgebäude mit einem Schuppen, in der Mitte eine Sauna und am anderen Ende der Abtritt. Es gab einen kleinen Unterstand, unter dem irgendwann einmal Hühner gegackert hatten. Jetzt war er leer. Die Gebäude waren ungestrichen und in schlechtem Zustand, doch sie erfüllten ihren Zweck.

Hinter dem Hof erstreckte sich ein umgegrabener Kartoffelacker und unmittelbar dahinter ein Roggenfeld, das etwa einen halben Hektar groß sein mochte und von harten, leuchtend gelben Stoppeln bedeckt war. Frost hatte sich auf die Erde gelegt.

Ein Stück entfernt, in einem Einschnitt zwischen den Felsen, hatte man aus Feldsteinen und Moos ein Gewölbe errichtet, das den Vorratskeller beherbergte.

Wenn man vom Keller aus zum Felsufer hinabblickte, konnte man einen halb ins Wasser ragenden Bootsschuppen entdecken. Am Ende des kurzen Stegs lugte der Vordersteven eines hölzernen, kajütenlosen Fischerboots hervor.

Am Ufer neben dem Schuppen standen in gerader Reihe, von Steinhaufen gestützt, hohe, einfache Gestelle auf Holzpfählen. Darüber waren Fischernetze gebreitet.

Ein Mann und eine Frau waren damit beschäftigt, das letzte von Tang und Seegras gefärbte, entwirrte Netz aufzuhängen. Sie arbeiteten mit geübten Handgriffen, ihr Atem dampfte in der kalten Luft. Ab und zu unterbrachen sie ihre Arbeit, um ein bisschen Wärme in die vom eiskalten Meerwasser steifen Finger zu hauchen. Es waren Einari und Alexandra Pukki.

Einari war etwa dreißig Jahre alt, groß und kräftig. Sein bärtiges, von Wind und Wetter dunkelgegerbtes Gesicht war von strohgelben Haaren umrahmt, die der Wind zerzauste. Er trug eine vielfach geflickte Fischerhose, langschäftige Stiefel und einen dicken, grobgestrickten Pullover, der hier und da ausgefranst war und am linken Ärmel ein großes Loch hatte. Sein nackter Ellbogen schaute daraus hervor. An seinem Ledergürtel hing eine Messerscheide. Darin steckte ein Messer mit langer, breiter Klinge, der Griff war aus Rentierknochen gefertigt.

Seine Frau Alexandra war einige Jahre jünger, schlank, aber zäh. Sie hatte ihre langen blonden Haare zu Zöpfen geflochten und ein Tuch darumgebunden, aber trotzdem fielen immer wieder einzelne Strähnen heraus und wurden sogleich vom Wind erfasst. Alexandra trug ein einfaches graues Baumwollkleid und einen Pullover darüber.

Schon die verschlissene Kleidung der Eltern zeigte, dass die Fischerfamilie ein hartes Leben führte. Doch trotz ihrer Armut waren die Pukkis glücklich. Sie hatten einander, und obendrein hatten sie ihre Kinder, die sie über alles liebten.

Einari und Alexandra standen einander gegenüber, das Netz zwischen sich. Als sie gleichzeitig nach einem Stück Tang griffen, schnappte Einari seiner Frau das Grünzeug weg und zwinkerte ihr zu. Alexandra streckte ihm lachend die Zunge heraus. Auch Einari lachte auf, dann drehte er sich um und schaute zu dem kleinen Haus hinauf, aus dessen gemauertem Schornstein ein schmaler Rauchstreifen zum Himmel stieg.

«Es wäre mir lieber, wenn Nikolas beim Richten der Netze helfen würde, statt mit seiner kleinen Schwester zu spielen», sagte er. «Als ich in seinem Alter war, bin ich schon längst mit meinem Vater …»

«Das ist ja gar nicht wahr! Tu bloß nicht so», fiel ihm Alexandra ins Wort. «Nikolas ist doch selbst noch so klein. Und was sollte denn werden, wenn er sich nicht um Ada kümmerte? Gut, dass der Junge solche Freude an der Kleinen hat. Sonst könnte ich nämlich nicht mit dir hinausfahren, und allein würdest du zu dieser Jahreszeit auf dem Meer nicht mehr zurechtkommen.»

«Aber sicher würde ich …», versuchte Einari zu protestieren, doch Alexandra schnitt ihm das Wort ab:

«Ich habe recht, da kannst du sagen, was du willst.»

Einari schwieg beleidigt und arbeitete weiter am Netz, wobei er etwas Unverständliches in seinen Bart murmelte. Alexandra schüttelte den Kopf und lächelte über seine halb scherzhafte Brummigkeit.

«Es wird noch ein paar Jahre dauern, bis Nikolas zu alt ist, um mit Ada zu spielen, aber dann kann er immer noch dein Handwerk von dir lernen», fuhr sie fort. «Ich glaube, ich erinnere mich, dass dein Vater erzählt hat, du hättest ihm erst mit zwölf Jahren beim Fischen geholfen …»

«Na ja … Damals war es … anders», lenkte Einari zögernd ein. «Nikolas ist ein guter Junge, das will ich gar nicht bestreiten. Und du hast natürlich recht. Er wird ein besserer Mann werden, wenn er lernt, sich um Kleinere zu kümmern.»

Alexandra nickte und lächelte zufrieden. Während sie sich wieder ihrer Arbeit widmete, dachte sie über ihr Leben nach. So arm sie auch waren, sie fühlte sich glücklich, seit sie Einaris Frau geworden und mit ihm in den Norden und schließlich auf diese Insel gezogen war. Alexandra wusste, dass Einari sie ebenso schätzte und liebte wie sie ihn. Sie waren einander ähnlich: genügsam und anspruchslos.

Alexandra rupfte Tang aus den Maschen und malte sich ihr weiteres Leben auf der kleinen Insel aus. Sicher würde es ein gutes Leben sein.

Sosehr sie auch überlegte, ihr fiel doch nichts ein, was das Glück ihrer Familie trüben könnte. Eines Tages würden Einari und sie alt sein. Bis dahin wäre Ada sicher zu einem schönen jungen Mädchen herangewachsen und konnte ihrer Mutter die Arbeit im Haus abnehmen. Nikolas wiederum wäre ein starker junger Mann geworden, der anstelle seines Vaters zum Fischen aufs Meer fuhr. Vielleicht bringen die Kinder eines Tages auch ihre Ehegatten zu uns auf die Insel und machen uns zu Großeltern, überlegte Alexandra. Und dann hüten Einari und ich unsere Enkel, während Ada und Nikolas für den Lebensunterhalt sorgen.

Plötzlich musste Alexandra über sich selber lachen. Ihre Gedanken waren so weit in die Zukunft geflogen, dass sie Einari und sich selbst am Stock über die Inselfelsen gehen sah, alt und gebeugt.

«Na, meine liebe Frau, was gibt's denn zu lachen?», brummte Einari über das Netz hinweg.

«Nichts», antwortete Alexandra leichthin. «Ich habe mir nur vorgestellt, wie du als alter Mann aussiehst.»

«Und das ist so lustig?»

«Nein», sagte Alexandra. «Aber ich bin so glücklich mit dir. Und mit den Kindern.» Sie blies in ihre klammen Hände. Im einzigen Fenster der Hütte spiegelte sich das blasse Sonnenlicht. Dahinter, im warmen Schutz der Hütte, spielten ihre Kinder.

Einari antwortete nicht gleich, doch seine Miene war umso beredter. Ein breites Lächeln trat auf sein wettergegerbtes Gesicht, und seine weißen, ebenmäßigen Zähne strahlten mit der Sonne um die Wette.

«Komm, wir beeilen uns, das letzte Netz in Ordnung zu bringen. Ich habe auch schon Sehnsucht nach den beiden», sagte er schließlich leise und schaute hinauf zum Fenster.

In der Hütte, am Kamin der einfach eingerichteten Wohnküche, saß ein kleiner Junge. Er glich Einari aufs Haar. Nicht nur die Gesichtszüge ähnelten denen seines Vaters, er hatte auch das gleiche strohblonde, weiche Haar.

Nikolas hielt Ada auf dem Schoß und machte prustende Geräusche mit dem Mund. Die kleine Ada lachte über die Faxen ihres Bruders. Sie langte unbeholfen nach seiner Nase, bekam sie aber nicht zu fassen.

«Daneben!», rief Nikolas und drückte seiner kleinen Schwester rasch einen Kuss auf die Stirn. «Wie warm deine Haut ist.»

Als er sah, dass Ada gähnte und ihre Augenlider immer schwerer wurden, sang Nikolas sie leise in den Schlaf.

Bald verrieten Adas tiefe Atemzüge, dass sie eingeschlafen war. Mit der Kleinen im Arm stand er vom Fußboden auf und ging zum Tisch. Er beugte sich über die Öllampe und das Holzbrett, auf dem ein Laib Roggenbrot lag, um aus dem Fenster zu spähen. Seine Eltern waren unten am Bootsufer mit dem letzten Netz fertig geworden und schickten sich gerade an, über die Felsen zur Hütte hinaufzuklettern. Einari hob den hölzernen Fischtrog an, als wäre er leicht wie eine Feder.

«Viel haben sie wohl nicht gefangen», flüsterte Nikolas seiner schlafenden Schwester zu. «Auch heute nicht.»

Nikolas setzte sich mit Ada auf eine der beiden Küchenbänke und brach sich ein kleines Stückchen Brot ab. Während er Ada wiegte und auf die Rückkehr seiner Eltern wartete, kaute er gedankenverloren darauf herum.

Zärtlich betrachtete er sein schlafendes Schwesterchen. Er war stolz darauf, dass seine Eltern das jüngste Familienmitglied in seine Obhut gaben, obwohl er selbst noch so klein war. Aber er würde ihr Vertrauen niemals enttäuschen. Er würde immer gut für seine geliebte Schwester sorgen.

Einari und Alexandra hatten schon fast das Haus erreicht, als Einari plötzlich stehen blieb. Er betrachtete die dunkle Wolkenfront, die sich vom Horizont her näherte, und stellte den Fischkübel ab.

«Was ist?», fragte Alexandra und hielt ebenfalls inne, als sie merkte, dass Einari zurückblieb.

«Es scheint jetzt doch Winter zu werden», sagte er und zeigte zum Himmel. «Die Wolken sehen ziemlich bedrohlich aus.»

«Das wird aber auch langsam Zeit, ein paar Tage vor Weihnachten. Es ist überhaupt ein seltsames Jahr. Sonst liegt um diese Zeit doch immer längst Schnee, und das Meer ist fest zugefroren», sagte Alexandra. Sie öffnete die Tür und ging halb hinein. «Willst du da draußen Wurzeln schlagen? Was ist denn so ungewöhnlich daran, dass es Winter wird?»

«Nichts. Ich … schaue nur», antwortete Einari. «Geh ruhig vor, ich komme gleich. Leg im Kamin Holz nach.»

«Nikolas hat sich bestimmt um das Feuer gekümmert», erwiderte Alexandra und zog die Tür hinter sich zu.

Einari blieb allein im Hof zurück. Wieder sah er besorgt zum Himmel auf.

«Wenn das mal keinen Sturm gibt», murmelte er.

In diesem Moment traf ihn eine heftige Bö und ließ ihn taumeln. Er hauchte auf seine kältestarren Finger, während der rasch auffrischende Wind sein Haar zerzauste. Plötzlich spürte er eine seltsame Vorahnung: Würde der aufziehende Sturm noch etwas anderes mit sich bringen als weißstiebenden Schnee? Etwas Dunkleres, Traurigeres? Doch ebenso schnell, wie dieses ungute Gefühl gekommen war, verflog es auch wieder. Einari nahm den Fischeimer und ging kopfschüttelnd auf sein Häuschen zu.

«Was rede ich mir da bloß ein?», murmelte er und zog die Tür auf. Ein warmer, heimeliger Brotduft schlug ihm entgegen und zauberte das Lächeln auf sein Gesicht zurück. «Wir haben es doch gut.»

Doch das Schicksal bereitete sich schon darauf vor, die karge kleine Insel der Familie Pukki in seine harten, kalten Arme zu schließen. Es scherte sich weder um Alexandras sonnige Zukunftsträume noch um Einaris Ahnungen oder um Nikolas' Versprechen, immer für seine kleine Schwester zu sorgen.

Das Schicksal hatte schon begonnen, einen ganz anderen Plan zu verwirklichen. Noch schlich es unsichtbar und leise um die Ecken und flüsterte kaum hörbar, aber dennoch – es war da und hatte längst beschlossen, wie es mit der Familie Pukki verfahren wollte.

Das Schicksal hat viele Gesichter, und es wählt willkürlich und oft ungerecht aus. Und der Fischerfamilie Pukki wollte es sein furchtbarstes Antlitz zeigen.

Vielleicht aber hatte das Schicksal doch ein höheres Ziel, das der menschliche Verstand nicht begreifen konnte. Denn hätte das Schicksal nicht in das Leben der Pukkis eingegriffen, wäre Nikolas vielleicht nicht der geworden, der er wurde. Wer weiß.

Fest steht jedenfalls, dass Nikolas' Leben nie mehr in seine alten Bahnen zurückkehrte, nachdem das Schicksal noch am selben Abend, zwei Tage vor Weihnachten, seinen ewigen Plan erfüllte und dafür sorgte, dass für den kleinen Nikolas alles anders wurde als zuvor.

3. Türchen

Am selben Abend saß Einari am Küchentisch und stopfte das Loch im Ärmel seines Pullovers mit dickem, aus Schafswolle gesponnenem Garn. Er saß über den Tisch gebeugt, um das Licht der Öllampe besser zu nutzen.

Nikolas hockte vor dem Kamin auf dem Boden und schnitzte mit seinem kleinen Messer an einem Stück Holz.

Einari sah von seiner Flickarbeit auf und betrachtete seinen Sohn. Nikolas' Miene war ernst und konzentriert, die Zungenspitze lugte zwischen seinen Lippen hervor. Das stumpfe Messer in seiner Hand kam kaum gegen das harte Holz an.

Einari wiegte nachdenklich den Kopf. Er legte Pullover und Stopfzeug zur Seite, zog sein Messer aus dem Gürtel, griff nach dem Roggenbrot und schnitt zwei Scheiben ab. Dann rammte er das Messer in die Tischplatte und biss in die eine Scheibe, während er Nikolas zuschaute.

«Was schnitzt du denn da?», fragte er. «Soll das ein Löffel werden?»

Nikolas schüttelte stumm den Kopf und arbeitete weiter, ohne aufzublicken.

«Oder gar eine Kelle?», scherzte Einari.

Wieder schüttelte Nikolas den Kopf. Dann hielt er inne, sah sich verstohlen um und blickte seinen Vater an.

«Das wird ein Geschenk für Ada», wisperte er. «Zu Weihnachten.»

«Zu Weihnachten?», wunderte sich Einari. «An Weihnachten schenkt man sich doch nichts.»

«Ich möchte Ada aber etwas schenken. Außerdem ist es doch auch ihr Geburtstag», flüsterte Nikolas und machte seinem Vater ein Zeichen, ebenfalls leiser zu sprechen.

«Tatsächlich?» Einari tat unwissend. «Das hatte ich ganz vergessen. Was soll es denn werden?»

«Das ist ein Geheimnis», sagte Nikolas. «Aber ich muss mich beeilen, damit es rechtzeitig fertig wird.»

Einari legte einen Zeigefinger auf den Mund. «Meine Lippen sind versiegelt. Aber so eilig hat der fleißige Handwerker es doch hoffentlich nicht, dass er nicht ein Stück Brot essen könnte? Es kam mir übrigens so vor, als hätte heute Nachmittag eine Maus an dem Brot geknabbert. Heißt das Mäuschen vielleicht Nikolas?»

Nikolas kicherte fröhlich.

Bald darauf saß Nikolas bei seinem Vater auf dem Schoß, das Gesicht zu ihm gewandt. Beide hielten eine Scheibe Brot in der Hand.

Nikolas versuchte, auf die gleiche Weise und im selben Tempo zu essen wie sein Vater. Mit seinen vollgestopften Backentaschen sah der Junge aus wie ein Biber, und Einari musste lachen.

«Du bist ein guter Junge, Nikolas», sagte Einari. «Du hast ein großes Herz. Aus dir wird mal ein ganz famoser Mann.»

Der Kleine lächelte und schlang die Arme um seinen Vater. Der fuhr seinem Sohn durch die zerwuschelten

Haare, schloss die Augen und legte das Kinn auf Nikolas' Scheitel.

Im selben Moment kam Alexandra aus der Schlafkammer.

«Ada ist glühend heiß», sagte sie besorgt. «Sie hat Fieber.»

Einari schlug die Augen auf und sah seine Frau erschrocken an. Die böse Vorahnung vom Nachmittag kehrte zurück, stärker als zuvor, doch er gab sich Mühe, seine Beunruhigung zu verbergen. Er spürte, wie Nikolas zusammenfuhr. In der nächsten Sekunde war der Junge auch schon von seinen Knien gesprungen und lief in die Schlafkammer der Eltern, um nach Ada zu sehen.

Einari wartete, bis Nikolas im Nebenzimmer war. Dann stand er auf und legte die Arme um seine Frau.

«Es ist sicher nichts Schlimmes», flüsterte er. «Irgendeine Kinderkrankheit. Soll ich Eis aus dem Keller holen, damit du sie abkühlen kannst?»

Er hob Alexandras Kinn an und sah ihr fest in die Augen. Alexandra schwieg, doch sie nickte.

Einari ging zur Tür und stieg in seine Stiefel.

«Alles wird wieder gut», sagte er. «Glaub mir.»

Damit drehte er sich um und öffnete die Tür zum Hausflur. Er schloss sie sorgfältig hinter sich, und gleich darauf hörte Alexandra, wie er aus dem Haus ging. Sie blickte wie im Traum auf die geschlossene Stubentür. Die Kälte, die aus dem Vorraum hereingeschlagen war, ging ihr bis ins Mark.

Endlich erwachte Alexandra aus ihrer Starre und lief in die Schlafkammer.

An der Tür hielt sie inne, als sie sah, wie sich Nikolas zu

seiner kleinen Schwester herunterbeugte und ihr über das schweißnasse Haar strich.

«Werde bald wieder gesund, kleine Ada», flüsterte Nikolas. «Ich habe eine Überraschung für dich. Wenn es dir wieder bessergeht, kannst du mit deinem Geschenk spielen. Du musst ganz schnell wieder gesund werden, hörst du?»

Alexandra zwang ein Lächeln auf ihr Gesicht.

Die Nacht hatte sich auf die kleine Hütte gelegt. Im Kamin der Stube brannte ein spärliches, launisches Feuer, das unruhige Schatten an die Wände des dunklen Raums warf. Draußen heulte der Wind und rüttelte an den verschlossenen Türen der Werkstatt.

Das schwache Licht der Flammen fiel auf ein Spinnrad in der Stubenecke. Auf der Spindel wartete flauschige Schafswolle darauf, zu Garn gesponnen zu werden. Daneben stand ein kleiner schiefer Hocker.

Gleich neben dem Spinnrad stand das kurze, einfache Bett, in dem Nikolas schlief. Sein Schlaf war ebenso unruhig wie der Tanz der Flammen: Immer wieder drehte er sich von einer Seite auf die andere, zog sich die Felldecke bis über den Kopf und strampelte sie nach einer Weile wieder weg.

Plötzlich erschien ein Schatten an der Wand über Nikolas' Bett, und im selben Moment berührte eine Hand seine Schulter. Obwohl die Hand leicht und so zärtlich war, als wolle sie ihn in den Schlaf wiegen, schlug Nikolas sofort die Augen auf.

«Ist es schon Morgen?», fragte er schläfrig, als er sah, dass seine Mutter vollständig bekleidet an seinem Bett stand. Alexandra schüttelte den Kopf.

«Hör zu, Nikolas», sagte sie. «Ada geht es schlechter. Wir müssen sie sofort aufs Festland bringen. Bis zum Morgen können wir nicht mehr warten. Im Fischerdorf Korvajoki kann uns sicher jemand helfen und Ada Medizin geben.»

Nikolas war sofort hellwach. Er setzte sich auf und rief: «Ich zieh mich schnell an!» Damit war er auch schon auf den Beinen.

Im selben Moment ging die Tür auf, und Einari kam herein. Er trug einen Armvoll Holzscheite und hielt eine Sturmlaterne in der Hand. Er ließ das Brennholz neben dem Kamin fallen.

«Das Holz müsste reichen, bis wir zurückkommen», sagte er und klopfte sich den Schnee von den Schultern. «Weiß Nikolas schon Bescheid?», fragte er dann. Alexandra hatte sich auf die Kante des Bettes gesetzt, während Nikolas sich seine Hose anzog.

«Ja, Mutter hat es mir erzählt», nickte der.

«Nein, ich habe dir noch nicht alles gesagt», sagte Alexandra, «Nikolas, du hast eine große Verantwortung. Du musst hierbleiben und aufpassen, dass das Feuer nicht ausgeht.»

«Aber ich will mitkommen!», rief Nikolas. «Ich will dabei sein, wenn Ada …»

«Das geht nicht», unterbrach ihn Einari in strengem Ton. «Sonst kühlt das Haus aus. Du verstehst doch, dass wir mit deinem kranken Schwesterchen nicht in ein kaltes Haus zurückkommen können.»

Nikolas öffnete den Mund, um zu protestieren, schwieg dann aber. Seine Eltern hatten recht.

Bald darauf waren Einari und Alexandra dick vermummt. Alexandra hatte Ada in dicken Wollstoff gewickelt und trug das fiebrige Bündel im Arm.

«Ein Feuerwächter braucht eine Uhr», sagte Einari an Nikolas gewandt und wühlte in seiner Hosentasche. «Das ist das einzige Erbstück, das meine Eltern mir hinterlassen haben», fuhr er fort. Er ging vor seinem Sohn in die Hocke und öffnete die Faust.

Auf der Handfläche lag seine alte Taschenuhr.

«Eines Tages wirst du sie von mir erben», sagte Einari und ließ den Deckel aufspringen. «Aber heute Nacht sollst du sie haben. Die Zeit vergeht schneller, wenn du ihren Lauf sehen kannst.»

«Ich kann aber noch nicht die Uhr lesen», murmelte Nikolas.

«Es ist ganz leicht», versicherte Einari. «Schau mal, das sind die Zeiger. Sie drehen sich beide rechtsherum. Wenn beide Zeiger übereinanderliegen und geradewegs nach oben zeigen, sind wir zurück. Spätestens. Verstehst du?»

Nikolas betrachtete neugierig das Zifferblatt und nickte schließlich. Sein Vater ließ den Deckel zuschnappen und reichte ihm die Uhr.

«Pass auf die Uhr genauso gut auf wie auf das Feuer», sagte Einari und richtete sich auf. «Sie ist mir teuer, fast so lieb und teuer wie ihr.»

Wieder nickte Nikolas. Er umschloss die Uhr fest mit seiner kleinen Faust. Das harte Metall war noch warm von der Hand seines Vaters.

Nikolas' Mutter beugte sich hinunter, damit Nikolas seiner tiefschlafenden Schwester einen Kuss auf die heiße Wange geben konnte.

«Wir sollten uns besser auf den Weg machen», mahnte Einari, der bereits im Flur stand.

Als er die Haustür öffnete, pfiff der Wind herein und blies Schnee ins Haus.

Alexandra hatte schon ein paar Schritte in die stürmische Nacht hinaus gemacht, Ada fest an sich gedrückt. Einari drehte sich noch einmal zu seinem Sohn um, der mit ernstem Gesicht an der Tür stand.

«Gräm dich nicht, Nikolas», sagte er. «Alles wird wieder gut. Jetzt hast du Zeit, dein Geschenk fertig zu schnitzen. Und du kommst schon sehr gut allein zurecht, bist ja schon ein großer Junge.»

Einari zwinkerte Nikolas zu. Dann zog er den Kragen seines Pullovers hoch und ging hinaus.

Der Wind schlug die Tür hinter ihm zu. Zum ersten Mal in seinem fünfjährigen Leben war Nikolas ganz allein.

Der Sturm heulte so wild um das dunkle Haus, dass Nikolas fürchtete, die ganze Hütte würde davongeweht. Die Tür klapperte laut, als der Sturm wütend Einlass forderte.

«Ich brauche keine Angst zu haben», sprach Nikolas sich halblaut Mut zu. «Alles wird wieder gut», wiederholte er die Worte seines Vaters.

Er saß im Schneidersitz vor dem Kamin und legte zwei Scheite in das prasselnde Feuer. Dann wartete er darauf, dass die Flammen das Holz erfassten. Erst als sie höher schlugen und die äußeren Fasern der Scheite sich dunkel färbten, wagte es Nikolas, sein kleines Messer zur Hand zu nehmen und weiter an seinem Geschenk zu schnitzen.

Bald wurden seine Lider schwer, und er konnte ein Gähnen nicht unterdrücken.

«Ich muss wach bleiben», murmelte er. «Ich habe eine wichtige Aufgabe, ich darf auf keinen Fall einschlafen.»

Nikolas schüttelte entschlossen den Kopf und versuchte die Müdigkeit durch Singen zu vertreiben. Aber bald legte sich Blei auf seine Augenlider, und das kleine Kinn sank langsam auf die Brust.

Die Sonne tastete sich langsam und vorsichtig durch einen schmalen Riss in der Wolkendecke. Sie sah, dass der Sturm davongezogen war und auch die kleineren Winde mitgenommen hatte. Das Meer lag vollkommen still da. Da wagte sich die Sonne schließlich ganz zwischen den zum Festland ziehenden Wolken hervor.

Die ersten Sonnenstrahlen fielen auf die Uferfelsen der Insel, dann wanderte das Licht weiter, auf das Haus zu. Schon bald trafen die Strahlen das einzige Fenster.

Der Sonnenschein fiel zuerst auf die Öllampe und brach sich dann an der Glasglocke. Der Strahl wanderte weiter und brach sich noch einmal in der Klinge des kleinen Messers, das Nikolas aus der Hand geglitten war, und fiel schließlich auf die geschlossenen Augen des kleinen Feuerwächters, der schlafend vor dem Kamin lag.

Nikolas schlief, umgeben von Spänen – das Holzstück, an dem er gearbeitet hatte, lag noch in seiner Hand. Es hatte bereits ein wenig Form bekommen, doch man konnte noch nicht erkennen, was daraus werden sollte.

Unter der Asche im Kamin glühten nur noch wenige verkohlte Holzreste.

Nikolas zog die Nase kraus, als das Sonnenlicht sein Gesicht kitzelte. Er wischte sich mit dem Handrücken über die Nase und war schon im Begriff, sich auf die andere Seite zu drehen, um weiterzuschlafen. Doch plötzlich schrak er auf und öffnete die Augen.

Er hob den Kopf und kniff die Augen zusammen, als er das zum Fenster hereinflutende Tageslicht sah. Gleichzeitig durchfuhren ihn die ersten Kälteschauer.

«Oje!», rief er und sah zum Kamin. «Das Feuer!»

Im Nu war er auf den Knien, sammelte hastig die Späne vom Boden auf und warf sie auf die Feuerstelle. Nichts geschah. Er stützte sich auf die Hände, und sein Kopf verschwand fast im Kamin, als er mit geblähten Backen versuchte, der Glut Leben einzupusten.

«Brenn», stöhnte er. «Bitte, bitte, brenn doch.»

Gerade wollte er erschöpft aufgeben, da fing der erste Span Feuer, dann ein zweiter und ein dritter.

Nach einer Weile brannten alle Späne fröhlich knisternd, und Nikolas legte das erste Holzscheit ins Feuer.

Als er bald darauf nach einem neuen Scheit tastete, griff seine Hand ins Leere. Das Brennholz, das sein Vater ins Haus gebracht hatte, war restlos verbraucht.

«Vater hat sich mit dem Holz verschätzt», sagte Nikolas laut. «Oder er hat …»

Er sah noch einmal zum Fenster. Es war tatsächlich helllichter Tag, daran gab es nichts zu rütteln. Nikolas holte Einaris Uhr aus der Tasche und öffnete den Deckel. Beide Zeiger hatten den höchsten Punkt auf dem Zifferblatt überschritten und bereits ihre Reise bergab begonnen.

«Vielleicht hat Vater sich mit der Zeit verschätzt», murmelte Nikolas. «So muss es sein. Vater hat die Zeit falsch berechnet», wiederholte er laut, um die aufkommende Angst zu verscheuchen.

Eine Weile beobachtete er das Feuer. Dann wurde ihm

klar, dass es ein einziges Scheit nicht lange in Gang halten würde. Vor allem reichte es bei weitem nicht aus, wieder Wärme in das kalt gewordene Haus zu bringen. Nikolas musste hinausgehen und Brennholz holen.

Um die Hütte herum hatte sich während der Nacht alles verändert. Der Schneesturm ließ die karge Insellandschaft weich aussehen. Sie war von strahlend weißem, unberührtem Neuschnee bedeckt. Vor die Tür und an die Wände hatte der Wind hohe Schneewehen gehäuft.

Nikolas musste feststellen, dass es gar nicht so leicht war, aus dem Haus zu kommen, denn die Tür ließ sich nur einen Spaltbreit öffnen. Sofort drang weicher Pulverschnee in die Hütte. Nikolas stemmte sich mit der Schulter gegen die Tür, zog sie wieder zu und drückte erneut dagegen.

Er brauchte mindestens eine Viertelstunde, bevor er die Tür so weit aufschieben konnte, dass seine kleine Gesalt durch den Spalt passte.

Gut verpackt in Mütze, dicken Pullover, Fäustlinge und Stiefel, stand Nikolas endlich vor dem Haus. Der Schnee reichte ihm fast bis zum Bauch.

Das Licht in der weißen Umgebung blendete ihn, und er kniff die Augen zusammen. Er seufzte, als er erkannte, dass er es so auf keinen Fall schaffen würde, durch die hohen, dicken Schneewehen zum Holzschuppen zu gelangen, geschweige denn, auch nur ein einziges Holzscheit ins Haus zu tragen.

Er ging zurück in den Vorraum und kam gleich darauf mit einer Schneeschaufel wieder heraus.

«Es muss sein», sagte er entschlossen. «Sonst geht das Feuer wieder aus, und die Stube wird kalt.»

Nikolas senkte die Spitze der Schaufel in die Schneewehe und hob sie hoch. Zum Glück war der Schnee leicht und pulvrig. Es stob und glitzerte in der Sonne, als die erste Schaufelladung in hohem Bogen beiseiteflog.

Später am Nachmittag stieg aus dem Schornstein dicker heller Rauch fast senkrecht zum blauen Himmel auf.

Der Hof hatte sich verändert. Schmale, tunnelartige Gänge führten vom Haus zu den verschiedenen Türen der Werkstatt und zum Keller.

Nahe dem Ufer wirbelte der Schnee auf. Nikolas schaufelte den letzten, längsten Pfad hinunter zum Bootsschuppen.

«Noch zweimal», schnaufte er und warf eine Schaufel Neuschnee zur Seite. Die Planken des Bootsstegs kamen kurz zum Vorschein, doch wieder rutschte der Schnee darüber.

«Noch einmal», murmelte Nikolas und stieß die Schaufel in die luftige Schneemasse. Diesmal blieben die Planken frei. Die Arbeit war getan.

Außer Atem und völlig erschöpft stützte sich Nikolas auf den Schaufelstiel, drehte sich um und betrachtete die Gasse, die er freigeräumt hatte. Sie wand sich wie eine Schlange vom Haus zum Ufer, obwohl er sich so sehr bemüht hatte, die Richtung beizubehalten. Seine Kleider dampften von dem Schweiß, den die harte Arbeit ihm aus den Poren getrieben hatte.

Nikolas' Blick fiel auf den Schatten des Hauses auf dem Schnee. Er war bereits so lang, dass der Schornstein fast bis ans Wirtschaftsgebäude reichte.

Der kleine Junge drehte sich um und betrachtete die

Sonne über dem Meer. Sie war nicht mehr weit vom Horizont. Er begriff, dass es nicht mehr lange dauern konnte, bis die Sonne mit ihrem Feuerkranz ins Meer eintauchen würde.

Er schaute zu der Seite der Insel hinüber, die dem Festland zugewandt war. Auf dem Meer war kein Boot zu sehen. Er zog einen Fausthandschuh aus und holte die Taschenuhr seines Vaters hervor. Die Zeiger waren schon weit über die Stelle hinaus, bis zu der sie vorgerückt sein sollten, wenn seine Eltern zurückkamen.

«Vielleicht bleiben sie in Korvajoki, bis es Ada bessergeht», überlegte Nikolas halblaut. «Am besten hole ich noch mehr Holz hinein, bevor es dunkel wird.»

Rasch legte sich der Mantel des Abends über die Insel. Die Umrisse der Felsen, Pflanzen und Gebäude wurden weich und rund, bevor sie in der immer dichteren Dunkelheit verschwanden.

An dem Pfad zwischen Haus und Ufer, ungefähr auf halber Strecke, stand eine Sturmlaterne im Schnee, deren Schein bis weit hinaus aufs Meer fiel. Nikolas hatte sie aufgestellt wie ein Leuchtfeuer, damit seine Eltern den Weg zur Insel auch in der Dunkelheit finden würden.

Er saß in der Hütte am Tisch und kaute lustlos auf einem Stück Brot herum. Seine schneenassen Kleider hatte er an die Stange über dem Backofen gehängt, an der sonst das Hartbrot aufbewahrt wurde.

Der Junge ließ den Blick durch die Stube schweifen und seufzte. Das Warten war eine Qual. Er hatte solche Sehnsucht nach seiner Familie.

Er sah auf die Taschenuhr, die vor ihm auf dem Tisch

lag. Der Deckel war offen, und der große Zeiger rückte wieder ein Stück vor. Nikolas hatte keine Ahnung mehr, wie spät es sein mochte.

«Wenn Vater zurückkommt, muss er mir gleich beibringen, wie man die Zeit abliest», murmelte er. «Auf jeden Fall ist viel zu viel Zeit vergangen, seit sie weggefahren sind. Ihre Zeit ist viel zu schnell gelaufen, und hier auf der Insel ist sie viel zu langsam verstrichen.»

Nikolas sah von der Uhr auf und starrte auf das Messer mit dem Griff aus Rentierknochen, das sein Vater vergessen hatte. Es steckte noch immer im Tisch, als hätte Einari es gerade erst dort hineingestoßen. Aber auch das schien eine Ewigkeit her zu sein.

Nikolas versuchte aus dem Fenster zu sehen, aber vergeblich. Die Dunkelheit war bereits so undurchdringlich, dass er in der Scheibe nur sein eigenes Gesicht erblickte.

«Wenn sie doch nur endlich kämen», sagte Nikolas zu seinem Spiegelbild. Er sah die erste Träne über seine Wange rollen.

Rasch wischte er sie fort.

«Kein Grund zu weinen», sagte er tapfer und schluckte. «Ich muss das Feuer schüren und das Haus warm halten. Noch einmal darf ich nicht einschlafen. Nicht wahr?»

Nikolas sah, dass sein Spiegelbild nickte. Er war erstaunt, denn er hatte gar nicht gemerkt, dass er sich bewegt hatte.

4. Türchen

Nikolas saß mit seinem kleinen Messer am Kamin und schnitzte.

Allmählich nahm seine Schnitzarbeit Gestalt an. Es war zu erkennen, dass aus dem Holzstück eine menschliche Figur entstand. Sie hatte einen großen eckigen Kopf, waagerecht zur Seite abstehende Arme und zwei Beine, ein streichholzdünnes und ein dickes.

Nikolas hob die Holzfigur vor die Augen und betrachtete sie unzufrieden. Plötzlich erstarrte er und spitzte die Ohren.

«Ich glaube, ich habe etwas gehört», flüsterte er der Holzfigur zu. «Oder habe ich mir das nur eingebildet?»

Es war keine Einbildung. Im Schnee waren ganz deutlich knirschende Schritte unter dem Fenster zu hören, und eine tiefe Männerstimme erklang. Nikolas sah das schwankende Licht einer Laterne.

Nikolas legte die Holzfigur und das Messer weg und sprang auf. Mit einem Lächeln der Erleichterung auf den Lippen rannte er zur Stubentür.

«Vater! Mutter! Ada!»

Im selben Moment, als Nikolas die Tür zur Diele aufstieß, öffnete sich auch die Haustür. Nikolas, bereit, sich seinen Eltern in die Arme zu werfen, blieb wie angewurzelt stehen. An der Türschwelle stand ein ernst dreinblickender, bärtiger Fremder mit einer Sturmlaterne. Als er

Nikolas sah, nahm der Mann die Pelzmütze ab, die seine Haare bedeckte. Gleich darauf erschien ein zweiter Mann an der Tür, der dem Beispiel des ersten folgte und sich die Pudelmütze vom Kopf zog.

«Du bist Nikolas, nicht wahr? Ich bin Hannes aus dem Fischerdorf drüben auf dem Festland, und mein Freund hier heißt Heino. Er ist auch aus Korvajoki», sagte der Mann mit der Laterne.

Nikolas spähte an den Männern vorbei nach draußen, aber dort war niemand zu sehen. Bevor er fragen konnte, sprach der Mann weiter.

«Es ist … ein Unglück geschehen», sagte er leise und drehte die Pelzmütze in den Händen. Er suchte lange nach Worten, bis die schreckliche Nachricht schließlich aus ihm herausbrach: «Der Sturm gestern Nacht. Wir … wir haben das Boot deiner Eltern heute Morgen kieloben am Ufer entdeckt. Heute Abend haben wir dann auch deine Eltern gefunden. Beide. Es tut mir so leid.»

Der Mann legte Nikolas eine Hand auf den Kopf und strich ihm unbeholfen übers Haar. Nikolas begriff zuerst nicht, was er meinte. Wo sind sie denn, wenn man sie gefunden hat, dachte er. Und Ada?

«Und Ada?», fragte er laut, ohne es zu merken.

«Deine Schwester haben wir nicht gefunden», sagte Hannes tonlos. «Vielleicht hat die Strömung sie davongetragen.»

Als Nikolas endlich begriff, was geschehen war, wollte er es nicht glauben.

«Ihr lügt», flüsterte er und sah die Männer herausfordernd an. «Ihr lügt!», schrie er dann, so laut er konnte. «Wo sind sie?»

Die beiden Männer schüttelten den Kopf. Nun machte auch Heino den Mund auf: «Es ist die Wahrheit. Leider.»

«Du musst mit uns kommen», sagte Hannes, der Mann mit der Laterne. «Hier kannst du nicht länger bleiben. Pack das Nötigste zusammen. Deine restlichen Sachen holen wir dann … später.»

Nikolas sah die beiden an und schüttelte langsam den Kopf.

«Ich kann nicht weggehen. Ich muss das Feuer schüren und das Haus warm halten», murmelte er. «Das habe ich versprochen. Ada wird vielleicht vor Weihnachten nicht wieder gesund, wenn sie in ein kaltes Haus zurückkommt.»

Die beiden Männer sahen einander bedrückt an. Heino nickte Hannes zu. Hannes reichte ihm die Laterne, legte dem kleinen Jungen beide Hände auf die Schultern und beugte sich zu ihm hinunter.

«Hör mir zu, kleiner Nikolas», sagte er sanft. «Es ist niemand mehr da, für den du das Haus hüten musst. Verstehst du? Keiner. Du bist der einzige Überlebende in deiner Familie.»

Wie durch dichten Nebel sah Nikolas sein Gesicht. Er schloss die Augen und ließ sich von dem Fischer in die Arme nehmen. In seinem Kopf hallten die Worte wider, die sein Vater beim Abschied gesagt hatte. *Und du kommst schon sehr gut allein zurecht, bist ja schon ein großer Junge.*

Nie zuvor hatte sich der Junge so klein und schwach gefühlt wie in diesem trostlosen Moment. Es war, als sei alle Kraft und Lebensfreude aus seinem kleinen Körper geschwunden. *Es ist niemand mehr da.* Die Worte waren wie ein Urteil, und die Endgültigkeit dieses Urteils war unbegreiflich. Niemand. Nie mehr.

Nach einer Weile zwang sich Nikolas, das Nötigste in ein Tuch zu packen, das er auf dem Tisch ausgebreitet hatte. Er bewegte sich langsam und wie benommen.

Hannes und Heino standen stumm an der Tür zum Hausflur und ließen dem Jungen die Zeit, die er brauchte. Sie verstanden, dass Nikolas, indem er langsam durch die Stube schlich und zaghaft dies und jenes berührte, schmerzhaft Abschied von seinem bisherigen Leben nahm.

Die Männer zogen es vor zu schweigen, statt nach tröstenden Worten zu suchen. Worte waren nichts als Worte, sie erschienen in diesem Augenblick überflüssig und unzureichend. Es gab kein einziges Wort in der ganzen Welt, das die Tragödie ungeschehen machen konnte.

Nikolas legte zwei Garnituren Unterwäsche auf das Tuch, dazu ein Hemd und zwei Paar Wollstrümpfe. Das war nicht viel, aber mehr Kleidung besaß er nicht, abgesehen von dem, was er am Leibe trug. Oben auf die Kleider legte er die fast fertige Puppe, die er für Ada geschnitzt hatte, und die Taschenuhr seines Vaters. Dann faltete er die Zipfel nach oben und band sie zusammen.

«Ist das alles?», fragte Hannes.

Nikolas nickte. Er setzte sich die Mütze auf und nahm das Bündel in die Arme.

«Dann brechen wir jetzt auf», sagte Hannes. «Wir dürfen keine Zeit verlieren. Es sieht so aus, als ob das Meer bald zufriert. Und dann wird es schwierig mit dem Boot.»

Die Männer wandten sich um und verließen die Hütte. Nikolas ließ den Blick noch einmal durch die Stube schweifen. Er prägte sich das Bild seines Zuhauses ein, um es für immer im Gedächtnis zu bewahren. Das Spinnrad, den Tisch, die Bänke, den Kamin, die Öllampe, den Holzteller, den Schemel, sein Bett, die Ofenbank, die Stangen für das Brot, die Kochstelle über dem Kamin, die Töpfe, den Kessel, die eisernen Bratroste, die Regalbretter an der Wand mit dem wenigen Geschirr, den Wassereimer und die Holzkelle …

Der kleine Junge wollte nichts davon vergessen. Er sog den vertrauten Geruch seines Heims tief ein. Nein, er würde niemals vergessen. Er durfte es sich nicht erlauben zu vergessen. Denn von diesem Augenblick an war die Erinnerung an seine geliebte Familie und an sein Zuhause das Einzige, was ihm blieb. Dieses Bild musste er hegen wie den teuersten Schatz, denn genau das war es.

Bald löste sich eine dunkle Dreiergruppe aus dem Schatten des Hauses und machte sich im trüben Licht der Sturmlaterne auf den Weg zum Ufer und zum Bootsschuppen, wo der Kahn der Männer lag. Nikolas, der Letzte in der Reihe, presste sein Bündel fest an die kleine Brust.

Sie hatten die Werkstatt bereits hinter sich gelassen und gingen auf dem Pfad, den Nikolas freigeschaufelt hatte, zum Ufer hinunter, als der Junge plötzlich stehen blieb, kehrtmachte und zur Hütte zurücklief. Die Männer sahen ihm verwundert nach.

«Was hat er denn auf einmal?», fragte Heino.

«Wahrscheinlich ist er vor Kummer ganz außer sich», seufzte Hannes. «Obwohl er noch keine einzige Träne geweint hat.»

Nikolas stand atemlos in der Stube. Er legte sein Bündel

auf den Tisch und umfasste mit beiden Händen den Griff des Messers, das sein Vater achtlos in den Tisch gestoßen hatte. Unter Aufbietung aller Kräfte schaffte er es, das Messer herauszuziehen. Er legte es in sein Bündel. Dann zog er sein eigenes kleines Messer aus der Scheide und hieb es in die Tischplatte.

An der Tür blieb er noch einmal stehen und sagte: «Leb wohl, Zuhause.»

Dann schloss er die Tür hinter sich. Die Stube blieb verlassen zurück. Im Kamin knisterten die letzten Holzscheite, aber in der Schlafkammer wurde es bereits kalt. Der Frost ließ die Fensterscheiben anlaufen. Und morgen würde er mit seiner eisigen Hand allmählich Wände und Fußboden der Hütte mit einer weißen Schicht bedecken.

«Da kommt der Kleine ja», sagte Hannes erleichtert, als Nikolas mit seinem Bündel auf die wartenden Männer zustolperte. «Jetzt können wir abfahren, bevor der Frost seinen kalten Deckel über das Wasser legt.»

Bald legte das Boot knarrend vom eisüberzogenen Ufer ab und fuhr, von Hannes und Heino gerudert, auf das offene Meer hinaus.

«Keine Minute zu früh», brummte Hannes.

«Wirklich nicht», antwortete Heino. «Wie es aussieht, kommt man mit dem Boot erst im nächsten Frühjahr wieder zur Insel. Und bei der starken Strömung hier ist das Eis frühestens Ende Januar fest genug, um zu Fuß hinüberzugehen.»

Nikolas saß achtern und versuchte, in der dunklen Silhouette der Insel sein Elternhaus auszumachen. Es gelang ihm nicht.

Die Finstenis hielt das Haus in ihren alles verdeckenden Armen. Bald konnte Nikolas nicht mehr erkennen, wo die Insel aufhörte und der Himmel begann.

Als er aufblickte, sah er, dass die Kälte die Wolkendecke aufgerissen hatte. Einige schwachschimmernde Sterne waren bereits zum Vorschein gekommen.

Doch all ihre Schönheit vermochte ihn nicht zu trösten. Im Gegenteil: Das diamantene Glitzern ließ ihm alles noch trostloser und ungerechter erscheinen.

Aus heiterem Himmel hatte das Schicksal dem kleinen Nikolas eine ungeheure Bürde aus Verlust und Einsamkeit auf die Schultern gelegt, so schwer, dass er sie auch später, als er größer und kräftiger war, nie ganz abschütteln konnte.

Die Bürde seiner Kindheit würde Nikolas sein ganzes Leben lang mit sich tragen. Doch diese Last war es, die ihn zu der Gestalt werden ließ, als die man ihn heute überall auf der Welt kennt.

Vielleicht ist im Leben nicht alles schwarz oder weiß. Vielleicht gibt es keine eindeutig glücklichen oder unglücklichen Ereignisse. Vielleicht geht beides immer Hand in Hand. Wie ein Unglück Gutes hervorbringen kann, so kann auch Glück Schwierigkeiten in sich bergen.

Vielleicht sollte man die Wechselfälle des Lebens erst nach einer gewissen Zeit betrachten, aus der Distanz. Vielleicht kann man sie erst dann als Ganzes sehen, und vielleicht kann man erst dann abwägen, ob ein Ereignis letzten Endes mehr Gutes oder mehr Schlechtes hervorgebracht hat – oder womöglich beides im gleichen Maß?

Als Nikolas im Boot saß, auf dem Weg zum Festland und in eine ungewisse Zukunft, von der er nicht die leiseste

Ahnung hatte, konnte er in dem Unglück, das sein Leben gerammt hatte, natürlich nichts Gutes sehen. Auch Hannes und Heino, die verbissen schweigend ruderten, waren nicht imstande, diesem Schicksal etwas abzugewinnen. Der Junge tat ihnen leid, doch weil sie nicht wussten, wie sie ihn trösten sollten, konzentrierten sie ihre ganze Kraft darauf, das Boot rasch ans Festland zu bringen, bevor das langsam gefrierende Meer es gefangen nehmen konnte.

Nikolas musste später noch oft an diese traurige Überfahrt denken, während deren kaum ein Wort gewechselt wurde. Es gab nur das Knirschen des Eises, das Knarren der Dollen, die keuchenden Atemzüge der Männer, seine eigene Bestürzung und seine Augen, die keine einzige Träne preisgaben. Erst Jahrzehnte später konnte er manchmal, keineswegs immer, auch die andere Seite des Unglücks sehen – das Gute, das es hervorgebracht hatte.

Doch der Junge, der in jener Winternacht im Boot saß, hatte noch einen weiten Weg und viele Prüfungen vor sich, bevor er in der Lage war, mit dem schrecklichsten Tag seines Lebens Frieden zu schließen.

Die erste Prüfung, die Nikolas bevorstand, war die Beerdigung seiner Eltern.

Er dachte nicht an das, was danach geschehen würde – es war bedeutungslos. Oft wünschte er sich, er hätte nicht als Feuerhüter zurückbleiben müssen, sondern seine Familie auf ihrer letzten Fahrt begleiten dürfen.

5. Türchen

Zu einer anderen Zeit, in einer anderen Stimmung hätte Nikolas sicher die Schönheit des Fischerdorfs Korvajoki bestaunt, das vom weißen Schnee, dem blauen Himmel und dem Sonnenschein erleuchtet wurde, doch nun stand er mit versteinertem Gesicht am offenen Grab seiner Eltern, die kleine Faust fest um die Taschenuhr seines Vaters geschlossen. Er meinte, noch immer die Wärme zu spüren, die Einaris Hand darauf hinterlassen hatte.

Das Fischerdorf Korvajoki lag am Ende einer geschützten Bucht. Es bestand aus acht Gehöften mit den dazugehörigen Ackerstreifen und Kartoffelbeeten, die nun von einer dicken Schneedecke bedeckt waren.

Durch das Dorf führte ein Weg, der gleich hinter der Ansiedlung und der Holzbrücke über den Fluss Korvajoki eine Biegung machte und im dichten Wald verschwand. Nördlich des Dorfes folgte er der Uferlinie und verlor sich in der Ferne.

Am Ufer standen Bootsschuppen, in denen die Fischerkähne vertäut waren. Die Gebäude waren schmucklos und ohne Anstrich und glichen dem Haus von Nikolas' Familie auf der Insel.

Hinter dem Dorf erstreckten sich Berge und Wälder, ein verlassener Landstrich, wo niemand lebte außer den Tieren des Waldes. Vor allem im Winter, wenn der Schnee alles Lebendige unter sich begrub, spürte man die Abgeschiedenheit und die Zeitlosigkeit, die im Dorf herrschten.

Wenn man von einem Ort sagen konnte, er liege am Ende der Welt, dann war es das Dorf Korvajoki.

Nikolas hatte die erste Nacht im Dorf in der Obhut der Witwe Meeri verbracht. Die warmherzige grauhaarige Frau, die die Welt durch dicke Brillengläser betrachtete, hatte keine Familie und war sehr arm. Sie lebte von gelegentlichen Näharbeiten und von der Barmherzigkeit der anderen Dorfbewohner.

Nikolas hatte in dieser fremden Umgebung kaum Schlaf gefunden, doch er hatte auch nicht schlafen wollen. Denn jedes Mal, wenn ihm die Augen zugefallen waren, hatte ihn ein schrecklicher Albtraum heimgesucht: Im Traum hatte er seine Familie verloren und war zum Waisenkind geworden. Deshalb hatte er fast die ganze Nacht damit zugebracht, an dem Geschenk für seine Schwester Ada zu arbeiten. Das lenkte ihn ab, denn weinen konnte er noch immer nicht.

Doch als es schließlich Morgen wurde und das Geschenk fertig war, hatte Nikolas einsehen müssen, dass er nicht nur schlecht geträumt hatte: Der Albtraum war die reine Wirklichkeit. Aber ob er nun geschlafen hatte oder nicht, er wusste mit Sicherheit, dass der Tag, der nun anbrach, der Heilige Abend war: Adas erster Geburtstag und der Tag, an dem seine Eltern beerdigt wurden.

Meeri war freundlich und verständnisvoll gewesen. Sie hatte sich redlich bemüht, Nikolas Hoffnung auf eine bessere Zukunft zu machen.

«Du hast das Größte und Liebste verloren», hatte Meeri zu Nikolas gesagt, als sie am Morgen Haferbrei gegessen und sich für die Beerdigung vorbereitet hatten. «Irgendwann wirst du den Verlust in Stärke verwandeln. Denn wenn du über diese Erfahrung hinwegkommst, wird dich nichts mehr aus der Bahn werfen können. Aukusti, mein entschlafener Mann, hat immer gesagt, was dich nicht umbringt, macht dich stark. Was meinst du dazu?»

Nikolas hatte nichts erwidern können. Zum ersten Mal seit der schrecklichen Nacht war er in verzweifeltes Weinen ausgebrochen.

«Na, na. Weine nur, mein Kleiner, weine dir die Trauer aus dem Herzen», hatte Meeri gesagt und ihn an sich gedrückt. «Das tut dir gut. Es ist natürlich kein Trost für dich, aber ich sage es trotzdem: Ich bin ganz sicher, dass der Dorfrat eine gute Lösung für deine unglückliche Lage finden wird. Die richtige Lösung für deine Zukunft, glaub es mir. Ich würde dich ja auch gern bei mir aufnehmen, aber auf die Dauer geht das einfach nicht. Ich komme ja kaum allein zurecht.»

Der Friedhof, auf dem Nikolas nun stand, lag auf einem kleinen Hügel etwas außerhalb, mit Blick auf das Fischerdorf. Er war von einer niedrigen Feldsteinmauer umgeben. Dort hatten sich alle Dorfbewohner versammelt.

Es gab nicht viele Gräber, nur gut zwanzig einfache Holzkreuze, die aus dem Schnee ragten.

Trotz Meeris tröstlicher Worte fühlte sich Nikolas klein und schwach, als er am offenen Grab seiner Eltern stand. Die Trauerrede von Gideon, dem Dorfältesten, der an den Gräbern stand, rauschte an seinen Ohren vorbei, als würde sie in einer fremden Sprache gehalten. Er versuchte zu verstehen, was über seine Eltern gesagt wurde.

«Das Meer hat zwei Gesichter», sagte Gideon, auf seinen Stock gestützt, und ließ den Blick über die Trauergemeinde schweifen. «Das eine ist schön, das andere grausam. Denn das Meer, das uns Fischer am Leben hält, erinnert uns von Zeit zu Zeit daran, dass wir niemals dem Irrglauben verfallen dürfen, wir wären seine Herren.

Das Meer ist launisch und wankelmütig, und wir werden es niemals so gut kennenlernen, dass es für uns berechenbar wird.

An einem Tag wie diesem, der so traurig ist, fühlen wir uns dem Meer gegenüber klein und ohnmächtig. Wir fragen uns: Warum musste das geschehen? Ist das Meer nicht ungerecht? Ist es nicht maßlos? Doch selbst an diesem Tag, dem Tag der tiefsten Trauer für den kleinen Nikolas, steht es uns nicht zu, dieses Unglück dem Meer anzulasten. Es hat Nikolas' Eltern Einari und Alexandra und seine kleine Schwester Ada aus unserer Mitte gerissen, und dennoch dürfen wir nie vergessen, dass wir nur kurz auf Erden weilen, ein jeder von uns. Das Meer aber ist so ewig wie der Himmel über uns und die Erde unter unseren Füßen.

Es steht uns nicht zu, das Meer zu fragen, warum es stürmisch wogt, so wie wir auch den Himmel nicht fragen, weshalb er uns nass regnet, oder die Erde, warum sie uns nicht gibt, was wir erhoffen.

Denn wie es das Meer und den Himmel und die Erde gibt, so gibt es auch die Ewigkeit all dieser Naturkräfte, eine Ewigkeit, die in uns allen lebt, jetzt und auch dann, wenn unsere Zeit auf Erden verstrichen ist. Wir haben also keinen Grund und auch kein Recht zu fragen: Warum? Wir können nur innehalten und trauern und irgendwann unseren Blick wieder in die Zukunft richten.

Die Zeit heilt selbst tiefe Wunden. Gewiss bleibt eine Narbe zurück, aber eines Tages wird es nicht mehr schmerzen, wenn man die Narbe ansieht oder berührt», schloss Gideon und sah Nikolas an.

Nikolas stand mit geschlossenen Augen da, und vor seinem inneren Auge zogen die glücklichsten Momente seines kurzen Lebens an ihm vorüber.

Seine Erinnerungen waren frisch, sie waren lebendig. Und in seinem Inneren, in seinem Herzen, würden sie für alle Zeiten so unberührt bleiben wie jetzt. Vor allem die Erinnerung an Ada. Sie hatten Ada nicht gefunden. Also bestand auch kein Grund, von ihr Abschied zu nehmen, dachte Nikolas. Es war immerhin möglich, dass sie noch lebte. So muss es sein, überlegte Nikolas, Ada lebt! Er klammerte sich fest an diesen Gedanken. Einari und Alexandra waren einige Kilometer südlich des Dorfes am Felsufer gefunden worden. Das hatten Hannes und Heino erzählt, als sie nach der schweigsamen Bootsfahrt am Ufer angelegt hatten. Aber über das Schicksal seiner kleinen Schwester hatten die Männer ihm nichts sagen können.

Beim Gedanken an Ada strich zum ersten Mal seit dem Unglück ein Lächeln über Nikolas' Gesicht, doch es erstarb, als er die Augen aufschlug.

Nicht nur Gideon, der unmittelbar vor ihm stand, sondern auch alle anderen Dorfbewohner starrten ihn an.

Nikolas sah sich verwirrt um. Sollte er nun etwas tun? Er wusste es nicht. Er war völlig in seine Gedanken versunken gewesen. Er schwieg und blickte auf seine Fußspitzen.

«Ganz recht. Schweigen ist oft beredter als die treffendsten Worte. Das hat Nikolas richtig erkannt.» Mit schallender Stimme überbrückte Gideon die verlegene Stille. «Der Dorfrat tagt gleich nach unserer Rückkehr in meinem Haus. Ich gehe davon aus, dass alle kommen.»

Nikolas spürte, wie Meeri, die neben ihm stand, sanft seine Schulter drückte. Er sah zu ihr auf. Ihre dicken Brillengläser waren von Tränen beschlagen.

Am frühen Nachmittag lag das Dorf Korvajoki wie ausgestorben da. Alle waren ausnahmslos der Aufforderung gefolgt, die Gideon bei der Beerdigung ausgesprochen hatte. Und noch ein weiterer Mann schloss sich der Trauergesellschaft an: Iisakki, ein großer, polteriger Kerl mit dunklen Bartstoppeln. Er war eigentlich ins Dorf gekommen, um seine Holzarbeiten feilzubieten. Nikolas bemerkte sofort, dass die Kinder Iisakki aus dem Weg gingen, sie schienen richtiggehend Angst vor ihm zu haben. Und auch die Erwachsenen schienen nicht eben erfreut, als sie bei der Rückkehr vom Friedhof den finster dreinblickenden Mann entdeckten, der pfeiferauchend neben seinem vollbeladenen Pferdeschlitten vor Gideons Haus stand.

Die Luft in Gideons Stube war dick und schwer. Feuchtigkeit dampfte aus den Kleidern der Leute. Die ältesten Dorfbewohner saßen mit Gideon am Tisch, die anderen standen an die Wände gelehnt. Die Stimmung war gespannt. Gideon hatte das Problem bereits dargelegt, und nun suchten alle nach einer annehmbaren Lösung.

Es ging natürlich um Nikolas. Der hockte an der Tür, Handschuhe und Mütze im Schoß. Der Dorfrat war zusammengetreten, um über das Schicksal des verwaisten Jungen nachzudenken. Konnte womöglich eine der armen Fischerfamilien für Nikolas sorgen wie für ihr eigenes Kind?

«Unerhört», brummte Iisakki kopfschüttelnd, als Gideon diese Frage stellte.

Nikolas rutschte unruhig hin und her und versuchte, sich von den verstohlenen Blicken, die ihn musterten, nicht aus der Fassung bringen zu lassen. Es ging alles so schnell. Noch vor ein paar Tagen hatte er mit seiner Familie ein glückliches Leben geführt. Und nun, gleich nachdem er seine Eltern der Erde übergeben hatte, wurde hier über seine Zukunft beraten. Er kam da einfach nicht mit. Während er noch damit kämpfte, das eine Ereignis zu begreifen, rollte schon das nächste über ihn hinweg wie eine gigantische, alles zermalmende Welle.

Eine Frau ergriff das Wort. Es war Kristiina, die Frau von Hannes, der Nikolas von der Insel geholt hatte. Auf dem Arm trug sie ein kleines Kind.

«Natürlich will keiner von uns, dass der Junge verhungert oder erfriert», begann Kristiina. «Aber Hannes und ich haben schon zwei eigene Kinder zu versorgen. So gern wir helfen würden, es ist einfach nicht … Es tut mir leid …» Kristiina fand keine Worte mehr. Unglücklich lehnte sie sich an ihren Mann.

Neben Kristiina und Hannes standen Heino und seine Frau Kreetta. Nachdem Kristiina verstummt war, schien es zunächst, als ob niemand mehr etwas sagen wollte.

Schließlich trat Kreetta vor.

«Was Kristiina gesagt hat, stimmt», seufzte sie. «Es ist bei uns allen das Gleiche, da können wir noch so lange überlegen. Wir kämpfen alle hart ums Überleben. Gideon hat es ja bei der Beerdigung gesagt: Das Meer ist unberechenbar, man weiß nie, wann es uns einen guten Fang gewährt und wann nicht. Und jetzt ist Winter, das Meer friert bald zu, und die Männer können monatelang gar nicht zum Fischen ausfahren. In dieser Lage noch ein hungriges Maul ...»

Da sprang der grobschlächtige Tischler Iisakki auf und unterbrach Kreetta. «Da könnt ihr wohl nur eines tun!»

Alle sahen Iisakki an, der sich grinsend durch den Bart fuhr und dann mit ausgestrecktem Finger auf Nikolas zeigte.

«Werft den Jungen zu seiner Schwester ins Meer, dann seid ihr das Problem los!» Iisakki brach in dröhnendes Gelächter aus. Keiner der Dorfbewohner sagte ein Wort. Langsam verstand Nikolas, warum die anderen Kinder einen weiten Bogen um Iisakki machten, er verstand es sogar sehr gut, obwohl er erriet, dass der Mann lediglich einen derben Scherz gemacht hatte.

«Wenn keiner von euch Manns genug ist, ihn zu ertränken, kann ich das gern übernehmen!», fuhr Iisakki fort und sah herausfordernd in die Runde. Er machte einen drohenden Schritt auf die Ecke zu, in der Nikolas hockte.

Nikolas sprang auf und stürzte mit einem Satz aus der Stube.

«Wo läuft er denn hin?», rief Kreetta.

«Weggerannt ist er, wie es alle Blagen bei meinem Anblick tun», brüllte Iisakki. «Der einfältige Fratz!»

Alle hörten, wie die Haustür ins Schloss fiel. Doch keiner wusste etwas zu sagen, selbst Gideon nicht. Die

Dorfbewohner wisperten miteinander und schüttelten ungläubig den Kopf.

Schließlich lehnte sich Hannes zu seiner Frau und flüsterte ihr etwas ins Ohr. Kristiina überlegte kurz, dann sah sie ihrem Mann in die Augen und nickte. Hannes trat vor und räusperte sich.

«Ich habe einen Vorschlag», begann er. Das Raunen erstarb. «Kristiina und ich könnten den Jungen eine Zeitlang bei uns aufnehmen. Unsere Hütte ist zwar klein, aber in der Saunakammer wäre noch Platz für ein Bett. Wir haben eine ganz ordentliche Ernte eingebracht, und außerdem hatte ich in letzter Zeit Fischglück, sodass wir etwas für den Winter zurücklegen konnten.» Er sah seine Frau an, die ihm aufmunternd zulächelte. «Ich habe nachgerechnet und glaube, dass wir auch mit einem zusätzlichen Esser über diesen Winter kommen könnten. Aber über die weitere Zukunft weiß ich nichts. Wir alle wissen, es ist meistens knapp. Im nächsten Jahr um diese Zeit sieht unsere Lage vielleicht ganz anders aus. Und deshalb sind Kristiina und ich der Meinung, dass das ganze Dorf gemeinsam die Verantwortung für den Jungen übernehmen sollte. Aber wie das gehen könnte, weiß ich nicht.»

Hannes verstummte und trat zurück zu seiner Frau. Eine Weile war es still, dann erhob sich Meeri vom Tisch.

«Gut gesprochen!», sagte sie. «Mir ist da ein Gedanke gekommen. Machen wir es doch so, dass jede Familie im Dorf Nikolas für ein Jahr zu sich nimmt. Jeweils nach einem Jahr kommt die nächste Familie an die Reihe. Ein Jahr schafft doch jeder, oder nicht? Vielleicht sogar ich, wenn ich von den anderen ein bisschen Unterstützung bekomme. Was haltet ihr davon? Spätestens mit fünfzehn Jahren kommt der Junge ja ohnehin allein zurecht.»

Meeri setzte sich wieder. Erneut breitete sich Stille aus, während die Dorfbewohner über den Vorschlag nachdachten.

«Ich denke, wir könnten mitmachen. Irgendwie müssen wir dem Jungen ja helfen», sagte Kreetta schließlich. Dann sah sie ihren Mann an. «Heino?»

Heino nickte. Gleich darauf meldete sich eine schwangere junge Frau namens Matilda. Sie klopfte sich auf den Bauch.

«Auf Antti und mich könnt ihr selbstverständlich auch zählen», sagte sie. «Nicht gleich in den nächsten Jahren, weil bei uns schon bald ein weiterer Esser dazukommt. Aber wenn dieser Neuankömmling hier ein bisschen größer ist, können wir Nikolas für ein Jahr aufnehmen.»

Nun wurden hier und da Rufe laut, die Meeris Vorschlag unterstützten, plötzlich redeten alle durcheinander. Gideon erhob sich und klopfte mit dem Stock auf den Fußboden.

«Ruhe bitte!», rief er in das Durcheinander. Die Dorfbewohner gehorchten dem alten Mann sofort. «Danke», sagte er. «Ich finde Meeris Vorschlag ausgezeichnet und bin der Meinung, wir sollten ihn annehmen. Aber ich spreche nur für mich, jeder hat das Recht, selbst zu entscheiden, und niemand im Dorf wird ihm Vorwürfe für seinen Entschluss machen. Ich bitte also darum, dass jede Familie, die nicht in gemeinsamer Verantwortung für Nikolas sorgen kann oder will, es jetzt sagt.»

«Ich würde bei so einem Unfug jedenfalls nicht mitmachen!», rief Iisakki laut in die Stille.

«Dich betrifft die Sache auch gar nicht», erwiderte Gideon ruhig. «Das ist eine Dorfangelegenheit. Du wohnst nicht in unserem Dorf, Iisakki.»

«Gut, dass du mich daran erinnerst», schnaubte Iisakki und ging mit großen Schritten zur Tür. «Ein verrücktes Dorf ist das! Und kaufen tut ihr auch nichts!»

Die Tür erzitterte, als Iisakki sie wütend hinter sich zuschlug. Gideon ließ sich von diesem Ausbruch nicht beirren.

«Also, wie steht es, gibt es jemanden, der nicht mitmachen möchte?», fragte er erneut in die Runde und ließ den Blick durch die Stube schweifen. Niemand meldete sich.

«Gut.» Gideon nickte zufrieden. «Dann einigen wir uns darauf, dass jede Familie im Dorf Nikolas für ein Jahr aufnimmt. Hannes und Kristiina machen den Anfang. Außerdem legen wir fest, dass immer am selben Tag gewechselt wird, nämlich an Weihnachten.

Unser Dorf hat insgesamt acht Haushalte, und Nikolas ist jetzt fünf Jahre alt. Mit dieser Regelung ist also für seine Zukunft gesorgt, bis er dreizehn ist. Danach überlegen wir uns, wie es weitergehen soll, falls es dann noch vonnöten ist.» Gideon klopfte noch einmal mit dem Stock auf den Boden zum Zeichen, dass der Beschluss gültig war. «Ich möchte wetten, dass der Junge bis dahin längst auf einem Schiff angeheuert hat», fügte er hinzu und blickte sich suchend um. «Wenn er das nicht bereits getan hat.»

Mit diesem Scherz löste sich die Anspannung. Die Dorfbewohner lachten.

Gideon rief die Versammlung noch einmal zur Ordnung. «Im Ernst! Wohin ist der Junge verschwunden?

Hoffentlich hat ihn Iisakkis Gerede nicht auf dumme Gedanken gebracht.»

Unterdessen rannte Nikolas, so schnell ihn seine Beine trugen, den vereisten Weg entlang. Er überquerte die Holzbrücke über den Fluss und lief immer weiter. Tränen rannen ihm übers Gesicht, und er wischte sich immer wieder mit den Fäustlingen über die Augen.

Der Junge hatte kein Ziel, und er hatte auch keine Ahnung, was die Versammlung beschlossen hatte. Er hatte es einfach nicht mehr ertragen können, still in Gideons Stube zu sitzen und das Urteil abzuwarten. Er hatte die verstohlenen Blicke der Dorfbewohner gespürt und hier und da etwas von ihrem Getuschel aufgeschnappt. Es war nicht nur freundlich gewesen, und Nikolas hatte sich gefühlt, als stünde er zum Verkauf wie ein Tier, das auf dem Markt versteigert werden soll. Natürlich ahnte er, dass dieser Gedanke ungerecht war, denn die Dorfbewohner waren ja zusammengekommen, um eine Möglichkeit zu finden, ihm zu helfen, aber er hatte es trotzdem nicht ausgehalten, länger zuzuhören, wie man über ihn sprach. Iisakkis derbe Worte hingegen hatten ihn gar nicht besonders erschreckt.

Nikolas war schon weit gelaufen. Zu beiden Seiten des Weges ragten hohe Bäume auf. Zur einen Seite schien der Wald dicht und undurchdringlich, doch zum Ufer hin lichtete er sich, und selbst im Laufen sah Nikolas immer wieder die eisige Fläche der See zwischen den Kiefernstämmen aufblitzen.

Plötzlich und ohne weiter nachzudenken, kämpfte sich Nikolas durch die Böschung und stapfte durch den weichen, fast kniehohen Schnee hinunter zum felsigen Ufer.

Bald darauf stand er auf dem hohen Uferfelsen. Der Wind hatte fast allen Schnee davongefegt. Zu seinen Füßen fiel der Fels wie eine senkrechte Wand zum Meer ab, auf dem eine dünne Eisschicht lag.

Der Wald lag weit hinter ihm. Nur eine einzige ausgedorrte Kiefer mit krummen Ästen thronte mitten auf dem Fels wie ein Mahnmal, das daran erinnerte, was geschah, wenn ein Landgewächs versuchte, der Macht des Meeres zu trotzen. Von hier an entschied allein das Meer über Leben und Tod. Hier begann sein Reich.

Nikolas war außer Atem. Schnee hatte sich in seinen Stiefeln gesammelt, doch er achtete nicht darauf. Er ließ den Blick über das Meer schweifen. Weiter draußen war es noch frei von Eis, und die Strahlen der tiefliegenden Wintersonne spielten auf dem träge wogenden Wasser.

Der Junge schloss die Augen. Er spürte den langsamen, verlockenden Rhythmus des Meeres. Es schaukelte ihn, vor und zurück, sodass er fast hintenübergefallen wäre. Er hörte das lockende Wispern. War er deshalb bis hierher gerannt? War es sein Schicksal, nachzugeben und sich dem Meer in die Arme zu werfen? Immerhin war dies die Lösung, die Iisakki vorgeschlagen hatte, wenn auch im Scherz.

Plötzlich öffnete Nikolas die Augen und befreite sich aus der Umklammerung des Meeres.

«Nein», sagte er laut, und irgendwie glaubte er, nicht nur seine eigene Stimme zu hören, sondern auch die seiner Eltern.

Erst da erkannte er, wohin ihn sein scheinbar zielloser Lauf geführt hatte. Er blickte nach Norden und sah in der Ferne hinter dem Waldstreifen das Fischerdorf. Aus den

Schornsteinen schlängelten sich Rauchfahnen zum Himmel empor. Ja, die Entfernung musste stimmen.

Nikolas wusste plötzlich, dass es ihn genau zu der Stelle gezogen hatte, wo man seine Eltern gefunden hatte.

Er drehte sich wieder um und sah aufs Meer. Dass er hier gelandet war, hatte etwas zu bedeuten, es konnte kein Zufall sein. Es war ihm, als hätte sich ein eisernes Band um seine Brust gelegt, doch er verstand, dass das Meer ihn gerufen hatte, damit er das tat, was ihm auf dem Friedhof unmöglich gewesen war. Er sollte nicht nachgeben, sondern kämpfen.

Er sollte an diesem Ort von seinen Eltern Abschied nehmen. Dies war der einzig richtige Platz dafür und die einzig richtige Art.

Die Sonne schien Nikolas entschlossen ins Gesicht, als er seufzte und sich zwang, die Worte auszusprechen.

«Leb wohl, Vater. Leb wohl, Mutter.» Es war eher ein Hauch als ein Flüstern. «Ich verstehe das. Ihr wollt, dass ich weiterlebe und euch in meinem Herzen trage. Lebt wohl. Dir sage ich aber nicht auf Wiedersehen, kleine Ada. Dich haben sie ja nicht gefunden. Sicher bist du eine Seejungfrau geworden. Eine schöne kleine Seejungfrau. Ich habe auch ein Geschenk für dich, Ada. Hoffentlich gefällt es dir.» Er zog die Holzfigur, die er für Ada geschnitzt hatte, aus der Tasche. Er schluchzte laut auf und flüsterte, während er die Figur zärtlich streichelte: «Ganz egal, wie es mir ergeht, ich lasse dich nie im Stich, kleine Schwester. Nie.»

Nikolas gab der Holzfigur einen Kuss und warf sie weit hinaus auf das schneebedeckte Eis.

Er legte seine Hände wie einen Trichter an den Mund und rief aus voller Lunge: «Frohe Weihnachten, Ada!»

Das Echo seiner Stimme hallte noch lange von den Uferfelsen wider.

Es war getan.

Er drehte sich um und folgte seinen eigenen Spuren zurück zum Weg, zurück ins Dorf – zu einem neuen Anfang, in ein neues Leben.

Der kleine Junge verschwand zwischen den schneebeladenen Bäumen, und der Uferfels lag so leer und still da wie zuvor.

Doch plötzlich war unterhalb des Felsens ein leises Knacken zu vernehmen. Wäre Nikolas noch dort gewesen, hätte er gesehen, wie unter der Holzfigur, die er aufs Eis geworfen hatte, ein Riss entstand. Die kleine Puppe schaukelte eine Weile am Rand des Risses, dann kippte sie in den Spalt und verschwand in der Tiefe. Dann knackte das Eis erneut, und der Riss schob sich langsam wieder zu.

Bald war die Eisdecke wieder fest und makellos.

6. Türchen

So begann Nikolas' neues Leben. Den Weihnachtsabend verbrachte er bereits in der Saunakammer von Hannes und Kristiina.

Die Fischerfamilie hatte ihn eingeladen, in der Stube zu bleiben, doch Nikolas hatte mit stummem Kopfschütteln abgelehnt. Er wollte den Kindern der Familie, die noch kleiner waren als er selbst – Eemeli war drei, Helena erst zwei –, mit seiner trüben Miene nicht die Weihnachtsstimmung verderben.

So saß er nun allein auf seinem Strohlager. Eine Öllampe beleuchtete die Kammer, und er betrachtete sein Bündel, das aufgeknüpft auf dem Fußboden lag. Auf dem ausgebreiteten Tuch lagen seine Kleider, das Messer und die Taschenuhr seines Vaters. Das einzig Greifbare, was ihm von seinem früheren Leben geblieben war.

Durch die Wand konnte Nikolas hören, wie Kristiina mit klarer, schöner Stimme sang. Hannes begleitete sie auf der Geige. Eemeli und Helena trällerten mit ihren hellen Kinderstimmen die Melodie mit.

Nikolas sah sich niedergeschlagen in der Kammer um: Es gab kein Fenster, der Raum war niedrig und klamm.

«Das ist jetzt mein Zuhause», sagte er zu sich selbst. «Damit muss ich mich abfinden.» Und er beschloss, möglichst leise und unsichtbar zu sein, um niemanden zu stören. Und um niemanden liebzugewinnen. Denn noch einmal würde er so einen Verlust bestimmt nicht ertragen.

Er schloss die Augen und wiegte sich im Rhythmus der Musik, die durch die Wand drang.

Aus Stunden wurden bald Tage, aus Tagen Wochen. Unversehens hatten sich die Wochen zu zwei Monaten angehäuft, und immer noch hockte Nikolas in sich gekehrt in der Saunakammer. Hannes und Kristiina machten sich große Sorgen um ihn.

Anfangs hatten sie jeden Tag versucht, Nikolas zu überreden, mehr Zeit im Kreis der Familie zu verbringen, doch ohne Erfolg. Immer wieder lehnte der Junge stumm ab. Mit der Zeit aber waren ihre Überredungsversuche immer lahmer geworden, und schließlich hatten sie es aufgegeben. Sie hatten sich damit abgefunden, dass sie keinen Zugang zu dem Jungen finden würden, solange er nicht bereit war, sein Herz zu öffnen. Es hing von Nikolas selbst ab. Auch Eemeli hatte immer wieder versucht, Nikolas zum Spielen auf den Hof zu holen. Zuerst hatte er gebeten und gebettelt, dann hatte er ihn am Arm mit sich gezogen, aber da hatte Nikolas sich losgerissen und war in den Wald davongerannt. Seitdem machte er einen großen Bogen um Eemeli.

«Es ist so traurig, mit anzusehen, wie sich der Junge in sein Schneckenhaus zurückzieht», sagte Kristiina zu ihrem Mann, als Nikolas wieder einmal abgelehnt hatte, mit ihnen gemeinsam zu essen. «Es macht ja nichts, dass er *uns* nicht mag, aber er will nicht einmal mit Eemeli und Helena spielen.»

Seit seiner Ankunft hatte Nikolas noch kein einziges

Mal zusammen mit der Familie gegessen. Er kam an den Tisch, füllte seine Schüssel, bedankte sich höflich und ging zurück in seine Kammer. So auch diesmal.

«Und er sieht immer so bedrückt aus. Ich weiß einfach nicht, wie ich ihn fröhlich stimmen kann. Ich habe ihn in den ganzen zwei Monaten kein einziges Mal lächeln sehen. Nicht ein Mal», fuhr Kristiina fort.

«Bei dem, was der Junge erlebt hat, ist das kein Wunder», brummte Hannes. «Ich verstehe auch, dass er keine Lust hat, mit Kleinkindern zu spielen», fügte er hinzu und warf einen Blick auf Eemeli und Helena, die auf dem Fußboden Holzklötze aufeinanderschichteten.

«Trotzdem», beharrte Kristiina. «Es ist doch traurig. Nikolas ist ein so lieber Junge. Er holt mir jeden Tag Wasser ins Haus, ich brauche ihn gar nicht darum zu bitten. Als er heute mit dem Wassereimer hereinkam, habe ich versucht, ihm über die Haare zu streichen, aber er ist mir so hastig ausgewichen, dass der Eimer beinahe umgekippt wäre. Dann ist er weggerannt.»

«Lass ihn am besten in Ruhe», meinte Hannes. «Das wird schon wieder … Zeit heilt Wunden.»

Kristiina schüttelte betrübt den Kopf. «Manchmal fürchte ich, dass es auf der ganzen Welt nicht genug Zeit gibt, um Nikolas wieder zu einem normalen, fröhlichen Jungen zu machen.»

«Nun übertreib mal nicht», sagte Hannes. Doch im tiefsten Herzen hegte er die gleiche Befürchtung.

Er hatte schon ein paarmal spätnachts einen Blick in die Saunakammer geworfen, und jedes Mal lag Nikolas dort auf die gleiche Weise. Nacht für Nacht hielt der Junge das Messer seines Vaters umklammert wie ein Ertrinkender,

der sich mit beiden Händen am rettenden Seil festhält. Es war, als würde Nikolas selbst im Schlaf befürchten, die Verbindung zu seiner Familie zu verlieren, wenn ihm das Messer entglitt. Dabei wäre genau das nach Hannes' Ansicht das Beste gewesen. Nikolas war zu klein, um seine Kindheit mit Trauern zu vergeuden.

«Wenn er sich nur gestatten würde zu vergessen», murmelte Hannes halblaut.

Obwohl der Winter in jenem Jahr spät gekommen war, stellte er die Geduld der Menschen in Korvajoki doch umso härter auf die Probe. In den strengen Wintermonaten hatten sich anderthalb Meter Schnee aufgetürmt, und in den Taleinschnitten waren die Schneewehen stellenweise über drei Meter hoch.

Tage- und wochenlang herrschten eisige Temperaturen. Der Frost ließ die Häuserwände knacken und zwang die Menschen, im Warmen zu bleiben. Im ganzen Dorf lebte man äußerst sparsam: Die Vorräte vom Herbst mussten gut eingeteilt werden, denn niemand konnte voraussagen, wann der Frühling kam und den harten Nord-Winter vertrieb.

Für Nikolas änderte sich in diesen Monaten nichts: Er war allein, obwohl er unter Menschen war.

Vielleicht wäre es das ganze Jahr so geblieben, womöglich auch in allen folgenden Jahren, bis ans Ende seines Lebens, wenn nicht etwas geschehen wäre, was alles veränderte.

Endlich war es nach dem quälend langen Winter Frühling geworden. Das Dorf erwachte aus der Winterstarre.

Die Schneehaufen schrumpften, von den Dächern

tropfte das Schmelzwasser, und hier und da waren an höhergelegenen Sonnenhängen schon schneefreie Flecken zu sehen. Die Männer fieberten dem Tag entgegen, an dem sie nach fast einem halben Jahr des Landlebens endlich wieder aufs Meer hinausfahren konnten. Sie versammelten sich jeden Morgen bei den Bootsschuppen, um ihre Kähne instand zu setzen. Teergeruch und Hoffnung lagen in der Luft, und am Ufer erscholl endlich wieder Gelächter. Das Meer war zwar immer noch zugefroren, doch die Sonne stand von Tag zu Tag länger am Himmel und sorgte dafür, dass die Eisdecke an Kraft verlor.

Die Einwohner des Dorfes Korvajoki jubelten. Wieder einmal hatten sie es geschafft, den Winter zu überstehen. Nun sah die Zukunft wieder heller aus.

Endlich kam der lange herbeigesehnte Tag: Das Meer war offen. Zwar trieben noch immer große Eisschollen auf dem Wasser, aber vom Ufer führte bereits eine schmale Fahrrinne hinaus auf die weite See. Schon am frühen Morgen hatten sich alle am Ufer eingefunden, um die Männer zum ersten Fischzug zu verabschieden. Sie umarmten sich, sie scherzten, und Gideon, der Dorfälteste, hielt eine Rede, in der er den Fischern einen guten Fang wünschte und die Dorfbewohner für ihre Zähigkeit und Ausdauer lobte.

Schließlich schoben die Männer ihre Boote ins Wasser. Das erste Stück ruderten sie, während die Zurückgebliebenen ihnen nachwinkten. Und als am Ende der Bucht das erste Segel gesetzt wurde, erschollen am Ufer laute Hurrarufe.

Bald jagten alle sechs Boote mit geblähten Segeln auf das offene Meer hinaus, wo die Frühlingssonne sie mit ihren warmen Strahlen begrüßte.

Nikolas war nicht zum Hafen gegangen. Er hatte keine Lust gehabt, sich von den Dorfbewohnern begaffen zu lassen. Sobald Hannes und Kristiina mit den Kindern das Haus verlassen hatten, war er in den Schuppen geschlichen, um Holz zu hacken.

Als Kristiina mit den Kindern beschwingt nach Hause kam, lagen viele Armvoll Scheite säuberlich gestapelt neben dem Ofen, und der Eimer war bis an den Rand mit frischem Brunnenwasser gefüllt.

Nikolas hatte sich längst wieder in seine Kammer verkrochen. Er saß auf dem Strohlager und strich gedankenverloren über die Taschenuhr seines Vaters.

«Ihr fehlt mir so sehr. Wenn man doch die Zeit zurückdrehen könnte wie die Zeiger an der Uhr. Und wenn man dann noch machen könnte, dass alles anders wird», flüsterte er und hielt sich die Uhr an die Wange. So verharrte er lange.

Dann ließ er die Uhr fallen, schlang die Arme um die Knie und brach in Tränen aus. Im selben Moment ging knarrend die Tür auf. Eemeli schlüpfte herein, und Nikolas beeilte sich, rasch die Tränen abzuwischen. Er versuchte so zu tun, als wäre nichts gewesen.

«Was willst du hier?», fuhr er den Kleinen an. «Geh weg. Ich will allein sein.»

«Warum weinst du?», fragte Eemeli.

«Ich weine nicht», behauptete Nikolas und schnäuzte sich. «Mich hat bloß das Stroh in der Nase gekitzelt.»

Eemeli kam näher und streckte die Hand aus, in der er ein kleines, schiefes Borkenstück hielt.

«Es ist kaputtgegangen», sagte er unglücklich.

«Was soll das denn sein?», fragte Nikolas.

«Eemelis Boot», gab der Junge zurück. «Es ist kaputt», wiederholte er und zeigte den kleinen Zweig, den er in der anderen Hand hielt. «Der Mast ist abgebrochen. Das muss man heil machen.»

«Aha», sagte Nikolas. «Dann bitte deinen Vater, es zu reparieren.»

«Vater ist aufs Meer gefahren», erwiderte Eemeli und hielt Nikolas Boot und Mast hin. «Heil machen!»

«Frag deine Mutter», meinte Nikolas ungerührt.

«Mutter kann das nicht!», rief Eemeli und heulte los.

Nikolas sah den vom Weinen geschüttelten Jungen an und seufzte. Er wischte seine eigenen Tränen mit dem Ärmel ab und streckte widerstrebend die Hand aus.

«Also gut», sagte er. «Gib mal her, ich sehe es mir an.»

Eemeli reichte ihm Borke und Zweig.

«Hast du das selbst gebaut?», fragte Nikolas und betrachtete den jämmerlichen Kahn von allen Seiten.

Eemeli nickte stolz. «Ist es nicht schön?»

«Doch, sehr schön. Ich repariere es später. Morgen früh kannst du es dir holen.»

«Ich will es aber heute schwimmen lassen!», rief Eemeli und stampfte mit dem Fuß auf.

«Ich habe jetzt keine Zeit», wehrte Nikolas ab. «Lass mich in Ruhe und komm morgen wieder, dann kriegst du dein Schiffchen.»

«Eemeli will es jetzt», quengelte der Kleine. «Eemeli wartet hier, bis es fertig ist.»

«Das geht nicht. Hau ab!», versuchte Nikolas es noch einmal, aber Eemeli brach erneut in Tränen aus. «Also gut!», fauchte Nikolas, als ihm klar wurde, dass der Junge keine Ruhe geben würde, ehe das Boot repariert war. «Ich bringe es in Ordnung. Bleib meinetwegen so lange hier stehen. Aber danach lässt du mich in Frieden, verstanden?»

«Komm mit zum Bach, das Boot schwimmen lassen», bettelte Eemeli.

«Nein.» Nikolas schüttelte den Kopf. «Ich repariere dein Boot, aber dann will ich allein sein. Ist das klar?»

Die Enttäuschung stand Eemeli ins Gesicht geschrieben, doch er nickte.

Letzten Endes nahm die Reparatur gar nicht viel Zeit in Anspruch.

Nikolas schnitt das Boot noch ein wenig zurecht und ersetzte den Zweig durch einen richtigen geschnitzten Mast. Eemeli jubelte und fiel ihm dankbar um den Hals. Zum ersten Mal seit langer Zeit wich Nikolas nicht zurück. Eigentlich war es doch auch schön, dass der Junge sich über eine kleine Gefälligkeit so sehr freute.

Eemeli verschwand mit seinem Boot und ließ Nikolas allein, wie er es versprochen hatte.

Eine Stunde später, als Nikolas sich gerade sein Essen holen wollte, ging die Tür zu seiner Kammer wieder auf. Kristiina kam herein.

«Weißt du, wo Eemeli steckt? Er ist wie vom Erdboden verschluckt. Ich habe ihn schon zigmal zum Essen gerufen.»

«Er ist sicher am Bach und lässt sein Boot schwimmen», meinte Nikolas. «Ich kann ihn holen.»

«Nein, da ist er nicht. Ich habe ihn dort unten schon gesucht … Um Himmels willen! Er wird doch nicht an den Fluss gelaufen sein?», rief Kristiina. Matt vor Schreck, lehnte sie sich an die Wand.

Nikolas stürzte wortlos hinaus.

Er rannte, so schnell er konnte. Er kannte den Weg. Es war derselbe, den er im Winter genommen hatte, als er aus Gideons Stube davongelaufen war. Seine Stiefel fanden auf dem eisigen Pfad kaum Halt, und als er durch eine Pfütze lief, unter der sich noch massives Eis verbarg, fiel er in hohem Bogen hin und riss sich die Hand auf. Doch er war im Nu wieder auf den Beinen und lief weiter, ohne auf den stechenden Schmerz zu achten.

Als Nikolas die Brücke über den Korvajoki erreichte, spähte er hastig über das Geländer. Er ließ den Blick flussaufwärts wandern. Nichts. Er flitzte auf die andere Seite und suchte mit den Augen den Unterlauf ab. Auch dort war nichts zu sehen. Erleichtert atmete er auf. Vom Dorf her näherte sich ein Pferdewagen – sicher hatte Kristiina die Nachbarn alarmiert. Hier war Eemeli jedenfalls nicht. Wer weiß, wo er steckte.

Nikolas war außer Atem. Er lehnte sich ans Geländer und sah hinunter auf das dunkle Wasser, das tosend unter der Brücke hinwegströmte. Der Fluss war schmal und die Strömung nicht besonders stark. Doch in einer Woche oder zwei würde der Fluss für eine Weile zu einer reißenden Flut werden. Wenn die Schneedecke auf dem Berg Korvatunturi schmolz, würde sich eine riesige Wassermenge ins Tal ergießen, die das tiefe, aber schmale Flussbett nicht aufnehmen konnte. So trat der Korvajoki jedes Jahr über die Ufer und überschwemmte das angrenzende Land und die Felder. Noch aber plätscherte er ruhig und schmal, kaum breiter als ein Bach. Teilweise verdeckten vereiste Schneezungen, die sich vom Ufer aus über das Wasser reckten, den Wasserlauf. Kleine Eisschollen trieben flussabwärts, blieben immer wieder an der starren Böschung hängen und drehten sich eine Weile um sich selbst. Es plätscherte und gluckerte, und die Sonne strich Nikolas wärmend über das Gesicht. Plötzlich sah er das Borkenboot unter der Brücke hervorkommen. Eemeli hatte ein Stück Birkenrinde als Segel am Mast befestigt. Das Boot trudelte mitten auf dem Fluss und verschwand rasch hinter der nächsten Biegung.

«Eemeli!», rief Nikolas und rannte ans andere Ende der Brücke.

In aller Eile kletterte er die Böschung hinunter. Das letzte Stück war völlig vereist. Er konnte sich nicht mehr bremsen und rutschte mit den Füßen voran in den Fluss. Im Nu war er unter Wasser. Die Strömung packte mit eisigem Griff seine immer schwerer werdende Kleidung. Er kam einfach nicht wieder hoch. Panisch tastete er über den eisigen Flussboden, bis seine Finger endlich einen scharfkantigen Stein zu fassen bekamen. Er hielt sich daran fest und bot dabei all seine Kräfte auf. Prustend kam er auf die Beine.

Wie er dort mitten im Fluss stand, merkte er, dass ihm das Wasser nur bis zur Taille reichte. Als der erste Schreck verflogen war, blickte er sich suchend um, doch Eemeli war nirgends zu sehen. Nikolas holte tief Luft, ging in die Hocke und tauchte den Kopf ins eiskalte Wasser. Er schaute in jede Richtung, und gerade als ihm die Luft ausging, glaubte er einige Meter flussabwärts ein dunkles Bündel auszumachen. Eemeli! Nikolas richtete sich auf und watete mutig auf das Nordufer zu. Über Wasser war nichts zu sehen. Das war seltsam! Die Gestalt hatte doch gar nicht auf dem Grund des Flusses gelegen. Mit Armen und Beinen zog er verzweifelt weite Kreise durchs Wasser, doch er fand nichts. An dieser Stelle war das Flussbett schmal, zu beiden Seiten ragten überhängende Eisplatten über das Ufer. Nikolas ließ sich noch einmal auf die Knie fallen und blickte sich unter Wasser um. Doch von Eemeli war nichts zu sehen. Hatte er sich doch geirrt? Er richtete sich wieder auf.

«Eemeli!», rief Nikolas, und seine Zähne klapperten. Er spürte, wie seine Gliedmaßen in der eiskalten Strömung immer steifer und schwerer wurden. Er konnte kaum noch aufrecht stehen, weil alles Gefühl aus seinen Füßen geschwunden war. Die Kälte drang ihm durch Mark und Bein und nahm ihm fast den Atem.

«Eemeli!», rief er noch einmal.

Plötzlich meinte er etwas zu hören. Er versuchte, über das Rauschen des Flusses auf das Geräusch im Hintergrund zu lauschen.

«Hilfe!»

Die Stimme klang schwach. Aber sie gehörte Eemeli!

«Eemeli! Wo bist du?»

«Hier!»

Die Stimme kam ganz aus der Nähe, aber von dem Kleinen war nichts zu sehen.

«Wo?»

«Hier!», klang es unter einem der Eisüberhänge hervor. Ohne zu zögern, kniete Nikolas sich hin und kroch darunter. Im selben Moment sah er auch schon Eemelis zappelnde Beine. Nikolas stieß sich den Kopf an der Eisdecke und versuchte, sich so hinzuhocken, dass nur noch sein Gesicht über Wasser war.

«Nikolas … hilf mir», stammelte Eemeli. Der Kleine

war nur halb unter Wasser, aber trotzdem war er vor Kälte schon ganz blau. Er war in die Luftblase unter der Eiszunge getrieben worden. Dort krallte er sich jetzt an der Wurzel eines Baumes fest, der am Ufer stand.

«Eemeli … du musst loslassen», sagte Nikolas so ruhig, wie er konnte.

«Nein», jammerte Eemeli bibbernd. «Ich will nicht.»

«Du musst!», drängte Nikolas.

Er spürte, dass seine Bewegungen langsamer und unbeholfener wurden. Das Wasser erschien ihm gar nicht mehr so kalt. Einen Augenblick lang verspürte er den unbändigen Drang, sich einfach von der Strömung davontragen zu lassen, bis ins Meer, in eine stille, friedliche und schmerzlose Welt. Wie leicht wäre das, er brauchte nur die Füße vom Grund zu heben und wäre frei. Wie Ada.

Nikolas riss sich mit aller Kraft zusammen. «Halt dich an meinen Schultern fest, und dann legst du die Hände ganz fest um meinen Nacken. Komm.»

«Nein, ich will nicht … Ich …», protestierte Eemeli.

«Es muss sein. Sonst ertrinken wir», rief Nikolas. «Los, Eemeli … ich halte nicht mehr lange durch.»

Da streckte Eemeli endlich eine Hand aus und fasste Nikolas an der Schulter. Nikolas löste auch den anderen Arm des Kleinen von der Baumwurzel und legte ihn sich um den Hals.

«Schling deine Beine um mich», sagte er. Eemeli gehorchte und presste sich mit aller Kraft an Nikolas.

«Ich hab Angst», wisperte Eemeli.

«Das brauchst du nicht. Du musst nur ganz, ganz tief einatmen», erklärte Nikolas. «Und dann hältst du die Luft an, so lange du nur kannst.»

Er nahm den Jungen fest in den Arm und tauchte, doch mit dem wild strampelnden Eemeli am Hals war es viel schwieriger, unter der Eisplatte hindurchzukommen.

Nikolas' Lungen brannten. Gerade als er das Gefühl hatte, er könne die Luft nicht länger anhalten, sondern müsse Wasser atmen, merkte er, dass sie ihrem Gefängnis entronnen waren.

Er stieß sich mit aller Kraft vom Boden ab, und plötzlich war das Sonnenlicht wieder hell und klar. Sie waren an der Luft! Eemeli würgte. Nikolas konnte ihn kaum mehr halten, er wurde schwach, das Licht ganz weich.

Nikolas sah nur noch etwas Verschwommenes und hörte nichts mehr. Dann spürte er einen harten Ruck an seiner Schulter. War das Eemeli gewesen? Oder die schwere Pranke des Todes?

Dies war Nikolas' letzter Gedanke, bevor es dunkel wurde und die Welt um ihn herum verschwand.

7. Türchen

NIKOLAS!»

Nikolas hörte, dass er gerufen wurde, doch er begriff nicht, wer da rief. Er schlug die Augen auf und versuchte herauszufinden, wo er war. Im Himmel?

Er spürte Wärme um sich herum und sah ein undeutliches Licht. Sein Kopf wog eine Zentnerlast, er versuchte vergeblich, ihn zu heben. Der Versuch, die Hand zu bewegen, blieb ebenso erfolglos. Anstelle des Arms schien ihm eine Eisenstange gewachsen zu sein. Er ließ die Augen wandern. Wo in aller Welt war er? In seiner Saunakammer jedenfalls nicht.

Stück für Stück fiel ihm alles wieder ein: wie er sich mit Eemeli durch den eisigen Fluss gekämpft hatte. Aber was war danach geschehen? Davon wusste er nichts.

«Mutter! Nikolas ist aufgewacht!»

Jetzt erkannte Nikolas die Stimme. Sie gehörte Eemeli. Also hatte der Kleine entweder überlebt, oder sie waren beide im Himmel. Fühlte man sich im Himmel so kraftlos und schwer? Wohl kaum. Aber woher sollte er das wissen?

«Nikolas!» Das Gesicht einer Frau erschien über ihm. Kristiina. Im nächsten Moment spürte er, wie Eemelis kleine Hand seine Finger umschloss und fest drückte.

«Lass das, Eemeli», mahnte Kristiina. «Nikolas muss sich ausruhen.»

«Wo bin ich?» Nikolas hörte seine eigene Stimme wie von weit her. Sie klang dünn und heiser.

«Zu Hause», antwortete Kristiina lächelnd. «In unserem Schlafzimmer», fügte sie hinzu und legte ihm beruhigend eine Hand auf die Stirn.

«Aber wo schlaft ihr denn dann?», fragte Nikolas schwach.

«Mach dir darüber keine Gedanken. Das ist ganz unwichtig.» Kristiina lachte auf, wurde dann aber ernst. «Endlich ist das Fieber gesunken. Endlich ... Ich hatte schon ... alles Mögliche befürchtet.»

«Bin ich krank?», fragte Nikolas heiser. Nun nahm er seine Umgebung schon deutlicher wahr, und mit ein bisschen Mühe schaffte er es sogar, den Kopf zu drehen und Eemeli anzulächeln, der, von seiner Mutter unbemerkt, an seinem Arm zupfte.

«Du hattest hohes Fieber», sagte Kristiina. «Es ist sechs Tage her, seit du Eemeli vor dem Ertrinken gerettet hast.»

«Eemeli ist überhaupt nicht krank geworden!», rief Eemeli stolz. «Obwohl ich Wasser gespuckt habe! Du musst mir ein neues Boot machen.»

«Eemeli, mein Schatz, geh doch mal mit Helena spielen», sagte Kristiina. «Nikolas kann jetzt noch keine Boote basteln.»

Eemeli lief hinaus und trällerte fröhlich: «Nikolas ist wach! Nikolas ist wach!»

«Habe ich Eemeli gerettet? Ich weiß gar nicht mehr genau, was passiert ist», flüsterte Nikolas.

Kristiina nickte. «Du hast ihn gerettet, und um ein Haar wärst du dabei selbst ertrunken. Zum Glück waren Gideon und ich gerade noch rechtzeitig zur Stelle und konnten euch aus dem Wasser ziehen», sagte sie und strich Nikolas über die Haare. «Du warst sehr mutig. Ich habe noch nie gehört, dass so ein kleiner Junge wie du eine solche Tat vollbracht hat. Du bist der Held des Dorfes.»

«Wirklich?»

«Ja, natürlich!», rief Kristiina. «Alle bewundern dich. Du kannst stolz auf dich sein.»

Nikolas brachte kein Wort mehr heraus. Er dachte bei sich, dass es nicht schlecht war, ein Held zu sein. Helden wurden immer gebraucht, ihr Leben war nicht sinnlos. Zu weiteren Gedanken fehlte ihm die Kraft, er war plötzlich wieder unendlich müde. Die Augen fielen ihm zu.

«Schlaf nur», flüsterte Kristiina. «Schlaf ruhig, mein Kind.»

Kristiinas Flüstern und ihr zärtliches Streicheln begleiteten Nikolas in den Schlaf.

Nach Nikolas' Genesung war alles anders. Während er im Fieber lag, hatte er gespürt, dass es gut war weiterzuleben. Der Gedanke schien ihm nicht mehr so selbstsüchtig wie noch im Winter.

Die Tage wurden immer länger, und der Sommer hielt mit Macht Einzug. Die Umgebung des Fischerdorfs leuchtete in allen denkbaren Grüntönen.

Nachdem Nikolas das Krankenlager verlassen hatte, war er wieder in die Saunakammer gezogen, doch er versteckte sich nicht mehr in seinen vier Wänden. Er aß mit der Familie in der Stube. Sein Platz war neben Eemeli, der ihm nicht mehr von der Seite wich und den er allmählich als seinen kleinen Bruder betrachtete.

Nikolas gewann auch die anderen Familienmitglieder lieb. Manchmal war es fast, als wären Hannes und Kristiina Vater und Mutter für ihn. Dann zwang er sich, daran zu denken, woher er kam.

Die Dorfkinder ließen Nikolas bei ihren Spielen mitmachen und freundeten sich mit ihm an. So gut war es ihm seit seiner Ankunft in Korvajoki nie gegangen. Es war, als hätte die Sonne, die Tag und Nacht am nördlichen Himmel stand, auch mehr Licht und Freude in Nikolas' Leben gezaubert.

Als der Sommer sich dem Ende näherte, die Tage wieder kürzer wurden und die Landschaft in flammend buntem Herbstlaub prangte, ließ Nikolas das schreckliche Unglück langsam hinter sich.

Der vergangene Sommer hatte die großen Wunden fürs Erste verheilen lassen, wie Gideon es bei der Beerdigung prophezeit hatte. Immer häufiger konnte Nikolas nun an seine Eltern und an die kleine Ada denken, ohne sofort von einer Trauer überfallen zu werden, die alles gegenwärtige Glück erstickte.

Wenn Nikolas an seine Familie dachte, versuchte er sich nur die warmen und fröhlichen Erinnerungen ins Gedächtnis zu rufen. Manchmal musste er richtig lachen, wenn er an den Schabernack dachte, den sein Vater dauernd getrieben hatte, und wie seine Mutter sich dann bemühte, wütend dreinzublicken. Das anschließende bockige Schweigen, das nach kurzer Zeit in unbändigem Gelächter endete. Und Ada! All seine Erinnerungen an Ada waren warm und zärtlich.

Einmal im Herbst, als er Hannes half, den Fang des Tages aus dem Boot zu laden, musste er bei dem Gedanken an Ada laut lachen.

«Was ist denn so lustig, mein Junge?», fragte Hannes.

«Ach, nichts», wich Nikolas aus.

Hannes warf die Fischkästen aus dem Boot auf den Steg, und Nikolas wollte sie zum Karren ziehen, der am Ufer bereitstand.

Es hatte schon Nachtfrost gegeben. Hannes und Nikolas trugen warme Mützen, und ihr Atem dampfte in der feuchten, kalten Luft.

«An die Arbeit, Nikolas, sonst springen die Fische noch zurück ins Meer», lachte Hannes. «Wolltest du nicht alle Kisten ans Ufer ziehen?»

«Das wollte ich», sagte Nikolas. «Und das tue ich auch.»

Als er entschlossen den Griff des hölzernen Fischkastens packte, klopfte Hannes ihm auf die Mütze.

«Lass gut sein. Noch musst du dir den Rücken nicht kaputt machen», sagte er. «Ich habe doch bloß Spaß gemacht. Das ist eine Arbeit für Männer, nicht für kleine Jungen.»

«Ich schaff das schon», schnaufte Nikolas und zog an dem Kasten, der sich nicht vom Fleck bewegte.

«Ach ja?» Hannes lachte.

«Ich schaffe es», wiederholte Nikolas trotzig und legte sich noch einmal ins Zeug. Endlich bewegte sich der Kasten. Nikolas zog fest entschlossen weiter, denn wenn er jetzt anhielt, würde er das Ding kein zweites Mal vom Fleck ziehen können, so viel stand fest.

Nikolas hatte den ganzen Sommer über Hannes geholfen. Aufs Meer hatte er ihn zwar nicht begleiten dürfen, aber an Land war er ihm tüchtig zur Hand gegangen.

Hannes hatte ihm beigebracht, wie man Netze aufhängt und flickt, wie man mit Sand die Algen vom Boot scheuert und wie man knirschende Dollen und Seile ölt. Nikolas lernte schnell und war Hannes bald eine große Hilfe. Aber dieser Kasten! Nikolas musste zugeben, dass die Arbeit viel schwerer war, als er erwartet hatte. Doch er beschwerte sich niemals.

Tief gebückt ging er rückwärts den Steg entlang und zog den Kasten hinter sich her. Ich muss es bis zum Karren schaffen, betete er sich vor, sonst lacht Hannes mich aus. Ich muss es schaffen!

Er hatte das Ende des Stegs erreicht, mit den Stiefeln stand er bereits an Land. Im selben Moment gab es einen Ruck, und der Kasten ließ sich nicht mehr vom Fleck bewegen – als wäre er gegen eine unsichtbare Wand geprallt. Nikolas fiel unsanft auf sein Hinterteil. Blitzschnell war er wieder auf den Füßen und griff erneut nach dem Kasten, doch alles Rucken und Zerren war vergeblich: Die Last rückte keinen Zentimeter vorwärts.

«Lass nur», sagte Hannes. Er war dem Jungen über den Steg gefolgt und hob den Kasten hoch. Als wäre er ein Federkissen, stellte er ihn auf den Karren. Hannes nahm die Mütze ab und wischte sich den Schweiß von der Stirn.

«Nikolas?»

«Ja?»

«Hör mal, ich habe … Oder … ach, nichts», sagte Hannes kopfschüttelnd. «Schon gut.»

«Was denn?»

Nikolas sah, dass Hannes plötzlich traurig wirkte. «Willst du es nochmal probieren?», fragte der Fischer und rang sich ein Lächeln ab, aber seine Augen funkelten nicht so fröhlich wie sonst. «Die nächste Kiste ist ein wenig leichter.»

Nikolas ließ sich nicht zweimal bitten. Er lief zurück auf den Bootssteg und griff nach dem nächsten Kasten. Als er sich kurz zu Hannes umblickte, sah er, dass er hinaus aufs Meer starrte.

Nikolas folgte seinem Blick. Weit weg am Horizont hing eine schwarze Wolke, die Hannes' Aufmerksamkeit gefangen nahm. Nikolas wusste, was diese Wolke bedeutete: Schnee und einen neuen harten Winter.

Bisher hatte er nicht einmal daran denken wollen, dass er bald in eine andere Familie ziehen musste. Er hatte den Gedanken weit von sich geschoben. Doch jetzt, als er Hannes' wehmütigen Blick sah, überwältigte ihn fast die Angst vor der Zukunft. Er hatte sich doch gerade erst an Hannes' Familie gewöhnt, hatte Fuß gefasst und sich fast wie ein Teil von ihr gefühlt! Und er hatte seinen Vorsatz – niemanden liebzugewinnen – gebrochen. Es war unmöglich gewesen, diesen Vorsatz zu halten.

Nikolas drehte sich um und sah zu Hannes hinüber. Ihre Blicke trafen sich. Hannes senkte betroffen den Kopf und betrachtete seine Schuhe.

Ein Wirrwarr von Gefühlen tobte in Nikolas. Einerseits war er traurig, weil er Hannes' Familie verlassen musste, und fürchtete sich obendrein vor der neuen Familie, andererseits verspürte er große Dankbarkeit. Dankbarkeit für die Geduld, Wärme und Anerkennung, die Hannes' Familie ihm gegeben hatte. Obwohl der Junge erst sechs Jahre alt war, verstand er, dass er es Kristiina und Hannes nicht leicht gemacht hatte, vor allem am Anfang.

Als er spürte, dass ihm Tränen in die Augen stiegen, biss

er die Zähne zusammen, bückte sich und zog den nach Fisch riechenden Kasten entschlossen über den Steg.

Tage und Wochen vergingen, und Nikolas nahm in Gedanken bereits Abschied von seiner ersten Pflegefamilie. Sie war ihm ans Herz gewachsen. Er hätte seine Dankbarkeit gern irgendwie gezeigt, doch ihm wollte nicht einfallen, wie. Sein einziger Besitz – abgesehen von seinen Kleidern – waren die Taschenuhr und das Messer seines Vaters, und es war undenkbar, eins von beiden herzugeben.

Eines Abends im November, als alle sich wie gewohnt zum Essen in der Stube versammelt hatten, beobachtete Nikolas unbemerkt die anderen, während er seine Grütze löffelte. Helena saß bei ihrer Mutter auf dem Schoß, und Kristiina schob sich selbst und dem Kind abwechselnd den Löffel in den Mund. Hannes hatte seinen Teller in die Hand genommen und verzichtete auf Besteck. Er schlürfte, dass die Barthaare glitzerten. Und Eemeli … Eemeli sah immer wieder verstohlen zu Nikolas hinüber und versuchte, im gleichen Takt zu essen wie er. Nikolas war sein großes Vorbild geworden, und er versuchte ihn nachzuahmen, so gut er konnte. Wie gern wäre Nikolas hier geblieben! Eemeli hat noch gar nicht begriffen, dass ich bald fortmuss, dachte er. Gerade in diesem Moment schubste Eemeli ihn an.

«Guckt mal!», jauchzte Eemeli und zeigte mit dem Löffel zum Fenster.

Alle sahen hinaus. Große Schneeflocken fielen vom Himmel. Helena und Eemeli jubelten um die Wette.

«Der Winter ist da! Hurra!»

Hannes, Kristiina und Nikolas schwiegen betreten.

Bald darauf stand Nikolas vom Tisch auf, bedankte sich für das Essen und lief hinaus. Hannes und Kristiina wechselten einen vielsagenden Blick. Sie wussten, weshalb Nikolas allein sein wollte.

Es waren nur noch zwei Wochen bis Weihnachten. Nikolas saß in seiner Saunakammer. Er verbrachte wieder mehr Zeit allein, so wie vor einem Jahr. Vielleicht würde so der Abschied weniger schmerzen, dachte er. Wieder erinnerte er sich an die letzten Worte, die sein Vater zu ihm gesagt hatte:

Und du kommst schon sehr gut allein zurecht, bist ja schon ein großer Junge.

Doch obwohl er jetzt ein Jahr älter war als damals, fühlte er sich trotzdem oft hilflos und klein. Manchmal war er wütend auf sich selbst, weil er sich die Gesichter seiner Eltern nicht mehr genau ins Gedächtnis rufen konnte. Wie Nebelgestalten geisterten sie durch seine Erinnerung. Und wenn er versuchte, sie genauer zu erkennen, merkte er, dass er von Mal zu Mal ein Quäntchen mehr von Kristiina und Hannes einfügte. Ada lebte dagegen in seiner Erinnerung ganz genau so, wie sie gewesen war: rosig und sanft. Bisweilen war Nikolas sogar wütend auf seine Eltern, auch wenn er wusste, dass er ihnen Unrecht tat.

Nikolas dachte an Hannes' Familie. Kristiina, die mit beiden Händen Teig knetete, in der Stube, die immer so gemütlich duftete. Hannes, der immer munter war und lächelte, wenn er nach Hause kam, obwohl der Fang im Verhältnis zu der gewaltigen Arbeit, die die Männer leisteten, meist nur gering ausfiel. Und dann waren da noch Eemeli und Helena mit ihrem ewigen Löffelspiel. Sie spielten mit den Holzlöffeln, als wären es Puppen. Sie hatten sogar Namen.

Nikolas konnte keine Begeisterung für das stundenlange Spiel der Geschwister aufbringen. Die jämmerlichen Holzlöffel erinnerten nicht im Entferntesten an Puppen. Doch Helena und Eemeli waren zufrieden, denn sie hatten kein anderes Spielzeug.

Da kam Nikolas plötzlich eine Idee. Er wusste, wie er sich der Familie wenigstens ein bisschen erkenntlich zeigen konnte. Er würde richtiges Spielzeug für Eemeli und Helena schnitzen! So wie er es im vergangenen Jahr für die kleine Ada getan hatte. Auch wenn Weihnachten für ihn selbst ein trauriger Tag war, konnte er doch Eemeli und Helena eine Freude machen. Die Geschenke würden den Abschiedsschmerz mildern.

«Und so halte ich es von jetzt an in jedem Jahr», sagte Nikolas mit fester Stimme. «Ich werde für die Kinder jeder Familie ein Weihnachtsgeschenk machen.»

So verbrachte Nikolas die Abende bis Weihnachten geschäftig in seiner Kammer. Er schnitzte viel geschickter als noch vor einem Jahr. Mit dem großen Messer seines Vaters ließ sich das Holz leichter bearbeiten, obwohl der Schaft für die kleine Jungenhand immer noch ein wenig zu breit war.

Nikolas arbeitete im Geheimen. Wenn jemand seine Kammer betrat, schob er das halbfertige Stück blitzschnell unter die Strohmatratze und pfiff unschuldig vor sich hin, als hätte er nichts zu verbergen. Damit erregte er natürlich erst recht Verdacht.

«Du pfeifst neuerdings immer, wenn ich komme», sagte Hannes eines Abends mit gerunzelter Stirn.

«Ich hab eben so gute Laune», antwortete Nikolas lächelnd.

«Freust du dich so auf Heinos Familie?», fragte Hannes. «Hast du dich bei uns denn nicht wohl gefühlt?»

«Doch, natürlich», erwiderte Nikolas rasch. «Ich pfeife nicht deswegen, sondern aus einem ganz anderen Grund. Aber den kann ich noch nicht verraten.»

«Aha.» Hannes kratzte sich am Kopf. «Tja ... ich wollte nur den Kübel holen. Dann nehme ich den also mit und lass dich in Ruhe ... pfeifen», fügte er fast ein wenig beleidigt hinzu.

Aber Nikolas wollte selbst ihn nicht in sein Geheimnis einweihen. Er fürchtete nämlich, dass Hannes Kristiina davon erzählen und die Kinder es womöglich hören würden.

An Heiligabend war es endlich vollbracht. Nikolas pustete die letzten Holzspäne fort und stellte die Schnitzfiguren vor seiner Strohmatratze auf. Da waren sie! Ein winziges Pferd, ein wolliges Schaf und eine kleine Holzpuppe, derjenigen ganz ähnlich, die Nikolas ein Jahr zuvor für Ada geschnitzt hatte, nur dass die neue Puppe bedeutend gleichmäßigere Formen hatte und schon eher einem Menschen glich als einem Holzklotz.

Am nächsten Tag stand Nikolas mit seinem Stoffbündel auf dem schneebedeckten Hof vor dem Haus. Hannes stand neben ihm und hielt Polle, das Pferd, am Zügel.

Heinos Familie wohnte ein wenig außerhalb des Dorfes. Es war zu kalt, um Nikolas zu Fuß bis dorthin laufen zu lassen, hatte Hannes erklärt und den Schlitten angespannt.

In Wahrheit wollte er aber mit dem Jungen, der ihm so sehr ans Herz gewachsen war, noch so viel Zeit verbringen wie möglich.

Eemeli und Helena hielten Nikolas' Geschenke in der Hand. Alle mussten lachen, als Helena versuchte, zu blöken wie ein Schäfchen.

Nikolas umarmte die Familie zum Abschied.

«Nächstes Jahr zu Weihnachten mache ich euch neues Spielzeug», versprach er. «Dann kann ich es bestimmt schon viel besser.»

«Das hier ist doch schön! Genau wie unser Polle!», rief Eemeli und machte das Pferd nach. «Wenn doch schon nächstes Weihnachten wäre», fügte er dann traurig hinzu. «Dann würdest du wieder ein Geschenk für Eemeli bringen.»

«Sei nicht traurig. Wir sehen uns sicher ganz oft», sagte Nikolas. «Ich bin ja nicht aus der Welt.»

Schon saß er neben Hannes im Schlitten. Hannes schnalzte mit der Zunge, und Polle zog an. Nikolas drehte sich um. Kristiina und die Kinder winkten.

«Frohe Weihnachten!», rief Nikolas und zwang sich zu lächeln, obwohl ihm die Tränen in den Augen standen.

Der Pferdeschlitten hatte das Dorf bereits hinter sich gelassen und die Brücke über den zugefrorenen Fluss überquert. Sie näherten sich dem Waldrand. Nikolas war still und nachdenklich. Konnte er es wagen, Hannes um einen Gefallen zu bitten?

Schließlich fasste er Hannes am Arm. «Könnten wir gleich kurz anhalten? Dort.» Er zeigte nach vorn.

Hannes zog an den Zügeln, und Polle hielt geduldig an.

«Hast du zu Hause etwas vergessen?», fragte er und verbesserte sich sofort: «Ich meine, bei uns?»

Nikolas schüttelte den Kopf und stieg aus.

«Wohin willst du denn? Musst du austreten?»

Wieder schüttelte Nikolas den Kopf. «Ich muss etwas erledigen … etwas Wichtiges. Es dauert nicht lange», sagte er. «Kannst du mir die Axt leihen?»

Hannes kapitulierte vor dem flehenden Blick des Jungen und reichte ihm die Axt. «Du bist mir manchmal ein Rätsel», seufzte er.

Nikolas drehte sich wortlos um, kletterte über den Schneewall am Wegesrand und stapfte durch den Wald auf das Ufer zu.

Hannes war ebenfalls vom Schlitten gestiegen und kratzte sich verwundert am Kopf. Er sah dem Jungen nach, der schon bald im Wald verschwunden war.

«Hoffentlich weiß er, was er tut», sagte er und strich dem Pferd übers Maul. «Nicht wahr, Polle? Er wird doch keine Dummheiten machen? Was meinst du?»

Polle schnaubte und schüttelte seinen großen Kopf, als hätte er die Worte verstanden. Hannes war noch erstaunter als zuvor.

«Na, dann ist es ja gut», sagte er. «Du wirst es wohl wissen. Immerhin bist du ein Pferd und ich bloß ein armer Fischer.»

Nikolas stand auf dem zugefrorenen Meer an dem Uferfelsen, von dem er ein Jahr zuvor Adas Geschenk geworfen hatte. Er hackte mit dem Axtrücken ein Loch ins Eis und kniete sich hin. In der Hand hielt er die Puppe, die er geschnitzt hatte.

«Du hättest sehen sollen, wie sie sich über die Geschenke gefreut haben», sagte Nikolas zu der Puppe. «Aber vielleicht hast du es ja gesehen. Mir ist es auch leichter ums Herz geworden, obwohl ich …»

Seine Stimme erstarb. Er wischte sich die Tränen fort und seufzte tief.

«Ich ziehe jetzt zu einer neuen Familie, etwas außerhalb vom Dorf. Nicht sehr weit. Heino und Kreetta haben fünf Kinder. Vielleicht sind sie ja genauso nett zu mir wie Hannes' Familie.»

Nikolas wollte nicht weiter über seine Zukunft nachdenken. Er drückte der Puppe einen Kuss auf, krempelte den Ärmel seines Pullovers hoch und schob die Puppe unters Eis. Er spürte erst, wie kalt das Wasser war, als er die Hand aus dem Eisloch zog. Der eisige Wind, der über das Meer fuhr, ließ ihn plötzlich vor Kälte zittern.

«Frohe Weihnachten und alles Gute zum zweiten Geburtstag, liebe Seejungfrauschwester», flüsterte er und rollte den Ärmel herunter. Dann holte er tief Luft und rief aufs Meer hinaus: «Frohe Weihnachten, Ada!»

Danach stand Nikolas auf und lief mit der Axt ans Ufer zurück.

8. Türchen

Die nächsten Jahre vergingen wie im Flug. Im Lauf der Zeit gewöhnte sich Nikolas sogar daran, dass immer, wenn er sich gerade in einer Familie eingelebt hatte, bald wieder Weihnachten war und er weiterziehen musste. Zu seinem Glück wohnten alle im Dorf, mit Ausnahme von Heinos Familie, sodass er niemanden verlor, der ihm lieb geworden war – die Menschen blieben in seiner Nähe, nur die Wände um ihn herum wechselten. Und das Schönste war, dass jede einzelne Familie den fleißigen Jungen ebenso freundlich aufnahm, wie Hannes und Kristiina es getan hatten. Nikolas wurde von Jahr zu Jahr eine größere Hilfe. Im Alter von sieben Jahren arbeitete er eifrig auf dem Feld mit, half beim Fischen und versorgte das Vieh, ohne dass man ihn darum bitten musste. Die Mütter im Dorf Korvajoki liebten Nikolas, denn alle Babys und Kleinkinder gerieten in Verzückung, wenn der fröhliche Junge kam, um mit ihnen zu spielen, außerdem kümmerte er sich so mustergültig um die Kinder, dass die Mütter sich unbesorgt ihrer Hausarbeit widmen konnten.

Deshalb graute es Nikolas irgendwann auch nicht mehr vor dem jährlichen Neubeginn. Er hatte gelernt, dem Wechsel zur nächsten Familie zuversichtlich entgegenzusehen, denn von Jahr zu Jahr und von Umzug zu Umzug wuchs so der Kreis seiner Angehörigen. Zwar hatte er seine Familie verloren, doch er hatte dafür mehr bekommen, als er je zu hoffen gewagt hätte. Eines Tages würde das ganze Dorf Korvajoki seine Familie sein!

Als Nikolas acht Jahre alt geworden war, begann er an den Wintersamstagen die Dorfschule zu besuchen, die Gideon hielt. Und als er lesen, rechnen und schreiben gelernt hatte, weihte Gideon ihn auch in die Geheimnisse der Naturwissenschaft und der Erdkunde ein.

Erst als er eines Nachmittags Gideons Atlas betrachtete, begriff Nikolas, wie groß die Welt war. Und wie weit war doch alles von ihrem kleinen Dorf entfernt! Die Welt war viel schwerer zu begreifen als Buchstaben und Ziffern.

«Warum ist Korvajoki nicht auf dieser Karte?», fragte Nikolas, als Gideon zum ersten Mal den Atlas aufschlug und ihm auf der Karte den nördlichen Teil Skandinaviens zeigte. «Wenn wir wirklich hier sind, wie du gesagt hast», er tippte mit dem Finger auf die Grenze zwischen Meer und Land, hoch im Norden, «warum hat man dann gar nichts auf die Karte geschrieben?»

«Das Dorf Korvajoki ist ein so winziger Fleck, dass man es nicht für nötig gehalten hat, es auf der Karte zu verzeichnen», antwortete Gideon. «Wenn du älter bist, wirst du verstehen, dass solche Dörfer im Weltmaßstab keine Bedeutung haben. Unser Dorf ist auf der Erdoberfläche so klein wie ein Tropfen im Meer.»

«Das ist ungerecht!», rief Nikolas so empört, dass Gideon lachen musste. «Der Fluss ist immerhin da! Und wenn man ihm mit dem Finger bis zur Quelle folgt, dann kommt man zum Berg Korvatunturi, und da steht nicht nur der Name, sondern sogar wie hoch er ist!»

«Berge sind wichtiger als kleine Flüsse und Dörfer», erklärte Gideon. «Flüsse ändern ihren Lauf oder trocknen aus, und Dörfer bleiben verlassen zurück, wenn die Menschen wegziehen. Aber die Berge sind ewig.»

«Das glaube ich nicht! Ich garantiere dir, dass eines Tages die ganze Welt wissen wird, wo das Dorf Korvajoki liegt!», rief Nikolas. Seine Augen funkelten aufgeregt.

«Die meisten Menschen wissen ja nicht einmal, wo der Korvatunturi ist oder der Fluss Korvajoki. Von unserem winzigen Dorf an der Flussmündung ganz zu schweigen», entgegnete Gideon.

«Eines Tages werden sie es wissen. Und dann kennen sie alle drei: den Korvatunturi und den Fluss und unser Dorf!», ereiferte sich Nikolas. Gideon musste über seinen Schützling lachen.

Nikolas sah ihn beleidigt an, doch schließlich stimmte er in das Lachen ein.

Gideon strich Nikolas zufrieden über den strohblonden Schopf. Der Junge hatte sich wirklich geändert, dachte er. Aus dem schüchternen kleinen Buben mit den traurigen Augen war ein ganz normales, fröhliches Kind geworden, dessen Heranwachsen der alte Mann mit Freude beobachtete.

Immer wenn es für ihn Zeit wurde zu gehen, bedachte Nikolas die Kinder aller seiner Familien mit Geschenken. So, wie er es Eemeli und Helena im ersten Jahr versprochen hatte.

Von Jahr zu Jahr stieg die Zahl der Geschenke, und ihre Herstellung nahm immer mehr Zeit in Anspruch. Doch obwohl das Basteln inzwischen richtiggehend Arbeit machte, ließ Nikolas nicht nach. Er wollte seinen Vorsatz unbedingt halten, denn die Dorfkinder waren für ihn ja beinahe richtige Schwestern und Brüder!

Schließlich hatte er so viele Pflegefamilien mit Kindern, die auf ihr Geschenk warteten, dass Nikolas, um niemanden auszulassen, schon in der Weihnachtsnacht von Haus zu Haus ging und seine Gaben vor die Tür legte, wo die Kinder sie am nächsten Morgen finden würden.

Ihm war das ganz recht, denn je älter er wurde, desto weniger Aufsehen wollte er mit seinen Geschenken erregen. Wenn nach Weihnachten die älteren Kinder kamen, um sich bei ihm zu bedanken, spielte er am liebsten den Ahnungslosen. Er hatte seine Freunde und die Erwachsenen beschworen, den Kleinen nicht zu verraten, wer nachts die Geschenke brachte. Daher ahnten sie nicht, dass die Überraschungen, die sie am Weihnachtsmorgen vor der Tür fanden, von Nikolas stammten, der wieder einmal die Familie wechselte. Und das fand Nikolas gut so. Er wollte von niemandem Dank, denn er fand, dass er derjenige war, der dem ganzen Dorf etwas schuldete. Nur er, niemand sonst.

In der Weihnachtsnacht, wenn Nikolas von Haus zu Haus gegangen war, machte er sich zuletzt immer noch auf den Weg aufs Eis, um seiner kleinen Schwester ihr Geschenk zu bringen. Dann stand er da und berichtete Ada, was sich im letzten Jahr ereignet hatte. Es war ein heiliger Moment für ihn, viel mehr als ein zur bloßen Gewohnheit gewordener Monolog auf dem nächtlichen Meer. Dieser Augenblick war wie eine Brücke von der Gegenwart in die Vergangenheit. Er hielt die Erinnerung in Nikolas' Herz lebendig. Er hielt Ada lebendig.

Nikolas hatte diesen Moment nie mit jemandem teilen

wollen. Er gehörte ihm ganz allein. Aber einmal machte er doch eine Ausnahme, und zwar für Eemeli. Eemeli war ihm seit ihrem gemeinsamen Abenteuer im Fluss ganz besonders ans Herz gewachsen.

Es war in Nikolas' elftem Winter, als er sich von Eemeli überreden ließ, ihn auf seine nächtliche Runde durch das Dorf mitzunehmen.

«Sind wir nicht schon bei allen Häusern gewesen, Nikolas?», fragte Eemeli, als sie vom letzten Haus im Dorf zum Schlitten zurückkehrten. «Ich glaube, wir waren an jedem Haus.»

Die ersten Strahlen der Sonne funkelten bereits hinter dem verschneiten Wald hervor und ließen die Landschaft erscheinen wie ein Gemälde im goldenen Rahmen.

«Ja, wir waren an jedem Haus», antwortete Nikolas außer Atem. «Wieso?»

«Na, aber», Eemeli beugte sich über den Schlitten, «hier liegt noch ein Geschenk.» Er hielt Nikolas eine Holzfigur hin. «Hast du falsch gezählt? Oder haben wir ein Haus ausgelassen?»

«Nein», antwortete Nikolas. «Ein Ort steht noch aus.»

«Aber du hast doch gerade gesagt …»

«Es ist kein Haus.»

«Was denn dann?»

«Wenn du schwörst, niemandem ein Sterbenswörtchen zu verraten, nehme ich dich mit», sagte Nikolas.

Eemeli sah seinem Freund ernst in die Augen und nickte.

«Bist du wirklich ganz sicher, dass deine Schwester eine Seejungfrau geworden ist?», fragte Eemeli zweifelnd, als sie eine halbe Stunde später an dem Loch hockten, das Nikolas ins Eis geschlagen hatte.

«Was hätte denn sonst aus Ada werden sollen?», entgegnete Nikolas herausfordernd.

«Ich dachte, dass …» Eemeli suchte vergeblich nach Worten.

«Was? Was hast du gedacht?»

Eemeli sah in Nikolas' Augen Tränen glitzern und brachte es nicht übers Herz, auf die wütende Frage zu antworten.

«Dann sind wir uns ja einig», brummte Nikolas. «Aber das ist ganz sicher das erste und letzte Mal, dass ich irgendwen hierher mitnehme.»

Eemeli saß mucksmäuschenstill da, während Nikolas seiner Schwester leise von den Ereignissen des vergangenen Jahres berichtete.

Erst als Nikolas den Ärmel aufkrempelte und das Geschenk andächtig ins Wasser gleiten ließ, traute sich Eemeli, den Mund aufzumachen. «Frohe Weihnachten, Ada», sagte er.

Nikolas lächelte ihn unter Tränen an. Eemeli glaubte ihm also doch! Aber aufs Eis nahm er ihn nie mehr mit.

Nikolas war dreizehn, als sich sein achtes Jahr bei den Familien des Dorfes Korvajoki dem Ende zuneigte. Er war zu einem hochaufgeschossenen, mageren Jungen herangewachsen. Mit seinem strohblonden Schopf wurde er seinem verstorbenen Vater Einari immer ähnlicher.

Die Dorfbewohner, die ohnehin ein ärmliches Leben

fristeten, hatten ein ungewöhnlich hartes Jahr hinter sich. Der Frühling war so spät gekommen, dass sie ihre Felder erst im Juli bestellen konnten. Und als wäre das nicht schon schlimm genug gewesen, brach der Herbst mit heftigem, peitschendem Regen schon im August an. Schließlich vernichtete ein unerbittlicher Nachtfrost fast die ganze Ernte.

Auch der Fischfang war den ganzen Sommer und Herbst hindurch miserabel. Tag für Tag, Woche um Woche kehrten die Männer niedergeschlagen und mit leeren Händen zu ihren Frauen und Kindern zurück, die sie hoffnungsvoll am Ufer erwarteten. Es war, als gäbe es im ganzen Meer auf einmal keinen Fisch mehr. Die Dorfbewohner waren bedrückt und voller Sorge, wie sie den kommenden Winter überstehen sollten. Schon wurde von einem Fluch gemunkelt, der über dem Dorf läge und sämtliche Einwohner hungers sterben lassen würde.

Auch Nikolas' letzte Familie, Jaakko und seine Frau Laura, hatten kaum Vorräte für den Winter, der sich bereits vehement ankündigte.

Keiner der Erwachsenen sagte etwas. Doch selbst wenn Nikolas noch zu jung war, um ganz für sich selbst zu sorgen, war er doch schon alt genug, um zu verstehen, dass vielleicht niemand im Dorf in der Lage sein würde, ihn für das nächste Jahr aufzunehmen, so gern sie ihn auch mochten. Alle hatten zu kämpfen, um wenigstens mit ihren eigenen Kindern über den Winter zu kommen.

Das Unglück, das das Dorf heimgesucht hatte, bekümmerte Nikolas ebenso sehr wie die anderen, doch er zwang sich, mit den anderen Kindern so unbeschwert zu spielen wie immer, obwohl seine eigene Zukunft wieder einmal ungewiss war. Vielleicht wäre es für alle besser, dachte Nikolas, wenn er einfach davonliefe. Hatte nicht vor Jahren jemand prophezeit, dass er genau das eines Tages tun würde? Wurde es jetzt Zeit zu gehen? Dann brauchten die Dorfbewohner sich bei all ihren Sorgen nicht auch noch seinetwegen den Kopf zu zerbrechen. Der Gedanke machte Nikolas traurig. Das Dorf Korvajoki war seine Heimat geworden, er wollte nicht von hier fort. Niemals.

Nikolas hatte die Zeichen richtig gedeutet. Die Not war überall groß.

Es blieb nur noch eine Woche bis Weihnachten, als Gideon schließlich gezwungen war zu tun, was er bis zuletzt aufgeschoben hatte. Er lud die Erwachsenen zu sich ein, um über die Lage des Dorfes und insbesondere über Nikolas' Zukunft zu beraten.

Nikolas selbst hatte nicht zu der Versammlung gehen wollen, obwohl auch er eingeladen war. Er wollte es den Menschen, die er liebte, nicht noch schwerer machen. Und auch für ihn selbst war es leichter so, das hatte er schon vor acht Jahren gelernt.

So saß Nikolas am Tag der Versammlung im Haus seiner derzeitigen Familie und versuchte, nicht an seine Zukunft zu denken. Seine ganze Tatkraft und seine Gedanken verwandte er auf die letzten halbfertigen Weihnachtsgeschenke.

Im Lauf der Jahre war Nikolas überaus geschickt im Umgang mit Werkzeug geworden. Seine Geschenke schnitzte er nicht einfach mit dem Messer seines Vaters, sondern er verwendete Säge, Feile, Bohrer, Holznägel, Leim und manch anderes Werkzeug, das er sich bei den

Männern des Dorfes lieh. Aus den klobig geschnitzten Figuren waren wunderschöne Kunstwerke geworden, die das Talent eines Tischlers erkennen ließen.

An dem Schneeschuh, den Nikolas gerade fertigte, fehlte nur noch der aus Leder zugeschnittene Riemen, in den der Empfänger des Geschenks dann seine Stiefelspitze schieben konnte.

«Gleich geschafft», seufzte er für sich.

Er klopfte die Lederöse mit dem Schusterhammer fest und stellte den fertigen Schuh neben sein Gegenstück. In Größe und Form waren die beiden Schneeschuhe ein wenig unterschiedlich ausgefallen, aber im tiefen Schnee würden sie dennoch ihren Zweck erfüllen.

«Die werden schon taugen. Endlich fertig», sagte Nikolas halblaut und ließ den Blick über die Geschenke schweifen, die sich auf dem Fußboden türmten, während er müde seine steifgewordenen Schultern streckte.

Ein verzagtes Lächeln stahl sich auf sein Gesicht. Er hatte es geschafft, sogar noch vor der Zeit! Wieder einmal würden alle Kinder am Weihnachtsmorgen ein Geschenk vor der Tür finden. Nikolas war so in sein Werk versunken, dass er gar nicht merkte, wie die Speichertür leise aufging.

«Nikolas? Bist du hier?»

Es war Eemelis Stimme.

Nikolas erschrak und breitete hastig eine Decke über die Geschenke. Gleich darauf stand Eemeli atemlos vor ihm und erriet augenblicklich, was unter der Decke verborgen lag.

«Vor mir brauchst du sie nicht zu verstecken», keuchte er. «Außerdem, ehrlich gesagt, können sich bestimmt alle denken, wer die Geschenke vor die Tür legt, auch wenn du immer den Unwissenden spielst», fuhr er fort und sackte auf die Knie.

«Eemeli! Ich weiß wirklich nicht, wovon du sprichst», sagte Nikolas mit strenger Miene. «Ich weiß nichts von irgendwelchen Geschenken. Und du übrigens auch nicht, falls eins von den Kleinen dich danach fragen sollte. Hast du verstanden?»

Die Jungen sahen sich an. Dann zuckte Eemeli die Achseln. «Meinetwegen. Ich hab keine Lust, mit dir zu streiten. Ich weiß ja ohnehin, dass es nichts nützt. Genauso gut könnte ich mit einem Stein reden.»

«Warum bist du außer Atem? Bist du den ganzen Weg gerannt?», fragte Nikolas.

«Ja. Aber ich hab jetzt keine Zeit, dir zu erklären, warum. Du kannst es dir selbst ansehen. Komm!»

Eemeli sprang auf und lief zurück zur Tür.

«Eemeli! Warte!», rief Nikolas, aber vergeblich. Eemeli war schon hinausgerannt.

Nikolas setzte schnell seine schwarze Ohrenklappenmütze auf, warf sich den Mantel über und lief seinem Freund hinterher.

Erst auf der Dorfstraße holte er Eemeli ein.

«Haben sie eine Lösung für mich gefunden?», fragte er gespannt.

«Was? Ach so … Nein. Das heißt, ich weiß es nicht», schnaufte Eemeli. «Darum … geht es … nicht.»

«Worum denn dann?»

«Gleich … siehst du es … selbst. Hab ich … doch … gesagt.»

Enttäuschung durchfuhr Nikolas, aber er fragte nicht weiter. Hinter der nächsten Ecke sah er, dass die Dorfkinder scharenweise vor Gideons Haus standen. Doch plötzlich stoben sie schreiend und kreischend auseinander.

«Was ist denn da los?», japste Nikolas.

Im selben Moment blieb Eemeli so abrupt stehen, dass er mit ihm zusammenprallte.

«Oje!», stöhnte Eemeli und zeigte nach vorn. «Das scheint Iisakki zu sein! Nichts wie weg hier!»

Eemeli sprang davon. Die Dorfstraße, die eben noch von Kindern gewimmelt hatte, lag leer und verlassen da. Nur Nikolas stand noch auf dem Weg und sah den Pferdeschlitten des Händlers herannahen.

«Soll es von mir aus Iisakki sein», sagte Nikolas leise. «Ich habe keine Angst vor ihm.»

«Nikolas! Komm! Du weißt doch, dass er Kinder hasst!», rief Eemeli von weit her.

Aber Nikolas wollte bleiben, wo er war. Er war in all den Jahren immer mit den anderen Kindern weggerannt, wenn Iisakki im Sommer und im Winter im Dorf erschien, um seine Tischlerarbeiten feilzubieten. Aber weniger die Angst als der Wunsch, zu den anderen zu gehören, hatte ihn mitlaufen lassen. Natürlich hatte er die Schauergeschichten gehört, die über Iisakki erzählt wurden, aber das waren doch nur Geschichten, wie Kinder sie gern erzählen, gruselige Märchen von dunklen Kellern und verstaubten Dachböden, die allein den Zweck hatten, die Zuhörer zu erschrecken. Mit der Wahrheit hatten diese Geschichten nichts zu tun, das wusste Nikolas. Er war immerhin schon dreizehn und kein Kleinkind mehr, das sich im Dunkeln fürchtet.

Irgendwie erschien es Nikolas sogar natürlich, stehen zu bleiben. Er war Iisakki an dem Tag begegnet, als er ins Dorf gekommen war, und nun, da er mit größter Wahrscheinlichkeit von dort fortmusste, würde er ihm erneut entgegentreten. Das war Schicksal. Der Kreis schloss sich. Und außerdem – selbst wenn all die schrecklichen Geschichten, die er über Iisakki gehört hatte, der Wahrheit entsprachen, was machte das schon? Was hatte er denn zu verlieren? Zudem musste er sich eingestehen, dass er auch ein wenig neugierig war, denn Iisakki war Tischler, und Nikolas wollte auch einer werden, wenn er groß war.

Also stand er mitten auf der Dorfstraße und wartete.

Iisakkis Pferdeschlitten hielt vor Gideons Haus, und der Tischler, großgewachsen, in Pelzmantel und -mütze gehüllt, stieg aus. Er klopfte sich mit den Fäustlingen den Schnee von den Kleidern und blickte finster um sich. Genau in dem Moment spähte die kleine Liisa hinter der Hausecke hervor, wo sie sich versteckt hatte. Iisakki bemerkte das Mädchen sofort, breitete die Arme aus und brüllte wie ein Bär. Liisa ließ vor Schreck die Holzpuppe fallen, die sie in der Hand gehalten hatte, und rannte weinend davon. Iisakki lachte dröhnend. Er legte die Hände wie einen Trichter vor den Mund und holte tief Luft.

«Schmückt eure Stuben zu Weihnachten! Becher, Schüsseln, Schöpfkellen und Kochlöffel! Bratenwender, Zuber und Kartoffelforken! Lägel, Mörser, Butterfässer und Näpfe! Trichter, Siebe, Mühlen und Pfeifen! Was immer man aus Holz machen kann, ist hier zu haben! Sonderwünsche auf Bestellung!»

Iisakki sah sich um.

«Wo bleiben denn die Leute?», schnaubte er enttäuscht,

da sich niemand blicken ließ. Erst jetzt bemerkte er Nikolas, der immer noch reglos dastand.

«Aha, eine Statue», polterte er und wollte Nikolas damit einen Schrecken einjagen.

Doch sein Bärengebrüll zeigte keine Wirkung, Nikolas rührte sich nicht vom Fleck.

«Na so was!», rief Iisakki und lachte boshaft. Mit ausgebreiteten Armen schritt er wie ein Ringkämpfer auf Nikolas zu. Beinahe wäre er auf die Puppe getreten, die Liisa verloren hatte.

«Und was ist das?» Er hob die Puppe auf und betrachtete sie von allen Seiten. «Moment mal! Die ist nicht von mir.» Er sah Nikolas an. «Du da, komm sofort her!»

Nun bekam der Junge es doch mit der Angst zu tun: Sollte er lieber davonlaufen oder dem wütenden Iisakki gehorchen? Er nahm seinen ganzen Mut zusammen und baute sich vor dem Tischler auf, der die Puppe in der Hand schwenkte.

«Habt ihr etwa bei einem anderen Tischler eingekauft?», fragte Iisakki drohend. «Werde ich deswegen bei euch nichts mehr los?»

Nikolas schüttelte den Kopf. «Nein. Es ist ein schlechtes Jahr, keiner hat Geld», hörte er sich sagen. Seine Stimme klang dünn und kraftlos. «Wir können froh sein, wenn wir über den Winter kommen.»

«Lüg mich nicht an, du Nichtsnutz!» Iisakki packte ihn an der Schulter. «Ich werde die Wahrheit schon aus dir herausquetschen!»

Sein Griff wurde immer fester, sodass Nikolas vor Schmerz das Gesicht verzog.

«Bei wem habt ihr die gekauft?», fragte Iisakki und

hielt dem Jungen die Puppe dicht vors Gesicht. «Guck sie dir genau an und sag mir die Wahrheit, Bürschchen! Und zwar ein bisschen plötzlich, sonst kannst du was erleben!»

«Bei niemandem!», rief Nikolas. «Die habe ich selbst gemacht.»

«Du lügst, du Lümmel.» Iisakki flüsterte drohend, und Nikolas wollte fast aufschreien vor Schmerz. «Wie heißt du?»

«Nikolas.»

«Wer ist dein Vater?»

«Niemand.»

«Werd bloß nicht frech! Du lügst wohl, wenn du den Mund aufmachst.» Iisakki ging in die Hocke und betrachtete Nikolas genauer, der zappelnd versuchte, sich zu befreien. «Moment mal … Du bist der Waisenknabe! Der von Haus zu Haus wandert wie ein Taler.»

Nikolas gab keine Antwort. Doch plötzlich schien Iisakki sich zu erinnern, warum er überhaupt gekommen war. Er warf einen Blick die Dorfstraße hinunter. «Das ist wirklich seltsam!», sagte er. «Wo stecken die Leute denn alle?»

«Bei Gideon», schniefte Nikolas, «in der Dorfversammlung.»

«Aha, und was haben die Habenichtse so Wichtiges zu bereden, dass sie eine Versammlung einberufen müssen?», fragte Iisakki verächtlich.

«Sie überlegen, was sie mit mir tun sollen», stammelte Nikolas und senkte den Kopf. «Weil es sich keiner mehr leisten kann, mich zu behalten.»

Iisakki, der Nikolas immer noch an der Schulter festhielt, hob mit der freien Hand das Kinn des Jungen und verengte seine dunklen Augen zu Schlitzen. «Kein Wunder, wenn man dich so ansieht. Wahrscheinlich bist du ein Vielfraß, ein Nimmersatt, der allen die Haare vom Kopf frisst, bis das ganze Dorf verarmt ist! Also ist es deine Schuld, dass mir keiner etwas abkauft!»

Jetzt hielt es der Junge nicht mehr aus. Er riss sich los und rannte davon. Iisakki sah ihm höhnisch lachend nach, dann strich er sich den Bart und betrachtete nachdenklich die Holzpuppe in seiner Hand.

Nikolas kam keuchend zum Speicher gerannt, wo er zu seiner Überraschung eine Schar von Dorfjungen traf.

«Du hast es also doch geschafft!», jubelte Eemeli, als Nikolas sich zwischen den Jungen auf die Knie fallen ließ, um wieder zu Atem zu kommen. «Ganz schön verrückt, da stehen zu bleiben! Was hast du dir dabei gedacht? Wir hatten schon Angst, er würde dich umbringen!»

Nikolas rieb sich die Schulter. «Übertreib mal nicht, Eemeli. Obwohl ich zugeben muss, dass dieser Iisakki ganz schön fest zugedrückt hat. Wie mit einer Zange!»

«Man sagt ja, dass Verrückte Wahnsinnskräfte haben», meinte Eemeli. «Aber hast du sie gesehen, die Ankündigung bei Gideon?»

Nikolas schüttelte den Kopf. «Ich hatte andere Sorgen, als mir irgendwelche Ankündigungen anzusehen. Wovon redest du überhaupt?»

Da sprachen alle durcheinander, bis Eemeli die Hand hob. «Ich erzähle es ihm! Wenn wir alle gleichzeitig reden, versteht er kein Wort», sagte er. «Also: Es gibt einen großen Rodelwettkampf für alle Kinder aus dem Dorf. Der

Start ist oben auf dem Erdbeerhügel, und der schnellste Rodler gewinnt den Preis, den Hilla gestiftet hat, einen nagelneuen …»

Nun konnten die anderen Jungen nicht mehr an sich halten. «Einen Kufenschlitten!»

«Wer ist denn Hilla?», fragte Nikolas.

«Der reiche Rentierzüchter, der sich vor einer Weile in der Heide bei Jänkäkangas niedergelassen hat!», rief Eemeli. «Bekommst du denn gar nicht mit, was um dich herum passiert?»

«Ich hatte keine Zeit», antwortete Nikolas. «Und wann soll der Wettkampf stattfinden?»

«Am ersten Weihnachtstag», sagte Eemeli. «Um Punkt neun Uhr gibt Hilla das Startzeichen.»

Die Jungen sprachen wieder alle durcheinander, jeder behauptete, den schnellsten Schlitten zu haben, und erklärte sich bereits zum Sieger. Bald herrschte im Speicher ein derartiger Lärm, dass man sein eigenes Wort nicht mehr verstand. Nur Nikolas saß schweigend da.

Eemeli war der Einzige, der Nikolas' Traurigkeit bemerkte. Er musste sich ganz schön anstrengen, um die anderen zum Schweigen zu bringen. Nun sahen alle den trübsinnig dreinblickenden Nikolas an.

«Nikolas? Was hast du?», fragte Eemeli. «Du rodelst doch auch mit?»

Nikolas zuckte die Achseln. «Ich glaub nicht.»

«Aber warum denn nicht?»

«Es kommt mir irgendwie sinnlos vor, mich für ein Wettrodeln am Weihnachtsmorgen zu begeistern, wenn ich nicht mal weiß, wo ich dann am Abend wohnen werde», entgegnete Nikolas.

Mit der guten Laune der Jungen war es schlagartig vorbei. Sie wussten nicht, was sie sagen sollten, und sahen sich verlegen an.

Dann traute sich Eemeli schließlich zu sagen: «Die Erwachsenen finden bestimmt eine Lösung.» Er legte seinem Freund die Hand auf die Schulter.

«Da bin ich mir nicht so sicher», murmelte Nikolas fast unhörbar.

Im selben Moment herrschte auch in Gideons Stube bestürztes Schweigen. Die Sitzung des Dorfrats hatte gerade eine überraschende Wendung genommen, die beim besten Willen niemand hätte vorhersehen können. Und dafür hatte kein anderer als Iisakki gesorgt, der mitten in der Stube stand und seine Pelzmütze in der Hand hielt.

«Aber …», unterbrach Gideon die Stille. «Du magst Kinder doch überhaupt nicht.»

«Nein! Ganz und gar nicht!», brüllte Iisakki. «Aber ich mache aus der Rotznase einen Mann! Was sagt ihr dazu? Ihr gebt mir den Jungen mit, und in einem Jahr bekommt ihr ein gestandenes Mannsbild zurück, falls ihr dann noch interessiert seid.»

Die Dorfbewohner sahen sich betreten an. Iisakki verlor allmählich die Geduld.

«Es ist doch nicht zu fassen! Kriegt ihr die Zähne nicht auseinander, oder was? Bei mir hat er es immer noch besser, als wenn er in eurem Elendskaff Hunger leidet so wie ihr und eure eigenen Bälger, oder?»

Iisakki sah herausfordernd in die Runde. Immer noch sagte niemand ein Wort.

«Na schön! Wer schweigt, stimmt zu, so heißt es doch»,

sagte Iisakki schließlich und klatschte in die Hände. Dann brach er in dröhnendes Gelächter aus, sodass alle in der Stube vor Schreck zusammenzuckten.

Später am Abend erzählten Laura und Jaakko Nikolas, was bei der Versammlung geschehen war. Nikolas konnte es nicht glauben: Der Dorfrat hatte Iisakkis Vorschlag angenommen!

Ungläubig sah er die beiden über den Küchentisch hinweg an.

«Das kann doch nicht euer Ernst sein?»

«Man redet viel über Iisakki, aber so schlimm ist er gar nicht», sagte Laura leise und spielte nervös mit einem Löffel.

«Dann ist er aber ein guter Schauspieler», murmelte Nikolas und betastete die Schulter, die Iisakki in seiner Riesenpranke gequetscht hatte. Sie tat immer noch weh.

«Er hat bloß ...», Jaakko suchte nach den richtigen Worten, «eine große Klappe. Dahinter verbirgt er ein gutes Herz.»

Nikolas schwieg. Es war ihm einfach unbegreiflich. Auch wenn er sich eigentlich nicht vor Iisakki fürchtete, konnte er sich wahrhaftig nicht vorstellen, ein ganzes Jahr bei ihm zu wohnen. Nein!

«Nikolas, hör zu», begann Laura. «Es tut mir leid, aber das ist der einzige Ausweg in dieser Notlage ... Und es ist ja noch eine ganze Woche bis Weihnachten ... Vielleicht ergibt sich bis dahin noch etwas ... Eine bessere Lösung.»

Laura verstummte, als Jaakko seine Hand auf ihre legte und den Kopf schüttelte.

Nikolas sah die Stube wie durch einen Schleier und spürte, dass er die Tränen nicht mehr würde zurückhalten können. Er sprang so heftig auf, dass er seinen Stuhl umstieß, und rannte hinaus.

«Nikolas!», rief Laura ihm nach, doch er war bereits verschwunden.

9. Türchen

Wie Laura hofften viele in Korvajoki auf ein Wunder, das Nikolas' Schicksal wenden würde, doch nichts geschah in der darauffolgenden Woche. Ein Tag nach dem anderen verging, und schließlich kam die Weihnachtsnacht. Nikolas zog mit seinen Geschenken von Haus zu Haus, und dann kam auch der Weihnachtstag, der Tag, an dem er das Dorf verlassen musste.

Nikolas ließ sich Zeit damit, die Geschenke zu verteilen. In den Jahren davor war er manchmal mit seinem Schlitten im Laufschritt durch die Dunkelheit geeilt, doch diesmal ging er langsam. Aller Wahrscheinlichkeit nach war es das letzte Mal, dass er Gelegenheit hatte, den Dorfbewohnern für ihre Freundlichkeit zu danken. Nichts wünschte er sich sehnlicher, als die Zeit anzuhalten, sodass die sternklare Frostnacht bis in alle Ewigkeit dauern und die Sonne sich nie mehr blicken lassen würde. Denn dann müsste er nie fortgehen.

Aber es half nichts. Ehe er sich's versah, hatte er alle Geschenke verteilt. Nun wollte er noch hinunter zum Meer.

Er erinnerte sich daran, wie er vor langer Zeit, die Taschenuhr seines Vaters in der Hand, darauf gewartet hatte, dass seine Eltern und seine Schwester Ada zurückkehrten. Und wie er damals, ohne die Uhr lesen zu können, gedacht hatte, dass die Zeit für seine Eltern und Ada viel zu schnell verstrich, während sie zugleich für ihn langsam dahinkroch. Seit dieser langen Nacht und dem darauffolgenden noch längeren Tag aber schien die Zeit zu rasen. Tage, Wochen, Monate und Jahre waren nur so an Nikolas vorbeigestürzt, sodass er oft gar nicht begriffen hatte, was um ihn herum geschah.

Acht Jahre! Die Sonne zeichnete bereits einen hellen Streifen an den Horizont, als Nikolas die Holzbrücke überquerte und weiterging, zum Wald, zum Felsen, zum Meer, aufs Eis. Bei jedem Schritt knirschte der Schnee unter seinen Stiefeln. Er dachte an seine Zeit im Dorf Korvajoki. An die Familien, Umzüge, die vertrauten Gesichter, Häuser, Boote, Tiere. Die Freude, die Trauer, so viele Ereignisse … All die Jahre, achtmal Frühling, Sommer, Herbst und Winter. Er wollte eine Erinnerung greifen, sich an ihr erfreuen, doch es gelang ihm nicht. Sie entglitten ihm alle.

Nikolas hockte sich an das kleine Loch, das er ins Eis geschlagen hatte. Er erzählte Ada von seinen Gedanken, von der Zeit und wie sie verging, und von seiner trostlosen Zukunft bei Iisakki irgendwo weit weg vom Dorf – er wusste nicht einmal genau, wo.

«Dies war also wirklich mein allerletztes Jahr im Dorf Korvajoki», flüsterte Nikolas. «Ich sehe ja ein, dass sie mehr für mich getan haben, als man überhaupt erwarten darf, aber trotzdem …»

Er zuckte zusammen, als in der Ferne das dumpfe Tuten eines Hirtenhorns erschallte. Das musste Hillas Startsignal für das Wettrodeln auf dem Erdbeerhügel sein. Es war also schon neun Uhr.

Mindestens zwei Stunden musste er also am Eisloch verbracht haben. Für eine Weile war es ihm gelungen, die

Zeit zu vergessen, doch jetzt hatte sie ihn eingeholt. Sie war weitergeeilt, und er hatte sie nicht aufhalten können.

«Jetzt beginnt das Schlittenrennen, von dem ich dir erzählt habe», flüsterte Nikolas. In der Hand, die ein dicker Fäustling gegen die Kälte schützte, hielt er einen winzigen geschnitzten Schaukelstuhl.

«Ich habe einen Schaukelstuhl für deine Puppen gebastelt», sagte er, zog den Handschuh aus und hielt den Schaukelstuhl über das Eisloch. «Damit sie nicht immer zu stehen brauchen. Jetzt können sie sich ab und zu ausruhen.»

Plötzlich wusste Nikolas nichts mehr zu sagen. Also krempelte er den Ärmel hoch und schob den Schaukelstuhl unters Eis.

«Frohe Weihnachten und alles Gute zum neunten Geburtstag, Ada!»

Nikolas starrte in das kleine Eisloch, auf das dunkle Wasser. Auf einmal glaubte er irgendwo in der Tiefe ein helles Licht aufblitzen zu sehen. Aber als er genauer hinschaute, war alles schwarz. Wahrscheinlich hatte er sich den Lichtstrahl nur eingebildet. Oder seine müden Augen hatten ihm einen Streich gespielt. Er gähnte.

Die Sonne hob ihren Strahlenkranz schon fast bis zu den Baumwipfeln hinauf. Vom Erdbeerhügel her waren fröhliche Rufe zu hören. Wer wird wohl den neuen Schlitten gewinnen?, überlegte Nikolas. Er würde es sicher erfahren, sobald er das Dorf erreichte, denn die Rodler kamen bestimmt früher dort an als er. Er wollte noch ein bisschen bei Ada bleiben. Am liebsten wäre er für immer hier geblieben.

Schließlich zwang er sich aufzustehen. Er schaute noch

eine Weile in das Eisloch, das der Frost bereits wieder mit einer dünnen, knisternden Haut überzogen hatte.

«Iisakki will mich schon vor Mittag abholen. Also … Ich muss wohl zurück.»

Als Nikolas die Brücke überquert hatte und die ersten Häuser erreichte, kam es ihm vor, als hätte das Dorf sich irgendwie verändert, doch er hätte nicht sagen können, woran das lag.

Er ging die Dorfstraße hinunter, und da wusste er es plötzlich. Gewöhnlich waren die Bewohner um diese Zeit schon wach. Jetzt aber lag die Dorfstraße verlassen da, ganz so wie vor einer Woche, als die Erwachsenen sich in Gideons Haus versammelt hatten und die Kinder vor Iisakki davongelaufen waren.

Nikolas ging verwundert weiter. Auch hinter den Fenstern war niemand zu sehen. Wo waren sie bloß alle? Das Wettrodeln musste doch längst zu Ende sein.

Erst als er an Gideons Haus vorbeikam, konnte er ein Lebenszeichen entdecken. Vor dem Haus standen zwei Rentiere. Sie waren vor einen flachen, mit Pelzen ausgelegten Schlitten gespannt. Nikolas blieb stehen, um die prachtvollen Tiere zu bewundern, und klopfte dem einen die Flanke.

«Wem gehört ihr denn?», fragte er. «Euch habe ich hier noch nie gesehen.»

Das Rentier schüttelte den Kopf, dass die Silberglöckchen an seinem Hals fröhlich klingelten.

«Da bist du ja endlich!», hörte Nikolas eine vertraute Stimme hinter sich. «Wir haben schon auf dich gewartet.»

Nikolas drehte sich um und sah Eemeli, der breit lächelnd in Gideons Haustür stand.

«Wieso?», fragte Nikolas.

«Nun komm schon», sagte Eemeli und winkte ihn herein. «Frag nicht so viel.»

Eemeli hielt Nikolas die Tür auf. Er öffnete auch noch die Tür zur Stube, und Nikolas wäre vor Erstaunen beinahe umgekippt: Das ganze Dorf hatte sich in Gideons Stube versammelt, vom Säugling bis zum Greis! Die Dorfjungen standen aufgereiht wie kleine Soldaten in einer Ecke. Nikolas sah sich verwundert um. Alle schwiegen und gaben sich Mühe, ernst dreinzublicken, obwohl sie sich ein Lächeln kaum verkneifen konnten.

«Du bist also Nikolas», sagte jemand. Neben Gideon am Tisch saß ein würdevoller, hochgewachsener Herr, der in einen dicken Pelzmantel gehüllt war und Pfeife rauchte. Seine geschweifte, tiefrote Pelzmütze lag vor ihm auf dem Tisch.

«Ich bin Hilla», fuhr der Mann fort. «Falls du das nicht schon erraten hast.»

«Aha», machte Nikolas. Mehr brachte er immer noch nicht heraus.

«Eemeli hat dir etwas zu sagen», mischte sich nun Gideon ein.

Nikolas sah Eemeli an. Als daraufhin auch alle anderen zu ihm hinblickten, errötete Eemeli bis über die Ohren und sah aus, als wollte er davonlaufen. Er war es nicht gewohnt, im Mittelpunkt zu stehen.

«Nur zu, Eemeli», ermutigte Gideon den Jungen, der verlegen seine Mütze in den Händen drehte.

«Vielleicht könntest du, Gideon …», bat Eemeli.

«Nein. Die Sache betrifft euch Jungen», sagte Gideon freundlich. «Nur Mut, Eemeli!»

«Ja, also …», begann Eemeli mit zittriger Stimme und knetete beim Sprechen intensiv seine Hände. «Wir Jungen haben schon vor dem Wettrodeln heute früh beschlossen, dass … na ja … egal, wer von uns gewinnt, also … wir … hmm …»

Eemeli verstummte und trat von einem Fuß auf den anderen. Dann holte er tief Luft, und die Worte purzelten nur so aus ihm heraus.

«Der Preisschlitten gehört dir. Wenn einer ihn verdient hat, dann du. Er ist ein Weihnachtsgeschenk von uns allen, zur Erinnerung an unser Dorf. Bitte sehr!»

Die Jungen, die aufgereiht in der Stubenecke standen, traten beiseite. Hinter ihnen sah man einen großen, funkelnagelneuen Schlitten mit breiten Kufen. Nikolas war so verblüfft, dass ihm der Mund offen stand. Verwundert blickte er sich um. Jetzt lächelten alle. Als der Junge in all die Gesichter sah, die ihm im Lauf der Jahre so vertraut geworden waren, spürte er, wie ihm die Tränen in die Augen stiegen und über die heißen Wangen kullerten. Aber diesmal versuchte er nicht, sie zu verbergen, denn es waren andere Tränen als die, die er bisher in seinem Leben vergossen hatte. Diese Tränen waren warm und wohltuend, Tränen der Freude und der Rührung. Er fühlte sich den Dorfbewohnern näher als je zuvor. Er war ein Teil von ihnen allen, und sie alle waren ein Teil von ihm. Es war ein unbeschreibliches Gefühl, ein Gefühl, das ihm die Kehle zuschnürte und sein Herz so heftig pochen ließ, wie es noch nie geschlagen hatte.

Nikolas schloss die Augen und spürte, dass ihm

schwindlig war. Diesen Moment, dieses Gefühl wollte er für immer in seinem Gedächtnis bewahren. Die Erinnerung daran würde ihm Kraft geben, die schwere Zeit, die vor ihm lag, durchzustehen.

Wenig später hatten die Dorfbewohner sich draußen vor Gideons Haus versammelt. Die glückliche, ungezwungene Stimmung, die noch in Gideons Stube geherrscht hatte, war verflogen. Alle blickten betrübt. Manch einer weinte, und tiefe Traurigkeit sprach aus den Schluchzern.

Iisakki wartete, er saß auf seinem Pferdeschlitten und gab sich keine Mühe, seine Ungeduld zu verbergen, während Nikolas sich von jedem einzeln verabschiedete. Seinen neuen Schlitten hatte er hinten an Iisakkis Fuhre gebunden.

Nun musste Nikolas sich noch von Eemeli verabschieden. Die beiden Jungen sahen sich lange an, sie bissen sich auf die Lippen, um die Tränen zurückzuhalten. Schließlich breiteten sie gleichzeitig, wie auf ein geheimes Stichwort, die Arme aus und umarmten sich.

«Leb wohl ... Bruder», flüsterte Eemeli Nikolas ins Ohr.

«Nein, nicht leb wohl, sondern auf Wiedersehen, Brüderlein», antwortete Nikolas. «Wir werden uns bestimmt wiedersehen ... vielleicht sogar ganz oft. So furchtbar weit ist es wohl nicht. An die zwanzig Kilometer ... vielleicht.»

Nun verlor Iisakki die Geduld. «Wir fahren jetzt! Ich habe auch noch etwas anderes zu tun, als hier herumzusitzen. Auf den Schlitten mit dir, Junge! Ihr anderen könnt allein weiterflennen. Wir werden bis spät in der Nacht unterwegs sein, meine Hilma kann nicht mehr so flott traben.»

Bald saß Nikolas neben Iisakki auf dem Schlitten. Auf seinem Schoß hielt er einen Beutel aus Sackleinen mit seinen Kleidern und Habseligkeiten. Iisakki schnalzte mit der Zunge, und Hilma setzte sich in Bewegung. Nikolas drehte sich um und winkte den Dorfbewohnern ein letztes Mal zu.

«Frohe Weihnachten euch allen!», rief er. «Ihr seid für mich meine Familie. Danke für alles, was ihr für mich getan habt!»

Die Dorfbewohner antworteten in einem vielstimmigen Chor, jeder wünschte Nikolas alles Gute.

Bis zur Brücke über den Fluss Korvajoki versuchte eine Schar Dorfkinder, mit dem Pferdeschlitten mitzuhalten. Doch Hilma hängte mit ihrem stetigen Schritt ein Kind nach dem anderen ab, und am Waldrand hinter der Brücke waren sie schließlich allein.

Nikolas sah verstohlen zu Iisakki hinüber, der finster dreinblickte. Der Mann machte keinerlei Versuch, Kontakt zu knüpfen, er benahm sich, als ob Nikolas gar nicht existierte. Also begnügte sich Nikolas damit, schweigend den aufstiebenden Schnee und den vorbeiziehenden Wald zu betrachten.

Plötzlich fühlte er sich an jenen Tag vor acht Jahren erinnert. Auch diese Schlittenfahrt war kein kurzer Ausflug: Er trat die Reise in einen neuen Lebensabschnitt an, dies war der Anfang eines neuen Lebens. Noch wusste er nicht, was er davon halten sollte. Denn er hatte keine Vorstellung davon, was ihn am Ziel erwartete.

Die Sonne ging bereits unter, als der Schlitten mitten im finsteren Wald anhielt. Nikolas konnte die Umrisse eines Gebäudes ausmachen, das wie ein Stall aussah. Iisakki sprang vom Schlitten und schlug seine großen Fausthandschuhe gegeneinander.

«So!», rief er. «Das Pferd ausspannen und in den Stall bringen, aber schnell! Sonst erfriert mir Hilma noch. Und sieh zu, dass du ihr die Decke ordentlich über den Rücken legst! Ich geh schon vor zum Haus und heize den Ofen an. Komm nach, wenn du fertig bist.»

Damit stapfte Iisakki den schmalen Weg entlang, der sich in der Dunkelheit verlor. Nikolas stieg rasch vom Schlitten und sah sich um, während Iisakki bereits davoneilte.

«Aber … wo ist denn Ihr Haus?», rief er dem Mann hinterher.

Iisakki blieb stehen. «Du folgst einfach meinen Spuren, wenn du das Pferd versorgt hast. Das kann doch nicht so schwierig sein!» Er wollte schon weitergehen, drehte sich aber noch einmal um. «Ach ja, deinen hübschen Schlitten kannst du gleich auf dem Stallboden verstauen. Hier kannst du ihn sowieso nicht gebrauchen. Bei mir wird nicht im Schnee gespielt, bei mir wird gearbeitet!»

«Aber …», begann Nikolas.

«Kein Aber!», fuhr Iisakki ihn an. «Hast du etwa schon vergessen, in wessen Haus du kommst? Und du sagst Meister zu mir, verstanden?»

«Ja», sagte Nikolas leise.

«Du hast was vergessen!», brüllte Iisakki.

«Ja … Meister.»

Iisakki lachte dröhnend und ging weiter.

«Na also!», rief er. «Und du heißt bei mir Julli. Nikolas klingt viel zu hochtrabend, Julli passt besser zu dir.»

Gehorsam führte Nikolas die alte Hilma in ihren Verschlag. Er warf dem Pferd eine warme Decke über den Rücken und tätschelte ihm das Maul. Dann nahm er seinen Leinensack, warf noch einen letzten traurigen Blick auf seinen neuen Schlitten und trat wieder hinaus in die Dunkelheit. Er schob die Tür zu und legte den Riegel vor.

Vom Stall waren es noch fast hundert Schritte bis zu Iisakkis Haus. Ein schmaler, steiniger Trampelpfad führte zum Waldrand und dann rasch und immer steiler neben einem hochaufragenden Fjell hinauf.

Nikolas musste aufpassen, um nicht vom Weg abzukommen. Zwar schneite es schon seit ein paar Stunden nicht mehr, doch die Wolkendecke war immer noch so dicht, dass das Licht der Sterne nicht bis zur Erde durchdrang.

Endlich sah Nikolas weiter oben ein schwaches Licht, konnte aber die Umrisse des Hauses, in dem er von nun an wohnen sollte, immer noch nicht erkennen.

Schließlich stand er, vor Erschöpfung leicht taumelnd, auf dem Hof vor einer kleinen, schäbigen Hütte. Gleich dahinter ragte der Fjell schroff zum Himmel auf. Es war so dunkel, dass er den Gipfel nicht erkennen konnte. Als er schon fast die Tür erreicht hatte, riss Iisakki sie auf, eine Laterne in der Hand.

«Da bist du ja endlich!», brüllte Iisakki. «Was für ein lahmer Bursche!»

Nikolas nahm die Mütze vom Kopf. Seine verwuschelten Haare waren schweißnass. Iisakki musterte den müden Jungen.

«Nun komm schon rein, ehe du dich erkältest», sagte er ein wenig freundlicher und gab die Tür frei. «Wenn du krank wirst, nützt du mir gar nichts.»

Iisakki setzte sich an den Stubentisch und starrte Nikolas an, der mitten im Raum stand und sich scheu umblickte. Der Tisch stand am einzigen Fenster der Hütte. Die Scheiben waren blind vor Schmutz, Vorhänge gab es nicht. Das ganze Haus schien nur aus diesem einen, schwachbeleuchteten Raum zu bestehen. In einem großen Ofen prasselte ein Feuer. Die Kochgeräte – schwarzverfärbte Töpfe und Kessel – sahen allesamt aus, als hätten sie in ranzigem Fett geradezu gebadet. Es roch nach Rauch und dem dumpfen Mief schmutziger Räume. Auf dem Tisch stapelten sich Teller mit angetrockneten Essensresten, benutzte Tassen und anderes Geschirr. In der Ecke neben dem Ofen lagen ausgefranste Decken, aus einem knotigen Kissen quoll das Stroh hervor. Ganz offensichtlich war dies Iisakkis Nachtlager. Außer einem Tisch standen nur noch zwei wacklige Stühle im Raum.

«Du kannst dort drüben schlafen», unterbrach Iisakki die Stille und zeigte auf die Tür ins Nebenzimmer.

Nikolas öffnete sie, und dahinter lag eine dunkle Kammer, leer bis auf einen Haufen Lumpen auf dem Fußboden.

«Mach dir aus den Fetzen ein Bett», befahl Iisakki. «Und zwar fix. Wir haben keine Zeit zu verlieren. Bevor wir schlafen gehen, will ich dir noch einiges erklären.»

«Ja, Meister», sagte Nikolas und begann die schmutzigen Decken auszubreiten.

Bald darauf saß er Iisakki gegenüber und hielt den Blick auf seine Hände gesenkt.

«Vor ein paar Tagen im Dorf», begann Iisakki und zündete sich seine Pfeife an, «habe ich dich angeschwindelt. Ich wusste genau, wer du bist und dass du das alberne Spielzeug gemacht hast. Um ehrlich zu sein, beobachte ich dich schon seit fünf Jahren.»

Nikolas sah verwundert auf. Iisakki schnaubte und schüttelte den Kopf.

«Guck nicht so blöd», sagte er. «Es ist nämlich so: Ich habe dich nur deshalb mitgenommen, weil ich dich als billige Arbeitskraft gebrauchen kann. Genau genommen eine kostenlose, denn ich habe nicht die Absicht, dir einen Pfennig zu zahlen, nicht mal einen aus Holz!» Wieder ließ Iisakki sein dröhnendes Lachen ertönen, das die Kinder im Dorf in Angst und Schrecken versetzte.

Der Junge wusste nichts zu sagen, überhaupt nichts. Er hatte allmählich den Eindruck, dass Iisakki noch schlimmer war, als man im Dorf behauptete.

«Trotzdem gehst du bei dem Geschäft nicht leer aus», fuhr Iisakki fort. «Dein Lohn besteht darin, dass ich einen richtigen Tischler aus dir mache. Einen ordentlichen Handwerker. Hier bei mir wirst du keine blöden Puppen oder Holzpferdchen mehr schnitzen.»

«Aber …»

Iisakki hob warnend den Zeigefinger. «Kein Aber. Ich bin noch nicht fertig. Kreischende Gören kommen mir nicht ins Haus, auch nicht auf den Hof, merk dir das! Im Dorf haben dir immer irgendwelche Rotznasen am Hemdzipfel gehangen. Hierher kommen die nicht, verstanden?»

«Ja, aber … Meister.»

Da donnerte Iisakkis Faust auf den Tisch, und er sprang

auf. Er warf einen furchterregenden Schatten über den Tisch und über Nikolas.

«In diesem Haus ist mein Wort Gesetz! Hast du verstanden?»

Da Nikolas kein Wort über die Lippen brachte, nickte er nur stumm. Zum Glück gab sich Iisakki damit zufrieden.

«Gut. Du denkst gefälligst an die Arbeit. Arbeit! Merk dir das. Und jetzt ab ins Bett, wir müssen morgen früh aufstehen.»

«Darf ich etwas fragen, Meister?», erkundigte sich Nikolas vorsichtig.

Iisakki nickte kurz. Nikolas sah sich noch einmal in der kleinen Stube um.

«Ich meine nur, wo arbeiten Sie denn eigentlich? Hier ist doch gar kein Tischlerwerkzeug und auch gar nicht genug Platz.»

Zu seiner Überraschung grinste Iisakki. «Eins nach dem anderen, Freundchen. Das wirst du noch früh genug erfahren. Gute Nacht.»

10. Türchen

Nikolas lag noch lange wach. Die Kammer war so klein, dass er auf seinem Lager nur mit angezogenen Beinen Platz fand. Er war ein karges, ärmliches Leben gewohnt, doch hier tat er kein Auge zu. Der Kerzenstummel, den Iisakki ihm gegeben hatte, stand auf einem Wandbrett und warf fahles Licht in die Kammer. Aus der Stube war Iisakkis dumpfes Schnarchen zu hören. Das Dorf Korvajoki lag keine zwanzig Kilometer von hier, doch es kam Nikolas vor, als wäre er in eine andere Welt gereist. Und diese Welt schien ihm kalt und unfreundlich.

«Ich muss mich einfach daran gewöhnen», wisperte Nikolas. «Hier ist jetzt für ein Jahr mein Zuhause. Das lässt sich nicht ändern. Wenn ich mich dagegen wehre, quäle ich mich nur.»

Endlich spürte der Junge, dass sich der Schlaf auf seine Lider senkte, und pustete die Kerze aus. Die Dunkelheit in der Kammer war so vollkommen und schwer, dass man sie mit Händen greifen konnte. Das war der letzte Gedanke, der ihm durch den Kopf ging, bevor er in einen tiefen, schwarzen Schlaf fiel.

«Aufstehen, Julli!»

Nikolas blinzelte. Die Tür stand offen, und das Licht der Laterne in Iisakkis Hand war so grell wie ein lauter Schrei. Nikolas setzte sich mühsam auf. Sein ganzer Körper war steif und kraftlos, dabei kam es ihm vor, als wäre er gerade erst eingeschlafen.

«Beeil dich!», drängte Iisakki. «Brei und Brot warten schon. Und danach machen wir uns an die Arbeit.»

Nach dem hastig heruntergeschlungenen Frühstück stand Nikolas in der Stube und reckte sich. Draußen war es noch dunkel.

«Alsdann! Jetzt gehen wir in die Werkstatt», sagte Iisakki und reichte ihm die Laterne. «Geh du voran, du bist ja schon auf dem Weg.»

Nikolas sah sich um.

«Ähm … wo ist die Werkstatt denn?»

«Du stehst drauf», lachte Iisakki und zeigte auf den Fußboden.

Nikolas sah auf seine Füße. Erst jetzt merkte er, dass er auf einer Falltür stand. An einer Seite war ein Scharnier und an der anderen ein Eisenring zum Öffnen angebracht.

Er stieg mit der Laterne in der Hand eine steile Treppe hinunter. Unten angekommen, hob er die Laterne, um seine Umgebung in Augenschein zu nehmen. Alle Schläfrigkeit fiel im Nu von ihm ab.

«Lass mich mal vorbei», sagte Iisakki, der ihm gefolgt war. Nikolas gehorchte, und in der nächsten Sekunde wurde der Raum von zehn an der Decke hängenden Öllampen erhellt.

Er drehte sich um und sah, dass Iisakki einen Hebel betätigt hatte, der aus der Wand ragte.

«Eine bescheidene kleine Erfindung», sagte Iisakki und konnte seinen Stolz nicht verbergen. «Bloß eine Serienzündung, weiter nichts.»

Die beiden standen in einer in den Berg getriebenen, etwa vierzig Quadratmeter großen Höhle, die aufgeräumt und sauber war, ganz im Gegensatz zu den muffigen Wohnräumen oben.

Der Mund blieb Nikolas offen stehen, als er sich umblickte. An den Steinwänden standen Regale, auf denen Dutzende, wenn nicht gar Hunderte verschiedener Werkzeuge lagen, die ein Tischler bei seiner Arbeit benötigte. Die Werkzeuge waren säuberlich nach Funktion und Größe geordnet. Auf den Regalbrettern lagen unterschiedliche Sägen, Feilen, Stechbeitel, Messer, Spundhobel, Schiffshobel, Zirkel, Locheisen, Drillbohrer, Fräser, Rindenschäler, Bandhobel, Hohlbeitel, Schraubzwingen, Keile, Ziehklingen, Furnierschäler, Leimkessel, Zangen, Schneidemaschinen, Hämmer, Bündel mit Stahlwolle, Eimerchen mit Lack und Spachtelmasse, Tiegel mit Leim und Kitt, Töpfchen mit Zellulosewachs, Bienenwachs und Politur, Bimsstein, Englischrot, Seifenflocken, zahllose verschiedene Nägel und Zwecken … Kurzum, es gab hier alles, was ein Tischler benötigte, darunter vieles, was Nikolas noch gar nicht kannte.

In der hintersten Ecke, von der Treppe aus gesehen, gab es eine offene Feuerstelle. Der Junge entdeckte einen Amboss, einen Blasebalg und verschiedene Schmiedehämmer. Vom Ofen führte ein Schornstein senkrecht nach oben, und Nikolas überlegte sich, dass er wahrscheinlich in den Schornstein der Wohnstube mündete. Die allerseltsamste Vorrichtung befand sich jedoch direkt vor dem Ofen: Aus einem Loch im Steinboden ragte ein Rad hervor, das mit Lederbändern an einem merkwürdigen Instrument befestigt war. Nikolas starrte es verwundert an.

«Das ist eine Drechselbank, die von dem unterirdischen Fluss angetrieben wird», erklärte Iisakki, bevor Nikolas fragen konnte. «Hast du das Rauschen nicht gehört?»

«Doch», sagte Nikolas. Doch vor lauter Staunen über all die wundersamen Dinge in der Werkstatt hatte er gar nicht darauf geachtet. Tatsächlich, unter dem Fußboden rauschte ein Fluss. Was für ein absonderlicher Raum!

Mitten in der Werkstatt standen zwei massige Hobelbänke. Auf der einen lag ein wunderschöner halbfertiger Stuhl mit geschwungenen Beinen. In der Ecke der Höhle zählte Nikolas fünf Stühle, die mit glänzendem, dunkelbraunem Lack überzogen waren. Gleich daneben stand eine prachtvolle, mit Schnitzereien verzierte Kommode, die noch lackiert werden musste.

«Na, was sagst du?», fragte Iisakki. Er war an die Hobelbank getreten, strich über den Sitz des halbfertigen Stuhls und fuhr dann mit den Fingern über eins der elegant geschwungenen Beine.

«Wunderschön!»

Iisakki sah ihn mit gerunzelter Stirn an. Nikolas begriff sofort. «Ich wollte sagen, sie ist ganz wunderschön, Meister.»

«Komm und sieh dir diesen Stuhl an», sagte Iisakki. «Das Geheimnis besteht darin, das Holz quer zur Faser zu sägen. Es ist Ahorn. Solche Arbeiten bringen Geld. Die Schüsseln und sonstigen Haushaltswaren, die ich den Armen verkaufe, sind Kleinkram. Diese Auftragsarbeiten mache ich für Gutsherren, Pfarrer, Amtmänner und andere wohlhabende Leute. Diese Stühle zum Beispiel liefere ich in die Stadt. Ein Richter hat sie bestellt.»

Nikolas strich über die makellose Oberfläche des Stuhls.

Sie war so glatt geschliffen, dass sie sich fast weich anfühlte. «Ist die schöne Kommode auch für den Richter?»

«Natürlich nicht!», fuhr Iisakki ihn an. «Sie ist doch aus Kiefernholz, und das hier ist Ahorn! Kannst du nicht einmal die Holzarten unterscheiden?»

Verlegen schüttelte Nikolas den Kopf. «Nicht alle.»

«Habe ich mich etwa in dir geirrt?», seufzte Iisakki. «Vielleicht taugst du doch nicht zum Tischler.»

«Nein, Sie haben sich nicht geirrt, Meister», erwiderte Nikolas. «Ich weiß zwar noch nicht viel, aber ich lerne schnell. Sicher sind Sie auch nicht als Tischler auf die Welt gekommen … Meister.»

Zuerst hatte es den Anschein, als wollte Iisakki die kecke Antwort mit einem Klaps vergelten, doch nachdem er Nikolas einen Moment finster angeschaut hatte, lachte er. «Du lernst schnell? Na, das werden wir ja sehen. Als Erstes kannst du mal lernen, schnell sauber zu machen.»

Nikolas nickte und wandte sich zur Treppe.

«Halt!», rief Iisakki. «Wohin willst du denn?»

«Nach oben.»

«Was willst du denn da?»

Nikolas sah sich um. Die ganze Werkstatt war blitzsauber. «Hier soll ich putzen?»

«Natürlich hier, wo denn sonst! Siehst du nicht den Schleifstaub auf dem Fußboden und auf den Hobelbänken? Und wenn der in die Beize oder in den Lack gerät, dann gute Nacht! Lektion Nummer eins: Die Werkstatt muss immer absolut sauber sein. Also … beeil dich, Julli!», befahl Iisakki. «Das heißt, warte noch! Zeig mir erst mal dein Messer!»

Nikolas zog das Messer seines Vaters aus der Scheide

und reichte es Iisakki, der es sich vor die Augen hielt und die Klinge betrachtete. «Das dachte ich mir. Mit diesem Messer gehst du mir nicht an mein Holz, damit darfst du nicht mal Anbrennholz schnitzen. Nimm dir aus dem Regal ein ordentliches Messer. Und mit diesem erbärmlichen Ding hier machen wir Folgendes.» Iisakki schob die Klinge in eines der Löcher in der Hobelbank. Er packte den Griff und hatte offenbar vor, die Klinge abzubrechen.

«Nein!», schrie Nikolas.

«Was ist denn?», fragte Iisakki und hielt erstaunt inne.

«Das ist … ich meine, das war das Messer meines Vaters … Meister.»

Iisakki blickte erst Nikolas und dann das Messer an. «So sieht es auch aus. Nimm dir aber trotzdem ein ordentliches Messer aus dem Regal», sagte er und reichte Nikolas das Erbstück zurück. Dann tätschelte er dem Jungen unbeholfen die Schulter. Es war offensichtlich, dass er keine Übung darin hatte, Mitgefühl auszudrücken.

«Nun geh schon … putzen», brummte er fast unhörbar, «bevor ich es mir anders überlege.»

Bald darauf scheuerte Nikolas den Fußboden und die Arbeitsflächen in Iisakkis Höhlenwerkstatt. Er erledigte seine Arbeit so sorgfältig, dass selbst der Meister nichts daran auszusetzen hatte.

So begann Nikolas' Lehre.

Anfangs durfte Nikolas nur einfache Arbeiten übernehmen, doch er lernte tatsächlich schnell, und bevor es Frühling wurde, ging er mit dem Schiffshobel schon fast so geschickt um wie der alte Meister selbst. Iisakki musste zugeben, dass Nikolas ungewöhnlich begabt war, hätte es ihm aber nie im Leben gesagt. Wenn er mit der Arbeit des Jungen zufrieden war, und das war er meistens, nickte er nur kurz oder brummte wohlwollend.

Nikolas störte sich nicht daran. Lernen war für ihn das Allerwichtigste geworden: Je geübter er im Tischlern wurde, desto mehr wollte er dazulernen. Wenn er sich ganz und gar auf die Arbeit konzentrierte, fiel es ihm leichter, die Sehnsucht zu ertragen, die ihn nie losließ. Denn ihm fehlten das Dorf und seine Bewohner so sehr, die Erwachsenen ebenso wie die Kinder, ihr Lachen und die Spiele mit den Kleineren. Iisakki war ein wortkarger Mann. Dennoch gewann Nikolas ihn mit der Zeit lieb. Er spürte, dass Iisakkis barsches Auftreten und sein ungepflegtes Äußeres einen weichen Kern verbargen.

Die Sehnsucht nach Korvajoki war der Grund, weshalb Nikolas jeden Tag bis zur Erschöpfung in der Werkstatt arbeitete. Er werkelte auch dann noch weiter, wenn Iisakki abends Schluss machte, und hatte schon für beide das Frühstück zubereitet, bevor der Meister morgens aufstand.

Sie führten ein einfaches Leben. Die Arbeit nahm ihre ganze Zeit und Kraft in Anspruch. Nikolas gewöhnte sich an, diejenigen Arbeiten, die weniger Kraft und Genauigkeit erforderten, dann zu tun, wenn seine Muskeln ihm nicht mehr recht gehorchen wollten.

So war Nikolas bereits im Sommer zu einem zähen, von der harten Tischlerarbeit kräftigen jungen Burschen herangewachsen.

Doch je weiter das Jahr voranschritt, desto mehr plagte ihn die Stille, die hier herrschte. Es wollte ihm nicht gelingen, sich daran zu gewöhnen. Er war von klein auf von lebhaften Menschen umgeben gewesen und konnte sich mit der völligen Einsamkeit und Abgeschiedenheit von Iisakkis Hütte nicht anfreunden.

Oft saß er spätabends auf der Treppe vor dem Haus und betrachtete die baumlosen Fjells und den Wald zu ihren Füßen. Er hoffte so sehr, dass überraschend jemand aus dem Wald käme, ein Gast, irgendjemand. Jemand anders als die Elche, die des Nachts zwischen den Bäumen hervorkamen. Nikolas hoffte, einen Menschen zu sehen, aber wen? Er konnte sich diese Sehnsucht selbst nicht erklären, und es war letzten Endes auch gleichgültig, denn er sah nie jemanden, solange er auch wartete.

Iisakki war schweigsam, und wenn er sprach, dann nur über die Arbeit. Die Arbeit war sein Ein und Alles. Und wenn das Tagewerk erledigt war, hatte Iisakki Nikolas nichts mehr zu sagen. Er sprach vielleicht noch über die Aufgaben, die am nächsten Tag erledigt werden mussten, aber dann schwieg er wieder. Anfangs war Nikolas das ganz recht gewesen, doch als der Herbst näher rückte, begann er sich mehr und mehr zu grämen.

Am schlimmsten fand der Junge, dass Iisakki ihn noch kein einziges Mal bei seinem richtigen Namen genannt hatte – er nannte ihn immer noch Julli. In seinen dunkelsten Momenten begann er zu zweifeln: Der Tischler machte sich nichts aus ihm. Gab es überhaupt niemanden, der ihn gernhatte?

Nikolas versuchte, die Zuneigung des Meisters zu gewinnen, indem er die Stube so sauber schrubbte wie die Werkstatt, doch als er es zum ersten Mal getan hatte, setzte sich Iisakki einfach an den gedeckten Tisch, als hätte sich rein gar nichts um ihn herum geändert. Dennoch gab Nikolas nicht auf. Er erwartete kein Lob, aber er wollte für Iisakki nicht einfach Luft sein. Er selbst war Iisakki dankbar, dass er bei ihm in die Lehre gehen durfte; seine neuen Fertigkeiten waren tatsächlich mehr wert als Geld und würden ihm nützlich sein, wenn er an Weihnachten auch dieses Haus wieder verlassen musste.

Im Sommer waren sie einmal in Korvajoki gewesen, und Nikolas hatte festgestellt, dass sich die Lage dort nicht zum Besseren gewendet hatte. Im Gegenteil: Das Fischerdorf hatte, soweit das überhaupt möglich war, noch ärmer gewirkt.

Und bald, noch ehe Nikolas es bemerkte, war es wieder Winter.

Nun dachte Nikolas immer öfter über seine Zukunft nach. Was sollte bloß aus ihm werden? Eine Rückkehr ins Dorf war ausgeschlossen, und Iisakki machte sich nichts aus ihm. Es sah ganz so aus, als wäre er auf sich selbst gestellt. Er war jetzt vierzehn Jahre alt – würde er schon allein zurechtkommen?

In dieser bedrückten Stimmung beschloss Nikolas, Iisakkis Verbot zu trotzen und doch noch einmal Geschenke für die Kinder in Korvajoki zu schnitzen, ganz egal, was ihm selbst nach Weihnachten bevorstand. Gerade weil die Zukunft so ungewiss war, wollte er das Versprechen halten, das er den Kindern gegeben hatte, um jeden Preis.

Wieder glaubte Nikolas, er werde in diesem Jahr zum letzten Mal Weihnachtsgeschenke verteilen. Doch diesmal hatte er nicht die geringste Hoffnung, dass er sich vielleicht irrte.

So schlich sich Nikolas einige Wochen vor Weihnachten abends, wenn Iisakki eingeschlafen war, wieder in die Werkstatt und schnitzte im Licht einer einzigen Kerze die Geschenke. Das nächtliche Werkeln zehrte an seinen Kräften, sodass er tagsüber mitunter bei der Arbeit einzunicken drohte. Doch Nacht für Nacht wurden weitere Geschenke fertig. Er wusste allerdings nicht, wie es ihm gelingen sollte, sie im Dorf zu verteilen, ohne dass Iisakki etwas davon merkte, denn der Weg ins Dorf war weit. Nikolas suchte vergeblich nach einer Lösung.

Schließlich, eine Woche vor Weihnachten, blieb Nikolas nichts anderes übrig, als mit Iisakki zu sprechen. Er sägte gerade mit der Laubsäge eine Verzierung für die Kommode, als er all seinen Mut zusammennahm, die Säge hinlegte und fragte: «Meister?»

Iisakki brummte, ohne von seiner Arbeit aufzusehen.

«Weil das Jahr bei Ihnen bald zu Ende ist und ich gehen muss …», Nikolas spürte, wie ihm die Kehle eng wurde, sprach aber hastig weiter, «… würde ich mich so gern noch einmal bei den Leuten in Korvajoki bedanken. Und deshalb … ich dachte, ob ich vielleicht einen Tag freinehmen könnte und …»

Iisakki hob den Kopf. Er sah Nikolas wütend an.

«Nein! Weil nur noch so wenig Zeit ist, solltest du das Denken und Reden lieber bleibenlassen und dafür schneller arbeiten! Überhaupt bist du in letzter Zeit so schlapp und bringst so wenig zustande, dass du keinen freien Tag verdient hast! Ich frage mich schon die ganze Zeit, was mit dir los ist!»

«Nichts …»

«Sei still! Nach Weihnachten kannst du die Leute in deinem verdammten Dorf besuchen. Dann hast du genügend Zeit. Warum musst du unbedingt vor Weihnachten hin, hä? Was für ein Unfug!»

Der Junge öffnete den Mund, hielt es dann aber doch für besser zu schweigen, denn wenn er die Geschenke erwähnte, würde er den Meister erst recht wütend machen. Außerdem hatte Iisakki sich bereits wieder über seine Arbeit gebeugt und betrachtete das Gespräch offensichtlich als beendet. Er seufzte. Iisakki würde ihm nicht freigeben, das war nun klar. Aber er würde sich dem Willen des mürrischen Tischlers nicht beugen. Er musste sich irgendetwas überlegen!

11. Türchen

So lange Nikolas auch grübelte, ihm fiel keine andere Lösung ein, als sich in der Weihnachtsnacht aus dem Haus zu stehlen. Danach würde er versuchen, wieder unbemerkt ins Haus zu kommen, solange Iisakki schlief. Er war sich keineswegs sicher, ob er den langen Weg im Dunkeln zu Fuß zurücklegen könnte. Aber aufgeben wollte er auf keinen Fall.

In der folgenden Nacht schlich er wieder in die Werkstatt und arbeitete an seinen Geschenken.

Todmüde beugte er sich über die Hobelbank, um im Kerzenlicht eine winzige Puppe auf einen Schlitten zu leimen. Da flammten plötzlich alle Öllampen auf. Nikolas fuhr zusammen, hob den Kopf und erblickte Iisakki am Fuß der Treppe.

«Was treibst du hier unten?», knurrte Iisakki. «Warum schläfst du nicht?»

Vor Schreck fiel die Puppe Nikolas aus der Hand und kollerte auf den Boden. Beide, Meister und Lehrling, sahen ihr nach. Der Kopf der Puppe hatte sich gelöst und rollte auf das Rad der Drechselmaschine und die Öffnung zu, unter der der unterirdische Fluss strömte. Nikolas sprang vor und schaffte es gerade noch, den Puppenkopf zu erwischen, bevor er für immer verschwunden wäre.

Iisakki stand bereits an der Hobelbank und musterte die kopflose Puppe, die er vom Boden aufgehoben hatte.

«Was soll das? Hast du mein Holz gestohlen?»

Nikolas schüttelte den Kopf. «Nein. Ich habe nur Abfallholz benutzt, Meister. Das sollte der Kutscher für den kleinen Schlitten sein. Aber daraus wird nun wohl nichts.»

Iisakki sah Nikolas finster an. «Solche Mätzchen treibst du also hinter meinem Rücken!»

«Entschuldigung, Meister.»

«Gib mir den Kopf.»

Iisakki streckte die Hand aus. Der Junge reichte ihm den Puppenkopf, und Iisakki schloss die Finger darum und hob die Faust, als wolle er ihm das Holzstück über den Kopf hauen. Nikolas legte schützend die Hände vors Gesicht. So wütend hatte er Iisakki noch nie erlebt.

Doch nichts geschah, und so spähte er vorsichtig durch seine Finger. Iisakki stand immer noch mit erhobenen Händen vor ihm und betrachtete die Puppe im Licht der Öllampe.

«Na ja, sieht ja gar nicht so schlecht aus», murmelte er nachdenklich. «Bring mir einen Holzbohrer und einen zolllangen Nagel ohne Kopf. Oder doch lieber einen Bohrer und einen kleinen Dübel. Damit gelingt es wahrscheinlich besser. Und dann holst du mir meine Pfeife.»

Einige Minuten später setzte Iisakki den Kutscher, der nun wieder einen Kopf hatte, behutsam in den Schlitten.

«So», murmelte er. «Jetzt sieht er aus wie neu.» Er blickte von dem Schlitten auf und sah seinen Lehrling an. «Von diesem … Spielzeug gibt es sicher noch mehr, oder?»

Der nickte. «Ja, Meister … Insgesamt einundvierzig Stück … auf dem Stallboden versteckt.»

Iisakki zog an seiner Pfeife, stieß den Rauch aus und

sah Nikolas, der verlegen den Kopf hängen ließ, nachdenklich an.

«Kein Wunder, dass du in letzter Zeit so müde bist. Du scheinst diese Gören wirklich zu mögen?»

Nikolas nickte mit gesenktem Blick.

«Und du hattest natürlich geplant, in der Weihnachtsnacht heimlich zu verschwinden, weil ich dir nicht freigeben würde?»

«Ja … Entschuldigung, Meister.»

«Also gut, verteile deine Geschenke in der Weihnachtsnacht. Gegen deinen Sturkopf kann ich sowieso nichts ausrichten», schnaubte Iisakki. «Aber sieh zu, dass du bei Sonnenaufgang wieder hier bist», setzte er grimmig hinzu. «Auch wenn es dein letzter Tag ist, gefaulenzt wird nicht! Ist das klar?»

Der Junge sah zu Iisakki auf, lächelte und wollte sich bedanken. Doch Iisakki hob warnend die Hand.

«Stopp! Kein Wort, oder ich überlege es mir anders.»

Nikolas gehorchte. Iisakki schnaubte noch einmal und ging zur Treppe.

«Du kannst den Kram auch abends basteln», murmelte er leise. «Ich helfe dir meinetwegen. Dann kann ich in der Nacht wenigstens ruhig schlafen … Nachts hier rumzuschleichen und Kinderspielzeug zu basteln … Hat man so was schon erlebt? Also wirklich!»

Kopfschüttelnd und leise vor sich hin schimpfend, stieg der Meister die Treppe wieder hinauf. Nikolas strahlte über das ganze Gesicht, und es fiel ihm schwer, vor Freude und Erleichterung nicht laut loszulachen.

Mit Iisakkis Hilfe wurde Nikolas mühelos noch vor Weihnachten mit seiner Arbeit fertig.

In der Weihnachtsnacht stieg er vor der Haustür in seine Stiefel, zündete die Öllaterne an und ging den Abhang hinunter zum Stall. Aus Iisakkis Stube war kein Laut zu hören, offensichtlich war es Nikolas gelungen, das Haus zu verlassen, ohne den Tischler zu wecken.

Als er schon fast unten bei Hilmas Stall angelangt war, sah er zu seiner Überraschung einen Lichtschein. Da erblickte er seinen Meister, der auf dem Pferdeschlitten saß. Er rauchte seine Pfeife und starrte ihn finster an.

«Na endlich!», grollte er. «Hilma und ich haben uns schon gefragt, ob unser Julli überhaupt nicht mehr kommt, was, Hilma?»

Das brave Pferd wieherte, als wollte es seinem Herrn zustimmen. Nikolas sah ihn verblüfft an.

«Was stehst du da noch rum? Auf den Schlitten mit dir!», brüllte Iisakki und fuchtelte mit den Armen. «Das alberne Spielzeug hab ich schon eingeladen!»

Nikolas setzte sich langsam in Bewegung. Immer noch starrte er Iisakki an.

«Was stierst du denn so?» Iisakki schüttelte den Kopf. «Mit deinem Rodelschlitten würdest du es doch nicht schaffen, morgen früh wieder hier zu sein, da ginge ein ganzer Arbeitstag verloren. Aber wenn wir hier rumstehen, verschwenden wir auch nur Zeit. Also, in den Schlitten mit dir, aber ein bisschen plötzlich! Sonst komme ich noch zur Vernunft!»

Nikolas gehorchte und sprang wortlos auf den Schlitten, der sich sofort in Bewegung setzte.

Dank Hilmas und Iisakkis Hilfe hatte Nikolas bald all seine Geschenke im Dorf verteilt. Es ging fast zu schnell.

Denn er war ganz wehmütig, als er einige Stunden später von der letzten dunklen Hütte zum Schlitten zurücklief. Nun war es endgültig vorbei mit den Weihnachtsgeschenken in Korvajoki, die Tradition fand ihr Ende. Und in einigen Jahren würde sich niemand mehr daran erinnern, dass man früher am Weihnachtsmorgen Gaben vor der Tür gefunden hatte. Wahrscheinlich würde sich auch an ihn niemand mehr erinnern. Die Menschen vergessen so schnell, dachte Nikolas traurig, als er auf den Schlitten sprang, auf dem der Meister pfeiferauchend wartete.

«Zum Glück war das die letzte Bude», schnaubte Iisakki. «Ab nach Hause! Die Sonne geht bald auf. Nicht auszudenken, wenn jemand sehen würde, dass ich bei diesem Schwachsinn mitmache. In meinem Alter! Mein Ruf wäre dahin! Na komm, Hilma, los.»

Als Hilma sich in Bewegung setzte, sah Nikolas Iisakki verstohlen an.

«Ähm … einmal müssten wir noch anhalten.»

«Nein!», stöhnte Iisakki.

«Doch», erwiderte Nikolas und erzählte Iisakki von Ada.

Eine halbe Stunde später stand Nikolas mit der Laterne neben dem alten Mann, der mit der Axt ein Loch ins Eis schlug. Der Seewind hatte den Schnee an manchen Stellen hoch aufgetürmt, an anderen Stellen glitzerte das dunkle Eis bloß und glatt wie ein gewaltiger Spiegel.

«Es wird immer verrückter!», knurrte Iisakki.

«Ich hätte das Loch selbst hauen können», sagte Nikolas.

«Blödsinn», brummte Iisakki, «kommt gar nicht in Frage, dass du meine beste Axt an diesem verdammten dicken Eis kaputt haust. Außerdem habe ich die ganze Nacht auf dem Schlitten gesessen, während du kreuz und quer durchs Dorf gerannt bist. Ich bin so durchgefroren, dass ich ganz froh bin, mich mal ein bisschen aufzuwärmen. So geht es außerdem schneller, ich bin immerhin ein kräftiger Mann. Wir können Hilma auch nicht ewig im Wald stehen lassen. Wenn die Wölfe sie nicht auffressen, erfriert die arme alte Mähre uns bald!»

Der Tischler schlug verbissen auf das Eis ein. Es war tatsächlich hart wie Stein. Bei Iisakkis ersten Schlägen mit dem Axtrücken gab das Eis nur an der Oberfläche nach. Schlag für Schlag bildeten sich jedoch immer größere Kreise von Rissen, die Nikolas wie Jahresringe erschienen. Sie ließen ihn an all die anderen Weihnachtsnächte denken, in denen er hier gestanden hatte. Einmal war Eemeli bei ihm gewesen und jetzt – das hätte er nie gedacht, nicht an Weihnachten vor einem Jahr, nicht einmal am vorigen Abend – Iisakki, der Schrecken aller Kinder! Das würde ihm niemand glauben. Trotz seiner Trauer musste Nikolas lächeln. Er schloss die Augen, und all die schönen Erinnerungen kamen. Dabei vergaß er die eisige Kälte und spürte, wie ihm von innen heraus warm wurde.

«Lachst du mich etwa aus, du Bengel?», brummelte Iisakki.

Er fuhr zusammen und schlug die Augen auf. Iisakki sah ihn wütend an.

«Nein», versicherte der Junge hastig. «Ich war nur … Ach, nichts.»

Iisakki schüttelte den Kopf. «Da wäre jetzt das Loch, wenn es dem Herrn genehm ist.»

Nikolas schaute nach unten. Tatsächlich, ein kreisrundes Eisloch.

Meister und Lehrling knieten sich hin. Nikolas hielt die Hand über das Eisloch, er hatte die Ärmel seines Mantels und seines Pullovers aufgekrempelt.

«Frohe Weihnachten, Ada.»

Nikolas wollte gerade sein Geschenk in das eiskalte Wasser werfen, da fasste ihn Iisakki an der Schulter.

«Nicht so schnell! Zeig mir dein Geschenk!»

Nikolas reichte ihm das winzige Puppenhaus.

Der Tischler betrachtete das Haus im Licht der Laterne und schüttelte den Kopf. «Das hast du mir vorher gar nicht gezeigt. So etwas Ähnliches habe ich auch einmal gemacht.» Seine Stimme klang plötzlich heiser und müde. «Damals … als er noch klein war.»

«Als wer noch klein war, Meister?», fragte Nikolas, da Iisakki nicht weitersprach.

«Matias», flüsterte Iisakki. «Mein Sohn.»

Sein Gesicht war dem Meer zugewandt, aber sein Blick nach innen gerichtet. Als er weitersprach, schien er eher mit sich selbst zu reden als mit Nikolas. Auch Iisakki kamen in dieser Nacht also Erinnerungen an vergangene Zeiten.

Und dann begann der Meister zu erzählen, langsam und stockend, dass er einmal eine Frau namens Marketta und einen Sohn namens Matias gehabt hatte. Marketta war gestorben, als Matias erst zwölf gewesen war.

«Markettas Tod hat mich verändert. Ich war verbittert und brachte es nicht fertig, meinem Sohn der liebende Vater zu sein, den er gebraucht hätte. Dazu fehlte mir einfach die Kraft, ich habe mich in meiner Trauer verschanzt und nicht gemerkt, wie Matias litt. Zwei Jahre lang hat er mich ertragen», erzählte der alte Mann mit bebender Stimme. «Dann fand ich eines Morgens einen Zettel auf dem Tisch. Matias war davongelaufen, um zur See zu fahren, und hatte mich … im Stich gelassen. Ich war nicht fähig, den Fehler bei mir selbst zu suchen, ich habe einzig und allein Matias die Schuld gegeben. Drei Jahre später bekam ich die Nachricht: Das Schiff, auf dem Matias als Messjunge arbeitete, hatte Schiffbruch erlitten. Das Meer hatte alle verschlungen, die gesamte Besatzung … Und ich …», Iisakkis Atem ging stoßweise. «Für mich war von da an jedes Kind eine Erinnerung an meinen Verlust, an Matias, meinen Sohn. Ich weiß, das ist falsch, aber … Deshalb kann ich nicht … ich ertrage es einfach nicht, Kinder bei meiner Hütte oder überhaupt irgendwo zu sehen. Es ist besser, ihnen Angst einzujagen und sie auf Abstand zu halten … Und dann kommst du … du bist mir ähnlich … Und jetzt bin ich bald wieder allein. Bei einem wie mir hält es keiner aus …»

Iisakkis Stimme brach. Das Puppenhaus fiel ihm aus der Hand und glitt wie ein Kufenschlitten auf das Eisloch zu. Nikolas schaute ihm nach, wie es im Wasser verschwand. Wieder glaubte er, tief unten im Meer ein Licht aufleuchten zu sehen, aber vielleicht war es auch nur ein verirrter Strahl der Sonne, die gerade aufging.

Nikolas stand auf und ging um das Eisloch zu Iisakki, der dort in sich zusammengesackt saß wie ein Schneemann im Frühling. Er legte den Arm um den schluchzenden und zitternden Mann und bettete seinen mächtigen Kopf an seine Jungenbrust.

«Wenn ich Ihr Sohn gewesen wäre, Meister, hätte ich Sie nicht verlassen», sagte er. «Ich will Ihrem verstorbenen Sohn – mein aufrichtiges Beileid, Meister – gewiss keine Vorwürfe machen. Aber ich hätte gewartet, bis Sie sich von der tiefen Trauer um Ihre Frau erholt hätten. Ich weiß nämlich, was Trauer ist, und ich weiß, was sie einem Menschen antut.»

Iisakki richtete sich auf. Lange sahen sich die beiden schweigend in die Augen.

«Du bist ein guter Junge … Nikolas.»

Nikolas lächelte. Zum ersten Mal hatte Iisakki ihn mit seinem richtigen Namen angesprochen.

«Nikolas», fuhr Iisakki fort, «ich möchte, dass du weißt … Es kommt ein wenig spät, nachdem ich dich ein ganzes Jahr lang wie einen Sklaven behandelt habe …» Er sah hinauf zum Himmel, als könne er dort die richtigen Worte finden. «Wenn du meinst, du könntest es mit mir aushalten, dann … Ich verstehe vollkommen, wenn du nicht … Also, was ich sagen will, du kannst bei mir bleiben, wenn …»

Sosehr er sich auch abmühte, Iisakki fand nicht die richtigen Worte. Doch Nikolas hatte ihn längst verstanden.

«Ich bleibe bei Ihnen, solange Sie wollen, Meister.»

Iisakki sah ihn an. Wieder traten ihm Tränen in die Augen.

«Bei diesem Wind tränen einem aber auch andauernd die Augen», stammelte er. «Wir sollten jetzt besser aufbrechen. Hilma friert bestimmt schon …»

Der Junge half ihm auf die Beine, und sie gingen Seite an Seite aufs Ufer zu. Plötzlich blieb Iisakki stehen.

«Zwei Dinge noch, Nikolas», sagte er. «Ab jetzt kannst du mich Iisakki nennen.»

«In Ordnung», antwortete der zufrieden. «Und was ist das zweite?»

«Du wirst keinem von meiner Flennerei erzählen», knurrte Iisakki. «Niemals! Ist das klar?»

«Ja, Meister! Ich meine, Iisakki», lachte Nikolas.

12. Türchen

Diese Weihnachtsnacht veränderte alles. Nikolas' Wanderjahre waren endlich vorüber. Von diesem Weihnachten an waren Iisakki und Nikolas mehr als Meister und Lehrling, sie waren fast wie Vater und Sohn.

Der früher so mürrische und ungehobelte Iisakki wurde zu einem ganz neuen Menschen. Es war, als ob die bittere Last der Vergangenheit, die sein Leben bisher beherrscht hatte, von seinen Schultern abfiel. Als der Frühling kam, sah man den bärbeißigen Mann immer öfter richtig lächeln. Nikolas war überglücklich, dass Iisakki es wagte, ihm sein wahres Wesen zu zeigen. Er hatte sich also doch nicht geirrt! Unter der harten Schale hatte die ganze Zeit ein gutherziger Mann gesteckt.

Die beiden verband der Verlust ihrer liebsten Angehörigen, eine Erfahrung, die sie nie ganz überwinden würden. Aber sie verstanden, dass gerade dieser Verlust sie zusammengeführt hatte. Es war dieser Erfahrung zu verdanken, dass sie sich so gut verstanden und jeden Augenblick des Lebens zu schätzen wussten. Die Wunden, die die harte Pranke des Schicksals ihnen zugefügt hatte, würden nie ganz verheilen und hatten doch auch etwas Gutes gebracht.

«Denk nur, Nikolas», sagte Iisakki an einem Sommerabend, als er auf der Treppe vor dem Haus saß, während der Junge nach vierblättrigem Klee suchte, «wenn ich nicht so gemein gewesen wäre, dich als unbezahlten Helfer auszunutzen, wären wir jetzt nicht hier.»

«Zum Glück warst du gemein. Und zum Glück bist du es nicht mehr», antwortete Nikolas lachend.

Iisakki stimmte in sein Lachen ein. Im nächsten Moment jubelte Nikolas auf.

«Guck mal! Ich habe zwei Glücksklee auf einmal gefunden!», rief er. «Für jeden einen», fügte er hinzu und reichte Iisakki ein Kleeblatt. «Bitte schön, ein Glücksbringer für dich!»

«Den brauche ich nicht», sagte Iisakki. «Ich bin ja schon glücklich.»

«Nimm ihn trotzdem», beharrte Nikolas.

«Na gut, als Reserve für schlechte Zeiten», sagte Iisakki, steckte das Kleeblatt in die Brusttasche seines Hemdes und klopfte darauf. «Jetzt trage ich es über dem Herzen.»

Es war wirklich alles anders geworden. In Iisakkis Haus lebten zwei glückliche Menschen, die bestens miteinander auskamen. Auf Nikolas' Wunsch fuhren sie nun öfter nach Korvajoki, damit er seine alten Pflegefamilien und Freunde besuchen konnte.

Nikolas und Iisakki fuhren auch gemeinsam in andere Dörfer, um ihre Holzarbeiten feilzubieten. Bald waren die beiden fröhlich scherzenden Tischler überall gern gesehen. In ihrer Gesellschaft fühlten sich alle Kinder und Erwachsenen wohl. Sobald ihr Pferdewagen in einem Dorf hielt, war er auch schon umlagert. Iisakki musste zugeben, dass das Geschäft weit besser lief als in all den Jahren, in denen er allein unterwegs gewesen war. Es herrschte Gedränge und fröhliches Stimmengewirr, das Ganze war beinahe ein Spiel. Früher, als Iisakki grimmig seine Waren angeboten hatte, war es nie so gewesen. Zwar war er auch damals ganz gut zurechtgekommen, doch eine solche Freude wie jetzt hatte er auf seinen Verkaufsfahrten nie erlebt. Statt die Kinder zu erschrecken, spielte der alte Mann nun mit ihnen, strich ihnen freundlich über die Haare und nahm gelegentlich eins der kleineren in die Arme, drehte sich mit ihm im Kreis und ließ sein dröhnendes Gelächter erschallen, das ebenfalls einen verspielteren und fröhlicheren Klang angenommen hatte, so wie Iisakkis und Nikolas' ganzes Leben.

Der Zeit wuchsen Flügel, und eine Jahreszeit nach der anderen flog vorbei. Auf die farbgesättigten nördlichen Herbste folgten strahlend weiße, schneereiche Winter. Bald wich der Schnee dem aufkeimenden Grün, und bald kam wieder ein Sommer, die Zeit der nachtlosen Nächte, in denen die Sonne es nicht über sich brachte, schlafen zu gehen, sondern Tag und Nacht die dunkelgrün leuchtende Natur bewunderte. Und dann wieder verfärbte sich das Laub, der erste Schnee fiel, und die winterliche Dunkelheit setzte ein.

Der Kreislauf der Natur war so selbstverständlich, und Nikolas vergaß fast, dass sich zwar alles immer gleich wiederholte, dass die Zeit aber dennoch kein Kreis war, den man endlos abschreiten konnte, ohne je müde zu werden. Die Zeit schritt voran. Und so wie jedes Jahr, das vergeht, einen Ring in den Stamm eines Baumes zeichnet, so zeichnet die Zeit auch das Gemüt eines Menschen.

Nikolas hatte längst aufgehört zu zählen, wie viele Weihnachten er schon bei Iisakki verbracht hatte. Es war nicht mehr nötig, denn er hatte bei Iisakki das Zuhause gefunden, in dem er sein ganzes Leben zubringen würde. Er wollte nirgendwo anders sein, und die Zeit verging, ohne dass er darüber nachdachte.

Die glücklichen Jahre, die an ihm vorbeizogen, erschienen Nikolas immer gleich, und der Höhepunkt jedes Jahres war für ihn die Weihnachtszeit. Vor Weihnachten hatten Iisakki und er immer viel zu tun. Vom frühen Morgen bis in die Nacht bastelten sie in der Höhlenwerkstatt Geschenke. Und wenn in Korvajoki irgendwer in der Weihnachtsnacht wach war, konnte er mit etwas Glück zwei mit Geschenken beladene Gestalten sehen, die von Haus zu Haus, von Tür zu Tür huschten, während Hilma, eine Pferdedecke über dem Rücken, auf der Dorfstraße wartete. Für Nikolas und seinen Freund war es zur lieben Tradition geworden, in der Weihnachtsnacht gemeinsam die Geschenke zu verteilen.

Von Jahr zu Jahr nahmen die Weihnachtsvorbereitungen mehr Zeit in Anspruch. Jedes Jahr mussten mehr Geschenke angefertigt werden, denn das Dorf Korvajoki wurde immer größer, und es schien immer mehr Kinder zu geben. Doch Nikolas dachte nicht darüber nach.

Selbst als seine Freunde aus den Kindertagen heirateten und Kinder bekamen, merkte Nikolas nicht, dass die Zeit verging. Auch Eemeli war bereits verheiratet, aber er und seine Frau hatten noch keine Kinder. Nikolas dagegen lebte gewissermaßen außerhalb der Zeit. Vielleicht bewusst, vielleicht unbewusst, vielleicht war dies seine Zuflucht, sein Schutzschild gegen die Wirklichkeit, wer weiß. Der menschliche Geist nimmt die Dinge so wahr, wie es ihm am besten passt.

An einem wunderschönen Spätsommertag musste Nikolas sich zum ersten Mal seit langem eingestehen, dass die Zeit nicht nur vergeht, sondern auch ihre Spuren hinterlässt.

Er saß in der Werkstatt an der Hobelbank und schnitzte mit einem kleinen Hohlmeißel ein zierliches Wellenmuster in eine Eckleiste, die eine Kommode verzieren sollte. Als Nikolas pustete, schwebten winzig kleine Späne auf den Steinboden wie goldgelbe Federn. Er nahm die Leiste aus der Klemme, hob sie vor die Augen und überprüfte seine Arbeit. Zufrieden stellte er fest, dass die Zierleiste wirklich schön geworden war. Die Linien wirkten fast lebendig, es war, als ginge tatsächlich eine Welle durch das Stück Holz. Nikolas lauschte, ob er das Meer rauschen hören konnte. Man müsste es doch hören, wenn sich die Wellen brechen, dachte er, rief sich dann aber zur Vernunft: natürlich nicht, was für ein kindischer Gedanke!

«Das war's», sagte Nikolas. «Bei dir auch?»

Er sah zu Iisakki hinüber, der an einer zweiten Leiste arbeitete.

«Noch lange nicht», entgegnete Iisakki, ohne aufzublicken. «Ich kann kaum noch sehen, was ich tue», fuhr er irritiert fort. «Und meine Hände zittern wie Espenlaub. Das Ornament hier erinnert eher an eine Schlammpfütze als an das Meer. Aber man sagt ja auch, das Alter kommt nicht allein.»

«Du bist doch nicht alt», lachte Nikolas.

Nun hob Iisakki den Blick und sah Nikolas an.

«Was redest du denn da? Du siehst es doch selbst. Ich bin ein zahnloser alter Tattergreis, weit über siebzig. Und falls du es noch nicht gemerkt haben solltest, du bist auch kein junger Spund mehr. Hast ja inzwischen schon dreißig Jahre auf dem Buckel!»

Nikolas wollte protestieren, doch er brachte kein Wort heraus. Es war, als fiele das Gewicht all der vergangenen Jahre auf seine Schultern und drücke ihn fest auf seinen Stuhl. Als Iisakki kopfschüttelnd schnaubte und sich wieder über seine Arbeit beugte, sah Nikolas, wie sein von silbergrauen, dünn gewordenen Haaren bedeckter Kopf verdächtig wackelte. Er musste zugeben, dass die Zeit an ihnen beiden ihre Spuren hinterlassen hatte. Gewiss, er hatte auch früher schon bemerkt, dass Iisakki immer krummer ging und dass seine Haare von Jahr zu Jahr heller wurden, aber er hatte diesen Beobachtungen keine Beachtung geschenkt. Es war nicht gut, über die Zukunft zu grübeln, man musste hier und jetzt leben. Er war glücklich, hier mit Iisakki zu wohnen, das war alles, was zählte. So verbannte er auch jetzt den Gedanken an Iisakkis Endlichkeit in den hintersten Winkel seines Bewusstseins.

«Ich dachte nur ...», sagte er schließlich. «Sollten wir nicht allmählich aufbrechen?»

«Wohin?», brummte Iisakki.

«Wir haben doch gestern abgemacht, dass wir heute zu Eemeli fahren, um Einkäufe zu machen, und dann ...»

«Ach ja, stimmt», sagte Iisakki. Er sah wieder zu Nikolas auf. «Das hatte ich ganz vergessen. Mein Gedächtnis ist so schlecht geworden, dass ich manchmal lange nachdenken muss, bevor mir mein eigener Name wieder einfällt.»

«Jetzt übertreibst du aber!»

«Na klar», lachte Iisakki. «Das war nur ein Witz. Aber wegen Eemeli ... Wie wäre es, wenn du diesmal allein hinfahren würdest?»

Nikolas starrte ihn verdutzt an. Allein? Sie waren doch immer zusammen nach Korvajoki gefahren! Iisakki sah ihm seine Verwunderung an, sagte aber nichts.

«Und wenn wir die Fahrt auf morgen verschieben?», schlug Nikolas vor.

«Offen gesagt – natürlich spreche ich offen mit dir, warum soll ich Ausflüchte machen –, ich schaffe es einfach nicht. Das verstehst du doch?»

Nikolas sah Iisakki in die Augen und erkannte, dass der alte Tischler diesmal nicht scherzte. Sein Blick war müde und irgendwie verschleiert. Es schien ihm schwerzufallen, die Augen überhaupt offen zu halten. Nikolas konnte sich nicht erinnern, ihn jemals so müde gesehen zu haben.

«In Ordnung, ich fahre allein», sagte Nikolas. «Was soll ich denn einkaufen?»

«Du bist alt genug, das selbst zu entscheiden. Ein erwachsener Mann, mit Bart und allem! Du kommst schon allein zurecht», brummte Iisakki und beugte sich wieder über seine Arbeit.

Jetzt sah Nikolas, dass Iisakkis Finger, die sich um den Hohlmeißel schlossen, zitterten, und er sah auch die schlaffe, faltige Haut auf seinem Handrücken. Die Hände eines alten Mannes. Iisakki war ein Greis.

«Dann will ich mal», sagte Nikolas und stand auf. «Soll ich Eemeli Grüße ausrichten?»

«Sicher.»

«Ich bin vor dem Abend zurück.»

«Keine Eile.»

«Ich komme rechtzeitig zurück», wiederholte Nikolas.

Als er aus der Höhlenwerkstatt in die Stube hinaufging, juckte es ihn auf einmal im Gesicht. Er wischte sich mit dem Hemdsärmel darüber und versuchte sich einzureden, er sei durch ein Spinnennetz gelaufen, obwohl er im Innern genau wusste: Es war die Zeit, die ihr klebriges Netz über ihn geworfen hatte.

Auf dem Weg zum Pferdestall beschlich Nikolas die Ahnung, dass die Zeit ihn nicht mehr loslassen würde. Alles ist vergänglich, dachte er niedergeschlagen.

Als Nikolas Hilma vor den Wagen gespannt und schon fast den Wald erreicht hatte, stellte er fest, dass noch etwas anderes ihm zusetzte. Etwas, das Iisakki gerade gesagt hatte. Aber was? Oder war da gar nichts gewesen, hatte er es sich nur eingebildet?

Er kam nicht darauf, und so beschloss er, sich lieber auf das bevorstehende Wiedersehen mit Eemeli zu freuen. Eemeli war wie ein Bruder für ihn, und sie hatten sich in diesem Sommer noch nicht gesehen. Iisakki und Nikolas hatten in diesem Jahr wenig Verkaufsreisen unternommen. Iisakki hatte keine rechte Lust gehabt, und Nikolas hatte nicht allein fahren wollen.

Plötzlich wurde ihm klar, dass er zum ersten Mal seit all den Jahren allein nach Korvajoki fuhr. Das Weihnachten, an dem Iisakki ihn aufgenommen hatte, lag nun lange zurück. Sehr lange sogar. Es war ja eine Ewigkeit her! Er war jetzt ein erwachsener Mann, wie Iisakki gesagt hatte, doch bis zu diesem Tag war er nicht bereit gewesen, sich als Mann zu betrachten. Denn obwohl er groß und kräftig war, fühlte er sich im Innern immer noch wie der kleine Nikolas, der allein in der eingeschneiten Hütte saß und auf seinen Vater, seine Mutter und die kleine Ada wartete. Vergeblich wartete.

13. Türchen

Als Hilma mit klappernden Hufen über die Brücke trabte, die nach Korvajoki führte, hatte Nikolas seine trüben Gedanken bereits vergessen. Eine Schar Kinder lief ihm fröhlich winkend entgegen. Das Dorf badete in der Sonne, das fast windstille Meer unterhalb der Siedlung schimmerte silbrig wie flüssiges Zinn. Ein neues Haus nach dem anderen war seit Nikolas' Kindheit entstanden, in Korvajoki lebten bereits an die dreißig Familien.

Auch deshalb hatte Eemeli vor zwei Jahren entschieden, einen Kaufmannsladen zu eröffnen. Nikolas nahm an, dass Eemeli von seinem Geschäft recht gut leben konnte, denn auch von weit her kamen die Leute zum Einkaufen zu ihm.

Bald sprangen die Kinder lachend und jubelnd neben dem Wagen her. Ihre Freude war ansteckend, und als Nikolas vor Eemelis Laden hielt, war er bester Laune und scherzte mit den Kindern.

Er sprang vom Wagen, schnappte sich zwei der kleinsten Kinder und drehte sich mit ihnen im Kreis wie ein Karussell. Dann setzte er die kichernden Kleinen wieder ab und tat, als wäre ihm schwindlig, machte ein paar schwankende Schritte und ließ sich der Länge nach auf die Dorfstraße fallen. Darüber konnten sich die Kinder schier ausschütten vor Lachen! Sie brüllten und kicherten und schlugen sich auf die Schenkel.

«So», sagte Nikolas und setzte sich auf. «Nun ist es genug. Helft mir mal auf die Beine!»

Im Nu stand er wieder auf den Füßen und klopfte sich den Staub ab. Als er aufschaute, sah er, dass Eemeli ein neues Schild für seinen Laden angebracht hatte. Es hing über dem Fenster, und in Eemelis vertrauter Handschrift stand darauf:

EEMELIS KURZ- UND
GEMISCHTWARENHANDEL

«Aha, was meint ihr, ob Eemeli wohl auch Lutscher verkauft? Wahrscheinlich nicht. Oder sollen wir ihn mal fragen?», fragte Nikolas und tat, als grübelte er über diese Frage nach.

«Jaa!», riefen die Kinder wie aus einem Mund.

Gleich darauf klingelte die Ladenglocke, und Nikolas stand mit der lärmenden Kinderschar im Laden.

«Was ist denn das für ein Geschrei?», ertönte eine Männerstimme aus dem Hinterzimmer. Gleich darauf stürmte Eemeli mit vorgebundener Schürze und wütendem Gesicht hinter die Verkaufstheke. Doch als er Nikolas erblickte, strahlte er. «Nikolas! Lange nicht gesehen!»

«Grüß dich, Eemeli! Gib den kleinen Schlingeln ein paar Lutscher!», rief Nikolas. «Für jeden einen! Auf meine Kosten!»

Die Kinder jubelten, und der Lärm im Laden war fast ohrenbetäubend.

«Danach lasst ihr uns dann allein!», fügte Nikolas hinzu. «Wir Erwachsenen haben etwas zu besprechen!»

Nach einer Weile waren nur noch Nikolas und Eemeli im Laden. Nikolas stützte sich auf die Theke, hinter der Eemeli noch stand.

«Du könntest ruhig öfter kommen», sagte Eemeli.

«Die Zeit ist so knapp», erwiderte Nikolas, plötzlich ernst geworden. «In der Werkstatt gibt es viel zu tun, und Iisakki kann nicht mehr recht mithalten. Auf der Fahrt hierher habe ich mir überlegt, dass es für ihn höchste Zeit wird, sich aufs Altenteil zurückzuziehen und die Arbeit mir zu überlassen. Ich muss es mit ihm besprechen, sobald ich zurückkomme.»

«Ja, ja», nickte Eemeli, «alles hat seine Zeit.» Plötzlich lachte er auf. «Aber eins muss ich sagen: Du hast dir einen prachtvollen Schnurrbart zugelegt!»

«Und du dir einen imposanten Bauch!»

Die beiden Männer stießen sich lachend in die Seite. Nikolas wurde es warm ums Herz. Eemeli war und blieb Eemeli. In seiner Gesellschaft fühlte man sich frei. Nikolas hatte das Gefühl, dass Eemeli neben Iisakki der einzige Mensch war, der ihn wirklich verstand.

«Na, was darf's denn sein?», fragte Eemeli nach einer Weile und breitete die Arme aus. «Brauchst du außer Lebensmitteln noch etwas, irgendetwas Spezielles? Bei uns findest du alles.»

Er war stolz auf sein Geschäft, und dazu hatte er auch allen Grund. Die Regale in dem kleinen Laden bogen sich unter der Fülle an Waren. Und wenn ein Kunde etwas brauchte, was Eemeli nicht auf Lager hatte, bestellte er es in der Stadt und ließ es von einem Boten liefern.

«Wirklich alles? Englischrot hast du sicher nicht», meinte Nikolas zweifelnd.

«Doch», erwiderte Eemeli.

«Gut. Aber dann brauche ich noch Kupfernägel, anderthalb Zoll lang. Die wirst du wohl nicht haben?»

«Doch», gab Eemeli stolz zurück. «Welche willst du: mit Kopf oder ohne?»

«Unglaublich! Na, aber ... ähm ... Bienenwachs hast du garantiert nicht!»

Eemeli antwortete nicht, sondern griff in ein Regal und stellte eine Wachsdose vor Nikolas auf die Theke.

«Haben der Herr sonst noch Wünsche?»

Nikolas sah verdutzt auf die Wachsdose. Dann brach er in schallendes Gelächter aus, und Eemeli stimmte sofort ein.

Bald darauf luden Nikolas und Eemeli die Einkäufe auf den Wagen. Hilma schnaubte und schüttelte den Kopf.

Eemeli tätschelte ihr das Maul.

«Als ob sie sagen wollte, jetzt ist es aber genug», sagte er.

«Ja, Hilma ist ein kluges altes Pferd. Sie weiß genau, was sie schafft und was nicht», erwiderte Nikolas. «In dieser Hinsicht ist sie klüger als wir Menschen. Und recht hat sie auch, die Sachen reichen ja für Monate.»

«Bleib doch zum Essen», sagte Eemeli.

«Diesmal nicht. Iisakki fühlt sich nicht wohl, deshalb möchte ich so schnell wie möglich nach Hause. Aber ...» Nikolas sah sich um. Die Dorfstraße war leer. «... die bewusste Angelegenheit. Hast du die Liste?»

«Na klar», nickte Eemeli. «Komm nochmal mit in den Laden. Ich habe sie unter der Theke versteckt.»

So standen die beiden gleich darauf wieder an der Ladentheke. Eemeli vergewisserte sich noch einmal, dass niemand im Raum war, bevor er Nikolas einen Bogen Papier überreichte.

«Da wäre sie», sagte er leise.

Eemeli führte schon seit Jahren eine Liste über die Kinder von Korvajoki. Ohne seine Hilfe hätten Nikolas und Iisakki sich niemals an alle erinnern können, denn es waren schon über hundert.

«Oho! So viele!», wunderte sich Nikolas nach einem kurzen Blick auf die Liste. Er zählte die Einträge ganz am Schluss. «Dreizehn neue!»

«Genau genommen … Die Liste ist noch nicht komplett», sagte Eemeli. «Ein Name fehlt noch. Ich bin nicht … so richtig … dazu gekommen …»

Nikolas sah seinen Freund an, der unversehens rot geworden und ins Stottern geraten war. «Was hast du denn auf einmal?»

Eemeli zuckte hilflos die Achseln, drehte sich um und rief ins Hinterzimmer: «Elsa! Komm mal her!»

Gleich darauf hörte man die Tür zwischen dem Hinterzimmer des Ladens und der anschließenden Wohnung knarren, und Eemelis junge Frau Elsa erschien im Laden. Sie hielt ein kleines Stoffbündel in den Armen.

«Sag bloß!», staunte Nikolas. «Ist das …?»

Eemeli nickte und winkte Elsa heran, die Nikolas das Bündel entgegenstreckte. «Ja», sagte Eemeli und legte den Arm um die Schulter seiner Frau. «Unser Kind.»

«Davon hast du mir gar nichts verraten, als ich das letzte Mal hier war», sagte Nikolas und beugte sich über das kleine Wesen.

Der winzige, rotbackige Säugling betrachtete das schnurrbärtige Gesicht über ihm ebenso verwundert wie Nikolas das Baby.

«Wie klein es noch ist», sagte er und ließ seinen Zeigefinger vor den Augen des Babys wackeln. «Ist es ein Mädchen oder ein Junge?»

«Ein Mädchen», antwortete Elsa. «Sie ist drei Wochen alt.»

«So jung bist du noch?», sprach Nikolas die Kleine an, die urplötzlich nach seinem Finger griff. «Oho, du bist aber ein starkes Mädchen! Ich hänge fest wie an einem Seil!»

Die Kleine ließ ihn nicht mehr los, und schließlich musste Elsa die winzigen Fingerchen einzeln von Nikolas' Zeigefinger lösen. Doch kaum war er befreit, da begann das Baby zu schreien.

«Jetzt ist sie traurig», klagte er. «Soll ich ihr meinen Finger vielleicht doch wieder überlassen?»

«Nicht nötig, sie hat nur Hunger. Ich werde ihr etwas geben. Bis bald, Nikolas», sagte Elsa und ließ die beiden allein.

Nikolas nahm einen Stift von der Theke und beugte sich über Eemelis Liste, um einen weiteren Namen hinzuzufügen. «Wie heißt denn eure kleine Prinzessin?»

«Elsa und ich möchten sie gern Ada nennen», sagte Eemeli leise. «Ich weiß nicht, was du dazu sagst.»

Nikolas erstarrte. Der Stift in seiner Hand begann zu zittern. Erinnerungen an seine liebe kleine Schwester flackerten auf. Es war, als wäre der furchtbare Tag, an dem Ada gestorben war, plötzlich wieder Gegenwart. Er spürte, dass sich seine Augen trübten, die erste Träne kullerte hervor und fiel auf die Namensliste. Alle Geräusche nahm er nur noch gedämpft war.

«Nikolas?», hörte er Eemeli fragen. Es war, als spräche Eemeli von weit weg zu ihm, obwohl er wusste, dass sein Freund neben ihm stand.

Nikolas schloss die Augen und zwang sich, in die Gegenwart zurückzukehren. Er schlug die Augen wieder auf und schrieb den Namen mit fester Hand auf die Liste. Dann richtete er sich auf, sah Eemeli in die Augen und lächelte.

«Danke, Eemeli», sagte er. «Das ist … eine schöne Geste.»

Eemelis Spannung löste sich.

«Es ist ein schöner Name», antwortete er.

Auch seine Augen waren feucht geworden.

Die Sonne war nur noch als rote Glut am westlichen Himmelsrand zu sehen, als Nikolas zum Haus hinauflief. Er spürte das Gewicht der beiden prallgefüllten Säcke auf seinem Rücken gar nicht. Der eine Sack enthielt das Material, das er für die Tischlerei gekauft hatte, der andere war mit Lebensmitteln gefüllt. Nikolas war voller Freude, seine Beine erklommen den steilen Berg wie von selbst. Je länger er auf der Rückfahrt darüber nachgedacht hatte, dass Eemeli und Elsa ihrem Töchterchen den Namen seiner kleinen Schwester geben wollten, desto besser hatte ihm die Vorstellung gefallen.

Schon auf dem Hof rief er ungeduldig nach Iisakki.

Einen Moment später polterte er ins Haus und platzte mit der Neuigkeit heraus, kaum dass er durch die Tür getreten war: «Iisakki! Eemeli und Elsa haben eine Tochter bekommen! Und rate mal, wie sie sie nennen wollen! Ada!»

Plötzlich blieb Nikolas stehen und ließ die Säcke fallen.

«Iisakki?»

Iisakki lag im Bett. Aus seinem Gesicht war alle Farbe gewichen. Er winkte den jungen Mann zu sich.

«Komm her», sagte er röchelnd.

Nikolas setzte sich zu ihm ans Bett.

«Bist du krank?», fragte er. Seine Freude war einem namenlosen Schrecken gewichen.

Iisakki ergriff seine Hand und streichelte sie. Er erschrak, als er spürte, wie kalt Iisakkis Haut war.

«Du hast sicher Fieber. Ich mache dir ein wenig Saft heiß», sagte er und wollte aufstehen. Plötzlich sah er ein Bild aus der Vergangenheit vor sich: die fiebernde kleine Ada in Mutters Armen.

Iisakki ließ ihn nicht aufstehen und drückte seine Hand noch fester. «Nikolas, hör mir zu», sagte er eindringlich. «Wir haben einmal darüber gesprochen, dass das Meer uns beiden vor langer Zeit ein schweres Opfer abverlangt, uns aber auch so viel gegeben hat. Bevor du in mein Leben getreten bist, hätte ich mir nie vorstellen können, so etwas zu sagen.» Iisakki hielt inne und sah Nikolas in die Augen. «Ich habe in dir einen zweiten Sohn bekommen, und du hast mir ein neues, glückliches Leben geschenkt. Ich bin dir für so vieles dankbar, Nikolas. Durch dich habe ich wieder gelernt, was ich schon vergessen hatte. Ich habe gelernt, etwas von mir selbst weiterzugeben. Deshalb hoffe ich, dass du wenigstens manchmal das Gefühl gehabt hast, dass ich für dich wie …»

Der alte Mann kniff die Lippen zusammen, und Nikolas sah, dass ihm Tränen in die Augen traten. Er streichelte ihm die Hand.

«Ich habe in dir einen neuen Vater bekommen», flüsterte er und spürte, dass auch ihm die Augen feucht wurden. «Aber jetzt wärme ich den Saft.»

«Nein, Nikolas.» Iisakki schüttelte den Kopf. «Hör zu. Jedem von uns ist seine Zeit bemessen … wir können sie nicht überschreiten. Und ich habe das Gefühl, dass meine Zeit vorbei ist.»

«Nein», rief Nikolas. «Sag das nicht. So darfst du nicht reden.»

«Nikolas, mein Sohn», sagte Iisakki. «Daran ist nichts Schlimmes. Es ist einfach natürlich.»

Nikolas schloss die Augen und schüttelte den Kopf. Er wollte nichts mehr hören. Plötzlich wurde ihm klar, was Iisakki am Morgen gesagt hatte, diesen Satz, der Nikolas nicht mehr aus dem Kopf ging. Er hatte gesagt: Nun bist du ein erwachsener Mann und kommst allein zurecht. Iisakki hatte geahnt, was geschehen würde.

Und du kommst schon gut allein zurecht, bist ja schon ein großer Junge. Das hatte sein Vater vor Jahren gesagt.

Und dann waren seine Eltern und die kleine Ada weggefahren und hatten ihn allein gelassen. Und er war …

«Nikolas, hör mir zu.» Iisakkis Flüstern holte Nikolas in die Gegenwart zurück.

«Ich will nicht», sagte Nikolas mit erstickter Stimme.

«Du musst, denn ich weiß, dass mein Ende naht. Ich habe länger gelebt, als ich es erwarten durfte. Und es war ein gutes Leben, mit dir», sagte Iisakki. «Du bist das vierblättrige Kleeblatt meines Lebens gewesen. Ganz nah an meinem Herzen. Aber wie wir beide wissen, ist nichts ewig, man kann die Zeit nicht anhalten.»

Nikolas wollte etwas sagen, etwas, das das Unvermeidliche verhindern würde, aber er brachte kein Wort heraus. Iisakki griff sich in den Hemdkragen und zog einen Schlüssel hervor, der an einer silbernen Kette hing.

«Du hast mich nie nach diesem Schlüssel gefragt, den ich um den Hals trage», sagte der alte Tischler und nahm die Kette ab. Nun hielt er den Schlüssel zwischen den zitternden Fingern. «Er gehört zu einer kleinen Truhe, die unter meinem Bett versteckt ist. Vielleicht hast du sie sogar schon einmal gesehen», fuhr er fort und gab Nikolas den Schlüssel in die Hand. «Ich habe immer sparsam gelebt, vielleicht war ich sogar ein wenig geizig. Die Auftragsarbeiten, weißt du? In der Truhe liegt eine Art vierblättriges Kleeblatt.»

«Iisakki», sagte Nikolas kaum hörbar. «Ich verstehe kein Wort. Und den Schlüssel will ich nicht. Er gehört dir.»

Iisakki drückte sanft seine Finger um den Schlüssel.

«Nein, jetzt gehört er dir. Und irgendwann wirst du es auch verstehen», flüsterte er. «Wie du weißt, kann ich mit ehrlichem Gewissen und ohne Prahlerei sagen, dass ich über die Arbeit mit Holz alles weiß. Das Holz verstehe ich. Aber die Menschen und das Zusammensein mit ihnen ...» Er zuckte die Achseln. «Vielleicht verstehst du dich besser darauf als ich. Mit Hilfe dieses Schlüssels kannst du noch vielen Menschen Freude bereiten. So wie du mir Freude gebracht hast», fuhr er fort und lächelte seinen Ziehsohn liebevoll an. «Dafür danke ich dir, Nikolas. Ich liebe dich, mein Sohn. Leb wohl.»

Das waren die letzten Worte, die Iisakki in dieser Welt sprach. Er schloss die Augen und sank glücklich lächelnd in den Schlaf, der nie endet.

14. Türchen

Nach Iisakkis Beerdigung wollte Nikolas nicht zurück nach Korvajoki. Er mochte nicht unter Menschen sein. Stattdessen packte er Proviant für zwei Wochen in einen Ranzen aus Birkenrinde und flüchtete sich in die unbewohnten Landstriche hoch im Norden. Er hatte kein Ziel, er wollte einfach in Bewegung sein. Still zu sitzen war eine unerträgliche Vorstellung: Er hatte beschlossen, vor seiner Trauer davonzulaufen, damit sie ihn nicht packen und ihm die Luft abschnüren konnte.

Doch sie blieb Nikolas hartnäckig auf den Fersen. Tag und Nacht wanderte er durch die unberührte Natur, ohne irgendetwas wahrzunehmen. Weder spürten seine Füße den Boden, noch nahm er den satten Geruch des herbstlichen Waldes wahr. Seine Augen waren blind für die leuchtenden Farben des Laubs. Nikolas ging Schritt für Schritt weiter, stumpfsinnig wie eine Maschine. Über den flechtenbewachsenen Heideboden, über weiches Sumpfland oder unwegsame Geröllfelder, er stiefelte vorwärts, immer Iisakkis Bild vor den Augen.

Nikolas war kräftig, und seine Beine trugen ihn überraschend lange. Erst nachdem er eine Woche lange ohne Rast gegangen war, als er völlig erschöpft war und jeder Muskel in seinem Leib vor Qual schrie, musste er haltmachen. Er setzte sich auf einen Felsblock. Die Flucht war ein aussichtsloses Unterfangen. Die Erinnerung an Iisakki verschwand nicht, sie verblasste nicht einmal, und er begriff, dass sie immer da sein würde. Iisakki hatte sich in sein Bewusstsein eingeprägt, so wie seine Eltern und Ada. Er musste erkennen, dass er seiner Trauer nicht entkommen konnte, selbst wenn er bis ans Ende der Welt und wieder zurück wanderte.

Auf dem Felsen ließ Nikolas sich endlich von seiner Trauer einholen. Hier kamen ihm schließlich die Tränen. Und nachdem der Damm gebrochen war, ließ er sich nicht mehr schließen, sosehr Nikolas es auch versuchte.

Die Trauer überkam ihn, als senke sich etwas Schweres auf seine Brust. Und es war, als umfingen ihn alle Kümmernisse seines Lebens wie in einer feuchten, kalten Umarmung.

Nikolas weinte lange. Allmählich wirkte das Weinen befreiend, die Last wurde leichter. Schließlich versiegte der Tränenstrom.

Als er sich die letzten Tränen aus den Augen wischte, nahm er zum ersten Mal seit seinem Aufbruch die Umgebung wahr.

Er saß auf dem Gipfel eines hohen Fjells. In allen Himmelsrichtungen, so weit das Auge reichte, sah er dichte Wälder, von Wollgras getupfte Moore und schimmernde Seen. Die dunstige Landschaft zu seinen Füßen war schön, aber sie war leer. Sie war gleichsam ein Sinnbild für seinen Gemütszustand. Nun, da Iisakki nicht mehr lebte, war Nikolas wieder allein.

Plötzlich begriff er, dass die Einsamkeit sein Schicksal war. Er hatte vergeblich versucht, dagegen anzugehen.

Und du kommst schon gut allein zurecht, bist ja schon ein großer Junge.

Genau das hatten die Worte seines Vaters bedeutet, dies hier war seine Landschaft. Er war damals nur zu jung gewesen, um es zu verstehen. Aber jetzt begriff er. Und er nahm sein Schicksal an.

«So ist es besser», sagte Nikolas laut und schaute einem Adler zu, der weiter unten vor der Bergwand seine Kreise zog. «Ich komme allein zurecht. Genau wie der Adler. Mein Schatten wird mein einziger Begleiter sein.»

Der gewaltige Schatten des stolzen Vogels bewegte sich über die Bergwand, als gäbe es eine zweite Dimension, eine zweite Welt, eine Schattenwelt, das Spiegelbild der wirklichen Welt, ihre verborgene, geheime Seite.

Vielleicht wanderte auch Iisakki als Schatten unter anderen Schatten über den Fjell. Vielleicht wurde der Mensch so zu einem Teil der Ewigkeit und lebte weiter.

Nikolas holte die alte Taschenuhr seines Vaters hervor und strich mit dem Finger über den über Jahre glattgeschliffenen Deckel. Eine Bö, die von unten aufstieg, fuhr ihm durch die strohgelben Haare.

«Das Leben ist seltsam», flüsterte Nikolas. «Welchen Sinn hat das alles? Hat es überhaupt einen?»

Er hatte ein ähnliches Gefühl wie vor langer Zeit auf dem zugefrorenen Meer, das Gefühl, er könne für immer dort sitzen bleiben und die menschenleere Landschaft betrachten, so lange, bis er allmählich selbst versteinern und von der Welt vergessen würde. Und bis er selbst die Welt vergaß. Natürlich wusste er, dass er nicht hierbleiben würde, aber er nahm sich dennoch vor, zu der schweren Entscheidung zurückzukehren, die er damals getroffen hatte, als er seine Familie verloren hatte und nach Korvajoki gebracht worden war. Er hatte sein damaliges Versprechen gebrochen, aber jetzt war er bereit, bis an sein Lebensende daran festzuhalten. Er war jetzt erfahrener, klüger und älter, wenn auch nicht unbedingt stärker. Nikolas hatte das Gefühl, er müsse sein Versprechen laut aussprechen, damit die Natur sein Zeuge wäre. Oder zumindest der Adler, der dort oben durch die Lüfte glitt, ohne mit den Flügeln zu schlagen.

«Wenn ich mich von diesem Schlag erholt habe, werde ich nie mehr jemanden zu nah an mich heranlassen», murmelte er und senkte den Blick auf die Taschenuhr. «Noch einmal kann ich einen solchen Verlust nicht ertragen. Ich werde von nun an allein leben, wie es mir offensichtlich bestimmt ist. Dann muss jedenfalls niemand um meinetwillen dieses schreckliche Gefühl haben, das ich so oft erlebt habe. Viel zu oft. An diesem Entschluss halte ich fest. Ich habe meine Lektion gelernt.»

Als er von seiner Uhr aufschaute, war der Adler verschwunden. Der Dunst war dichter geworden und aufgestiegen, sodass die Landschaft, die sich rund um den Fjell erstreckte, nicht mehr zu sehen war. Es war, als ob die Welt auf halber Höhe des Berges endete, als ob Nikolas der Zugang zum Rest der Welt versperrt wäre. Die Natur hatte ihm ein Zeichen gegeben: Der schmerzhafte Entschluss, den er gefasst hatte, war richtig. Der einzig wahre und richtige.

«Gut. Jetzt kann ich in Iisakkis Haus zurückkehren», sagte Nikolas, «und mein Leben weiterführen. Nein, neu anfangen.»

Neu anzufangen war schwieriger, als Nikolas es sich vorgestellt hatte. Aus Tagen und Wochen wurden ein Monat und dann zwei Monate, aber Nikolas konnte sich zu nichts aufraffen. Alles schien ihm sinnlos und leer. Er hatte den Willen, aber nicht die Kraft.

Also verschanzte er sich in seiner Trübsal. Er gewöhnte sich an, auf der Treppe vor dem Haus zu sitzen und stundenlang auf den Abhang zu starren, ohne etwas zu tun oder zu denken. Er begriff nicht, dass die Zeit unterdessen langsam, ohne dass er es bemerkte, seine Wunden heilen ließ.

In den ersten Wochen nach Nikolas' Rückkehr kamen gelegentlich noch Kunden zu ihm, die Möbel bestellen wollten. Doch sie kamen umsonst. Nikolas nahm keinen einzigen Auftrag an, sosehr man ihn auch bedrängte.

Die Nachricht sprach sich bald herum, die Besucher kamen immer seltener, und nach einiger Zeit konnte Nikolas tagaus, tagein ungestört auf der Treppe sitzen und sich über sich selbst, über die Leere und Sinnlosigkeit seines Lebens grämen. Niemand wollte mehr etwas von ihm.

Im Lauf der Wochen wurde sein Bart immer länger, und die ungewaschenen Haare hingen ihm verfilzt über die Schultern. Doch er scherte sich nicht darum.

Die Tage wurden kürzer. Wenn es dunkelte, stand Nikolas von der Treppe auf, ging in die Stube, setzte sich an den Tisch und starrte vor sich hin. Auch in der Stube hatte er seit Monaten nichts angerührt. Man sah es: Das ganze Haus war genauso verwahrlost wie sein Gemüt. Schneeballgroße Staubknäuel rollten über den zugigen Fußboden, auf dem Tisch klebten Essensreste und Krümel, ungespülte, stinkende Schüsseln und Teller standen überall, und der Ofen blieb aus.

Eines Tages aber hatte Nikolas genug von seiner Untätigkeit und seinem Selbstmitleid. Er beschloss, sich wenigstens zu den allernötigsten Hausarbeiten zu zwingen.

«Ich muss wohl putzen. Wenigstens ab und zu», murmelte er vor sich hin. «Und mich waschen. Mit dem Bart und diesen Haaren sehe ich ja aus wie ein Bergtroll.»

Bald darauf hockte er bereits auf allen vieren und schrubbte den Fußboden mit einer Wurzelbürste. Nach seinem langen Müßiggang war die Arbeit geradezu angenehm, und zu seiner Überraschung fühlte sich Nikolas gleich ein wenig munterer.

«Vielleicht ist das der Anfang», dachte er, während er den Fußboden Stück für Stück zum Glänzen brachte. «Vielleicht reinigt das Putzen auch mein Gemüt.»

Nikolas war mit seiner Bürste und dem dampfenden Wassereimer bei Iisakkis Bett angelangt und reckte sich, um auch unter dem Bett zu putzen. Als er die Bürste hinter den Bettpfosten schob, stieß sie gegen einen Widerstand.

«Was ist das denn? Ist etwa Brennholz unters Bett gerollt?»

Nikolas legte sich auf den Bauch und spähte unter das Bett. Zwischen dem Fußende und der Wand entdeckte er einen kleinen Holzkasten. Nikolas bekam ihn zu fassen, ruckelte und zog daran, und eine mit Eisen beschlagene, staubige Truhe kam zum Vorschein.

Nikolas blies den Staub vom Deckel und hob die Truhe hoch. Sie war überraschend schwer, obwohl sie nur zwei Handbreit im Quadrat maß und höchstens eine Handbreit hoch war. Ein rostiges Vorhängeschloss hielt den Deckel an seinem Platz.

«Was in aller Welt ist das?»

Plötzlich erinnerte er sich. Er hörte Iisakkis Stimme so lebendig, als säße der alte Tischler neben ihm.

Mit Hilfe dieses Schlüssels kannst du noch vielen Menschen Freude bereiten.

«Der Schlüssel», murmelte er. «Wie konnte ich den nur vergessen.»

Er stand auf, räumte den Tisch frei und stellte die Truhe darauf.

«Wo habe ich nur den Schlüssel hingesteckt?», überlegte er laut und suchte in seiner Hosentasche. Und tatsächlich, dort fand sich der Schlüssel, in den Falten eines zerknautschten Taschentuchs verborgen.

Nikolas steckte den Schlüssel ins Schloss. Es sprang auf, und er hob den Deckel hoch.

Als er den Inhalt der Truhe erblickte, bekam er vor Verblüffung den Mund nicht mehr zu. Er sah sich rasch um und schloss den Deckel.

«Ich habe mich bestimmt verguckt», wisperte er. «So muss es sein. Reine Einbildung.»

Wieder sah er sich um, holte tief Luft und öffnete den Deckel nochmals vorsichtig einen Spaltbreit. Er beugte sich vor und spähte in die Truhe, als ob er befürchtete, das, was darin war, könne herausspringen und sich davonstehlen, wenn er den Deckel ganz anhob. Und wieder schlug er die Truhe blitzschnell zu. Grenzenlose Verwunderung stand ihm ins Gesicht geschrieben.

Als der Herbst sich bereits dem Winter zuneigte, wuchs Eemelis Sorge um Nikolas. Die Menschen, deren Aufträge Nikolas abgewiesen hatte, erzählten überall, er sei vor

Trauer verrückt geworden, ein zottelhaariger und rauschebärtiger, vor sich hin schimpfender Tischler. Natürlich erreichten diese Geschichten auch das Dorf Korvajoki. Die Gerüchte wurden immer wilder, sodass es Eemeli kalt über den Rücken lief. Einer hatte erzählt, dass Nikolas auf dem Fjell auf allen vieren herumgelaufen wäre wie ein Raubtier, und als er merkte, dass er beobachtet wurde, war er unter Wolfsgeheul davongerannt.

Deshalb überließ Eemeli an einem Morgen im Spätherbst seiner Frau Elsa die Aufsicht über den Laden und machte sich auf den Weg, um nachzusehen, wie es wirklich um Nikolas stand.

«Solltest du nicht lieber einen Knüppel mitnehmen?», fragte Elsa, die Ada auf dem Arm trug und zusah, wie ihr Mann sich mühsam auf den Pferdewagen stemmte.

«Wozu?», ächzte Eemeli und hievte sich mit knallrotem Gesicht auf den Bock. «Geschafft! Verflixt nochmal, ich muss ein bisschen abspecken. Wenn ich noch ein einziges Kilo zunehme, brauche ich eine Leiter.»

«Ich finde, ein Mann muss Speck auf den Rippen haben», sagte Elsa. «Aber einen Knüppel …»

«Nimmst du die albernen Gerüchte etwa ernst?», empörte sich Eemeli. «Ich fahre doch nicht in den Urwald zu den Raubtieren! Ich will Nikolas besuchen, meinen Freund. Reich mir mal den Proviant!»

Elsa gab ihm seinen Ranzen.

«Danke», sagte Eemeli. «Ich komme heute Abend zurück. Kümmere dich solange um den Laden und mach dir keine unnötigen Sorgen. Nikolas ist der freundlichste Mensch, den ich kenne.»

Er schnalzte mit der Zunge, das Pferd setzte sich in

Bewegung, und Elsa blieb winkend an der Ladentür zurück.

Trotz seiner forschen Worte war sich Eemeli keineswegs sicher, was ihn auf dem Fjell erwartete. Man kann nie wissen, dachte er, als er die Brücke überquert hatte, natürlich kann ein Mensch so aus den Fugen geraten, dass sein Geist nie mehr klar wird. Aber Nikolas?

Als Eemeli später mit seinem Ranzen zu Nikolas' Hütte hinaufstieg, war er nervös. Es beruhigte ihn keineswegs, dass die Tür sperrangelweit offen stand.

Er zögerte kurz, als er das Haus betrat, und seufzte erleichtert, als er sah, dass die Stube tipptopp aufgeräumt war. Der Fußboden war blank gewienert, und das Geschirr stand säuberlich gestapelt auf dem Regal. Wie in einer Raubtierhöhle sieht es hier jedenfalls nicht aus, dachte Eemeli. Aber wo steckte Nikolas?

«Nikolas? Huhu! Nikolas!»

Keine Antwort. Eemeli ging wieder hinaus und sah sich um. Doch nichts regte sich, nicht einmal das kleinste Vögelchen war zu sehen.

«Weit kann er wohl nicht sein, wenn er die Tür offen gelassen hat», überlegte Eemeli laut. «Sollte ich vielleicht hier draußen nach ihm rufen? Ja, das wird das Beste sein.» Er holte tief Luft und brüllte: «NIKOLAS!»

Seine Stimme schallte bis hinunter ins Tal und echote von dort zurück, doch immer noch tat sich nichts. Von Nikolas war keine Spur zu sehen.

Eemeli kamen Zweifel. Was, wenn die Gerüchte doch stimmten, wenn Nikolas sich auf und davon gemacht hatte, wie ein Tier, das aus seinem Käfig ausbricht? Vielleicht hat er sich tatsächlich in ein Raubtier verwandelt? Und wenn das so war, sollte er dann nicht lieber auf Elsas Rat hören und vorsichtshalber den Stein dort nehmen und …

Eemeli hielt inne, als er aus der Stube ein Poltern hörte. Er schrak zusammen, drehte sich um und schlich zur offenen Tür. Vorsichtig spähte er in die Stube.

Nikolas hatte die Falltür zur Höhlenwerkstatt aufgestoßen und kletterte gerade, Steinstaub aushustend, in die Stube hinauf. Sein Gesicht war schmutzig, seine Haare und sein Bart waren noch länger geworden, und Eemeli dachte einen Augenblick lang, dass er nicht Nikolas gegenüberstand, sondern einem Berggeist.

«Da schau an! Eemeli! Grüß dich!», brummte Nikolas mit staubheiserer Stimme. «Ich dachte schon, ein Rudel Wölfe hätte vor dem Haus geheult.»

Eemeli schwankte: Sollte er davonlaufen oder das Risiko eingehen und bleiben? Er war sich immer noch nicht ganz sicher, wen er vor sich hatte. «Grüß dich», sagte er vorsichtig. Wenn dieses Wesen wirklich Nikolas war, sah er tatsächlich so wild aus, wie man im Dorf behauptete, das musste er zugeben. «Nikolas?», fragte er vorsichtig.

«Wer denn sonst? Warum stehst du an der Tür, steif wie ein Eiszapfen?», knurrte Nikolas. Dann grinste er fröhlich, stürmte auf Eemeli zu und umarmte ihn.

Er drückte Eemeli fest an sich, trat dann einen Schritt zurück und nahm sein Gesicht zwischen beide Hände.

«Du bist mollig geworden», sagte er und lachte, dass die Zähne in seinem schmutzigen Gesicht aufblitzten wie weiße Perlen.

«Bloß zwei Kilo», wiegelte Eemeli ab, «oder allerhöchstens drei.»

«Eher dreißig! Mir scheint, Elsa sorgt zu gut für dich», gab Nikolas zurück und lachte dröhnend.

Eemeli konnte nicht anders: Das Lachen war so ansteckend, dass auch er losprustete. Er war froh, dass Nikolas offenbar gar nicht träge und stumpfsinnig war, wie manches Gerücht behauptet hatte. Sein Freund sprühte geradezu vor Energie und Tatkraft.

«Falls du dich wunderst, warum ich so eingestaubt bin, wirst du es gleich erfahren», sagte Nikolas. «Komm mit, ich will dir meine neueste Erfindung zeigen!»

Bevor Eemeli etwas tun oder auch nur antworten konnte, war Nikolas bereits durch die Falltür geschlüpft. Eemeli blieb nichts anderes übrig, als ihm zu folgen.

Als Eemeli am Fuß der Leiter angelangt war und sich umdrehte, riss er vor Überraschung den Mund auf. Die Höhlenwerkstatt hatte sich wahrhaftig verändert: Erstens war sie um fast die Hälfte größer geworden, und zweitens war sie keine typische Tischlerwerkstatt mehr, sondern eher eine Spielzeugfabrik. Und so laut wie in einer Fabrik ging es hier auch zu.

«Der Anbau ist noch nicht ganz fertig», rief Nikolas und zeigte auf eine Hacke und einen Schotterhaufen am anderen Ende der Höhle. «Ich muss den Felsen abtragen. Deshalb sehe ich so aus», sagte er und breitete die Arme aus. «Der Stein ist hart, aber ich bin noch härter. Na, was sagst du?»

Eemeli sagte gar nichts. Er brachte kein Wort heraus, stand nur da und blickte sich mit großen Augen um. Nikolas hatte die abenteuerlichsten Apparaturen gebaut, um die Herstellung seiner Geschenke zu beschleunigen. Durch die ganze Werkstatt zog sich ein mit Wasserkraft angetriebenes Fließband, an dessen Anfang eine automatische Säge Bretter in gleich lange Stücke teilte. Wenn diese Holzstücke auf das Band fielen, wurden sie von verschiedenen Instrumenten bearbeitet, die mit Hebeln am Rand des Fließbands befestigt waren. Und was schließlich in die Kiste am Ende des Bandes fiel, waren keine Bretterstücke mehr, sondern kleine Holzpuppen! In der ganzen Werkstatt war keine einzige Auftragsarbeit zu sehen. An allen Wänden standen zimmerhohe Regale mit Holzspielsachen. Während Eemeli immer noch verwundert schaute, war Nikolas bereits in den mittleren Teil der Werkstatt geeilt und hatte einen Pinsel mit langem Stiel in die Hand genommen. Das heißt, es war kein gewöhnliches Malerwerkzeug: Am Stiel waren gleich drei Borstenpinsel angebracht.

«Guck dir das an, Eemeli!», rief Nikolas und zeigte ihm, wie man mit dem Dreifachpinsel drei Schaukelpferde auf einmal lackieren konnte. «Gute Idee, oder? Ich muss das Ding noch weiterentwickeln, sodass es von selbst arbeitet! Nächstes Jahr ist es vielleicht schon so weit.»

Im nächsten Moment stand Nikolas wieder vor Eemeli. Er musterte seinen Freund, dem immer noch der Mund offen stand, legte ihm die Hand unters Kinn und drückte den Mund zu. Das brachte Eemeli zur Besinnung.

«Hier liegen ja Geschenke für die nächsten fünf Jahre!», rief er. «Mindestens! Wenigstens! Wenn nicht gar für sechs!»

«Keineswegs», sagte Nikolas. «Ich muss die Produktion noch effektiver machen, damit für dieses Jahr genug fertig wird. Es wird knapp werden.»

«Das verstehe ich nicht.»

«Gleich wirst du es verstehen.» Nikolas ging zur Treppe. «Gehen wir zurück in die Stube, dann erkläre ich es dir.»

Bald darauf saß Eemeli in der Stube am Tisch. Nikolas, der zu aufgeregt war, um still zu sitzen, stand an der anderen Tischseite. Eemeli hatte seinen Proviant aufgetischt: Butterbrote, Saft und eine Schüssel gebratene Hähnchenkeulen.

Eemeli kaute an einer Keule, während Nikolas seinen Hähnchenschlegel dazu benutzte, auf verschiedene Punkte auf der Karte vor ihm zu zeigen.

«Dahin ... dahin ... dahin und dahin!», erklärte Nikolas und zeichnete einen fettigen Kreis auf die Karte. «Überall!»

«Und wir sind hier?», fragte Eemeli, stippte seine Hähnchenkeule auf einen Punkt in der Mitte des Kreises und steckte sie dann in den Mund.

«Genau! Ist das nicht eine tolle Idee?», nuschelte Nikolas mit vollem Mund. «Jetzt kann ich auch den Kindern in den Nachbardörfern zu Weihnachten eine Freude machen.»

«So viele Dörfer und Kinder», gab Eemeli zu bedenken. «Da kannst du doch nicht im Gedächtnis behalten, welche Geschenke wohin ... und für wen ...»

«Dafür gibt es eine einfache Lösung», erklärte Nikolas. «Ab jetzt packe ich die Geschenke ein und schreibe die Namen der Kinder drauf. Genial, nicht?»

Eemeli sah Nikolas an, der sich vor Begeisterung kaum zu halten wusste, und blickte dann wieder auf die Karte. «Ja, ja ... Aber, aber ... Wovon willst du denn leben? Wie man hört, nimmst du überhaupt keine Aufträge mehr an.»

«Ich habe keine Zeit! Und trotzdem sind die Auftragsarbeiten die Lösung!», rief Nikolas. Beim Sprechen waren ihm versehentlich Fleischbröckchen aus dem Mund gefallen, doch Nikolas achtete nicht darauf, er lachte nur und nahm sich eine neue Hähnchenkeule.

«Jetzt verstehe ich gar nichts mehr», murmelte Eemeli und wischte sich den Mund ab.

Nikolas war mit einem Satz beim Bett, bückte sich und zog Iisakkis Truhe hervor. Er stellte sie auf den Tisch, mitten auf die Landkarte, und kramte den Schlüssel unter seinem Hemd hervor. Als er den Deckel hochklappte, machte Eemeli Stielaugen.

«Was? Wo kommt das denn her?», stammelte er. «Das sind ja lauter Goldmünzen!»

«Allerdings!», lachte Nikolas. «Als ich die Truhe zum ersten Mal öffnete, konnte ich es auch nicht glauben.»

«Herzlich willkommen in Eemelis Gemischtwarenhandel», ächzte Eemeli und ließ die Münzen durch die Finger gleiten. «Was darf ich dem Herrn denn verkaufen? Gleich den ganzen Laden?»

Beide brachen in schallendes Gelächter aus.

«Mal im Ernst.» Nikolas räusperte sich. «Iisakki hat alles gespart, was er mit den Auftragsarbeiten verdient hat. Ihm ist es zu verdanken, dass ich nun so vielen Kindern zu Weihnachten eine Freude machen kann.»

Eemeli sah seinen Freund ungläubig an. «He, übertreib nicht! Es gibt noch viel mehr im Leben als nur Weihnachten. Niemand kann nur für Weihnachten leben. Jedenfalls nicht, ohne ab und zu ...», sein Blick wanderte zu den blinkenden Goldstücken, «... einzukaufen.»

Nikolas tat, als hätte er Eemelis Bemerkung nicht gehört. Er schlug den Deckel zu und schob die Truhe zur Seite. Als er merkte, dass Eemeli sich die Lippen leckte und den Blick nicht von der Truhe lassen konnte, nahm er sie vom Tisch und trug sie zurück unter das Bett.

«Ich werde riesige Eile haben, wahrscheinlich kann ich mir das ganze Jahr über keinen einzigen freien Tag leisten», sagte Nikolas und trat wieder an den Tisch. «Aber das macht nichts. Mir ist aufgegangen, dass ich bisher nur die beschenkt habe, die mir geholfen haben», fügte er hinzu und setzte sich Eemeli gegenüber. «Denk nur, wie eigennützig ich war!»

«Eigennützig, du?», rief Eemeli. «Das ist doch Unsinn! Jetzt hör mir mal gut zu, Nikolas.»

«Nein! Ich habe meinen Entschluss gefasst. Und wenn ich etwas beschließe, dann halte ich mich auch daran. Von jetzt an wird man mich nur in der Weihnachtsnacht zu Gesicht bekommen, wenn überhaupt. Abgesehen davon, dass ich in jedem Sommer ein Mal in deinen Laden komme, um meine Vorräte aufzufüllen und mir die Liste der Kinder in Korvajoki zu holen. So ist es für alle am besten.»

«Na, das geht aber zu weit! Nur ein Mal im Sommer einkaufen, du Millionär! Das ist doch …», begann Eemeli, doch Nikolas unterbrach ihn.

«Das ist noch nicht alles», sagte er. «Ich habe außerdem beschlossen, von jetzt an meinen zweiten Vornamen zu verwenden.»

«Ich wusste gar nicht, dass du zwei Vornamen hast.»

«Habe ich aber. Mein voller Name ist Nikolas Oula Pukki. Oder war. Ab jetzt bin ich nur noch Oula, auch für dich. Ich will einen neuen Anfang machen. Bald werden die Leute mich nicht mehr mit dem Nikolas in Verbindung bringen, der vor langer Zeit einmal im Dorf gelebt hat. Erst recht nicht, wenn ich meinen Bart und meine Haare so trage wie jetzt.»

«Aber Nikolas», sagte Eemeli.

«Oula», verbesserte ihn Nikolas.

«Oula oder Nikolas, wie auch immer», schnaubte Eemeli. «Niemand kann nur für Weihnachten leben, nicht einmal du.»

«Meinst du?» Nikolas lachte auf. «Überleg dir mal, mit wem du sprichst. Wie war denn mein Leben von Kindheit an? Alle wichtigen Ereignisse in meinem Leben haben mit Weihnachten zu tun.»

Eemeli sah Nikolas an, der mit ernster Miene am Tisch saß, und begriff, dass all seine Worte vergeblich waren. Er nickte, schaute auf die Karte und wechselte dann das Thema.

«Na schön», sagte er. «Aber ob du dich nun Nikolas oder Oula nennst, du kannst unmöglich diese ganzen Geschenke verteilen. Sie passen ja nicht auf einmal in den Schlitten. Du musst immer wieder zurück hierher, um neue Geschenke zu holen, mindestens … viermal!»

«Nein», entgegnete Nikolas und stand auf. «Auch dafür habe ich eine Lösung. Komm mit in den Stall, ich zeig's dir.»

Bald darauf standen die Männer im Stall, in dem neben der alten Hilma ein großer roter, reichverzierter Schlitten stand.

«Der ist ja riesig!», staunte Eemeli, doch dann betrachtete er zweifelnd das heufressende alte Pferd. «Aber Hilma kann den Schlitten doch nicht ziehen, nicht einmal leer, geschweige denn, wenn er voll beladen ist.»

«Da hast du recht», entgegnete Nikolas. «Ich wollte dich bitten, die gute Hilma mit zu dir zu nehmen. Es ist Zeit, dass sie ihren Ruhestand antritt. Auch Iisakki hätte das verdient», fuhr er nachdenklich fort und strich dem Pferd übers Maul. «Die gute Hilma hat ihre Arbeit getan. Bei dir hätte sie es sicher gut auf ihre alten Tage. Wie ist es, Eemeli?»

«Na ja … ich kann sie natürlich nehmen, wenn du willst», meinte Eemeli. «Du hast ja recht, sie hat es verdient, sich auszuruhen. Aber dieser riesige Schlitten … Willst du ein neues Pferd kaufen? Oder besser zwei.»

«Irgendwann werde ich mir ein Ross zulegen, aber nicht für den Schlitten», grinste Nikolas.

Eemeli sah ihn verwundert an. «Was hast du bloß vor? Und wozu hast du die Wiese neben dem Stall umzäunt?»

«Das wirst du dann schon sehen», lachte Nikolas.

Hilma wieherte und schüttelte den Kopf. Es schien Eemeli, als ob auch sie lachte. «Nicht zu fassen, jetzt lachen sogar die Pferde!»

Als Eemeli wenig später auf seinem Wagen saß, hinter dem die nun pensionierte Hilma hertrabte, hatte er das Gefühl, er sei der Einzige im Stall gewesen, der von Nikolas' Plänen nichts begriffen hatte.

«Von Oulas Plänen», verbesserte Eemeli sich laut. «Ein schwieriger Name. Oula, Oula, Oula», sagte er im Takt der klappernden Hufe. «Was hat er bloß im Sinn? Na, Hauptsache, er ist gesund und hat seine Trauer zumindest ein wenig überwunden. Egal wie er sich nennt, er sprüht ja vor Begeisterung und Lebensfreude.»

Als Eemeli durch den Wald fuhr, begannen die ersten Schneeflocken zu tanzen. Der Herbst zog nach Süden und überließ die nördlichen Landstriche dem Winter.

15. Türchen

Als Nikolas einen Monat nach Eemelis Besuch die Skier anschnallte und zu dem Rentierzüchter Hilla fuhr, war es bereits ganz und gar Winter geworden. Unter der fast einen Meter hohen pudrigen Schneeschicht nahm die Landschaft eine weiche Form an.

Hilla war würdig gealtert. Er hielt sich noch genauso gerade wie vor zwanzig Jahren und trug immer noch seine tiefrote geschwänzte Pelzmütze, wie damals.

Nikolas und Hilla standen an das Gehege gelehnt, in dem eine Rentierherde friedlich graste. Hilla schaute Nikolas an, der die Tiere betrachtete, und zog an seiner Pfeife.

«Aha», sagte er. «So hast du dir das also gedacht? Und du willst sie schon dieses Jahr einsetzen?»

Nikolas nickte. «Dieses Jahr zu Weihnachten.»

Hilla schmauchte nachdenklich seine Pfeife. «Da bleibt dir nicht viel Zeit, sie auszubilden. Es ist schon bald Dezember», brummte er schließlich.

«Tiere lernen schnell», entgegnete Nikolas. «Pferden kann man ja auch alle möglichen Tricks beibringen, wenn man ihnen ein Stück Zucker oder eine Möhre gibt …»

«Rentiere sind keine Pferde», unterbrach ihn Hilla. «Aber ich kann dir einen kleinen Tipp geben: Aus irgendeinem Grund sind sie gehorsamer, wenn ich diese rote Pelzmütze auf dem Kopf habe.»

Nikolas warf einen raschen Blick auf Hillas Mütze. Ziemlich ausgefallener Geschmack, dachte er. «Danke für den Hinweis», sagte er, «aber ich brauche keine Tricks.»

«So, so», mummelte Hilla. «Bist du sicher?»

«Natürlich!», rief Nikolas. «Rentiere anzulernen ist für mich ein Kinderspiel.»

Hilla musterte seinen bärtigen Besucher prüfend.

«Sind wir uns früher schon einmal begegnet?», fragte er. «Du erinnerst mich an irgendwen, aber ich komme nicht darauf ... Dieser Bart ... Wie war dein Name doch gleich?»

«Oula, wie ich schon sagte», erwiderte Nikolas und straffte sich, um größer und stärker auszusehen. «Und wir sind uns noch nie begegnet. Sonst würde ich mich an dich erinnern oder jedenfalls an deine Mütze.»

Hilla sah Nikolas von der Seite an, sagte aber nichts.

«Wie ist es nun, kommen wir ins Geschäft?», fragte Nikolas und streckte die Hand aus.

«In Ordnung», sagte Hilla und schlug ein. «Wenn du mir versprichst, gut für sie zu sorgen.»

«Natürlich», gab Nikolas zurück. «Ich mag Tiere, und die Tiere mögen mich.»

Früh am nächsten Morgen stand Nikolas, ein Bündel Zaumzeug über den Arm gelegt, in dem Gehege, das er an seinen Stall angebaut hatte. Darin standen vier junge Rentiere.

«Guten Morgen, meine Lieben!», rief Nikolas. «Die erste Lektion: So zäumt man ein Rentier! Kommt mal brav zu Oula!»

Nichts tat sich. Die Rentiere benahmen sich, als hätten

sie Nikolas gar nicht bemerkt. Eins grub im Schnee nach Flechten.

«Na los, dalli, dalli!», drängte Nikolas. «Wir machen eine kleine Spazierfahrt. Knips, Pips, Schnips und Grips! Kommt sofort her!»

Die Tiere reagierten immer noch nicht, abgesehen davon, dass Grips, der eben noch im Schnee gescharrt hatte, zu koten begann, als wolle er damit demonstrieren, was er von diesem sonderbaren Zweibeiner hielt.

«So geht das nicht, ihr Dickköpfe», schnaubte Nikolas und ging auf das ganz weiße Ren zu, das ihm am nächsten stand. Er gab sich Mühe, ihm gut zuzureden: «Pips, mein liebes Ren … Pipschen, zeig den anderen mal, wie es geht.»

Als er gerade neben Pips stand, sprang das Tier davon.

«Pips, verdammt! Komm her!»

Pips scherte sich nicht um Nikolas' Befehle.

So leicht gab er nicht auf. Er ging langsam auf eines der anderen Rentiere zu, Knips, wobei er mit weicher Stimme auf das Tier einredete. Das Ergebnis war nicht besser.

«Verflixt nochmal!», brüllte er. «Wollt ihr euch über mich lustig machen? Ts, ts, ts … Nun kommt schon her, ihr Rentiere. Ren, Ren, Ren …»

Grips sah Nikolas misstrauisch an und sprang davon.

«Was ist denn los mit euch?», rief Nikolas. «Bin ich euch nicht gut genug, oder was?»

Er beschloss, Schnips, das kleinste Rentier, als erstes zu zäumen. Geräuschlos wie eine Katze auf Beutezug schlich er sich an das flechtenkauende Tier an. Als er bis auf einen halben Meter an Schnips herangekommen war, streckte er die Hand aus. Im selben Moment rannte Schnips unter seinem Arm hindurch davon. Nikolas verlor das Gleichgewicht und fiel auf den Rücken. Er brüllte vor Wut, und beim Aufstehen verwickelte er sich im Zaumzeug.

«Hilfe! Rentiere! Kommt und helft mir!», rief Nikolas und versuchte sich zu befreien. Doch die Rentiere standen am anderen Ende des Geheges und sahen ungerührt zu ihrem seltsamen neuen Besitzer herüber.

Bald war der mit seinem Latein am Ende. Schließlich kam er auf die Idee, es mit einer List zu versuchen. Er zog sich in den Stall zurück, wo er sich eine große graue Decke umlegte und sich Rentierhörner auf den Kopf band.

«Wenn es mit diesem Trick nicht klappt, fresse ich einen Besen», murmelte Nikolas, als er aus dem Stall trat. «Ich habe mehr Ähnlichkeit mit einem Rentier als die Viecher selbst.»

Die Rentiere achteten nicht auf das merkwürdige Wesen, das sich ihnen gebückt, fast auf allen vieren, näherte. Als er das erste Tier, Knips, erreichte, warf er ihm blitzschnell das Zaumzeug um den Hals.

«Na also!», rief Nikolas triumphierend und hielt den zappelnden Knips fest. «Ein Kinderspiel! Jetzt sind nur noch drei von euch frei. Bald können wir das Schlittenfahren üben. Jetzt dauert es nicht mehr lange!»

Doch er irrte sich. Denn die Sonne ging bereits unter, aber erst drei Rentiere waren vor den Schlitten gespannt. Schnips rannte immer noch durch das Gehege und der inzwischen völlig erschöpfte Nikolas hinter ihm her. Obwohl er das Geweih, die Decke und sogar seine Jacke abgelegt hatte, war er in Schweiß gebadet.

Schließlich konnte er nicht mehr. Er blieb stehen und warf das letzte Zaumzeug verärgert in den Schnee.

«Dann stell dich eben quer, du dummes Ren!», brüllte er. «Dafür darfst du nicht mit auf den Ausflug. Du wirst dich ganz schön ärgern, wenn du siehst, wie die anderen den feinen Schlitten ziehen. Ich hole jetzt Mantel und Mütze aus dem Stall, dann fahren wir, und zwar ohne dich!» Nikolas drehte Schnips den Rücken zu und kletterte über die Umzäunung. «Wegen deiner Starrköpfigkeit haben wir den ganzen Tag verloren!»

Schnips schaute seinem Herrn mit schräggelegtem Kopf nach, wie er wütend davonstapfte.

Als Nikolas kurz darauf aus dem Stall kam und zu dem Schlitten und den vorgespannten Rentieren ging, fiel ihm vor Verblüffung der Unterkiefer herunter.

«Was ist denn das? Schnips ist ja auch gezäumt!»

Und tatsächlich, alle vier Tiere standen vor dem riesigen Schlitten. Nikolas strich sich verwundert den Bart, bückte sich und sah Schnips in die Augen. «Du bist mir vielleicht ein Schlingel», sagte er. «Mir scheint, du bist kein ganz gewöhnliches Rentier, oder?»

Schnips schüttelte den Kopf, als hätte er die Worte verstanden. Nikolas streichelte das Tier und lachte fröhlich.

Bald saß er zufrieden auf seinem neuen Schlitten. Die Rentiere scharrten erwartungsvoll im Schnee.

«Was habe ich Hilla gesagt!», prahlte Nikolas. «Ich brauche keine roten Mützen oder sonstige faule Tricks. Auf die Geschicklichkeit kommt es an! Rentiere! Die zweite Lektion: So fahren wir mit dem Schlitten! Los geht's!»

Er ruckelte an den Zügeln, und der Schlitten setzte sich mit knirschenden Kufen in Bewegung. Die Rentiere zogen Nikolas und seinen Schlitten mit wilden Sprüngen und in schlingernder Bahn auf den dunkel aufragenden Wald zu.

«Nach links! Nein, nicht so weit! Nach rechts», kommandierte Nikolas, der sich nur mühsam auf dem Schlitten halten konnte. «Nach rechts, habe ich gesagt! Geradeaus! Nicht geradewegs gegen die Bäume, sondern geradeaus auf dem Weg!»

Nicht lange nachdem der Schlitten im Wald verschwunden war, erklang ein fürchterliches Gebrüll. «Nein! Nicht dahin! Hilfe, ich fall gleich runter! Aaaah!»

Ein paar Minuten später kam Nikolas, von oben bis unten mit Schnee bedeckt, zu Fuß zum Stall zurück. Die Rentiere und der Schlitten waren nirgends zu sehen. Nikolas drehte sich um und ballte zornig die Faust.

«Ihr verdammten Flechtenfresser!», rief er wütend. «Das zahle ich euch heim! Von mir aus bleibt, wo ihr seid! Wenn der Fahrunterricht euch nicht interessiert, schaffe ich mir eben Pferde an! Was sagt ihr dazu?»

Leise vor sich hin schimpfend, ging er am Stall vorbei zu dem Pfad, der zu seiner Berghütte führte. Er hatte für heute genug von den launischen Rentieren.

Sobald Nikolas außer Sicht war, kamen die Rentiere aus dem Wald getrabt. Lammfromm zogen die Tiere den Schlitten in einer schnurgeraden Linie heim.

Die Tage verstrichen, nach dem November kam der Dezember, aber Nikolas kam mit der Ausbildung seiner Rentiere nicht voran. Eines Morgens schließlich ging er nach dem Aufstehen nicht wie gewohnt zum Rentiergehege, sondern schnallte sich die Skier unter, nahm seinen Ranzen auf den Rücken und fuhr zur Verwunderung der Rene am Gehege vorbei.

«Glaubt ja nicht, dass ich aufgebe!», rief Nikolas den Tieren zu, die an den Zaun trabten und ihm nachblickten. «Ich gebe nie auf! Das könnt ihr euch merken! Wenn ich mir etwas in den Kopf setzte, tue ich es auch!»

Nikolas fuhr nach Korvajoki zu der alten Fischerwitwe Meeri, bei der er nach dem Tod seiner Eltern die ersten Nächte im Dorf zugebracht hatte. Ob Meeri überhaupt noch nähen kann?, überlegte er, während seine Skier durch den verschneiten Wald glitten. Sie muss doch bald hundert Jahre alt sein.

«Doch, Näharbeiten übernehme ich immer noch gern», antwortete die verrunzelte, bucklige Meeri. «Nehmen wir erst einmal Maß für den Mantel.»

Nikolas sah sich in Meeris Stube um, während die alte Frau mit ihrem Messband Armlänge, Schulterbreite und Taillenumfang maß.

Die Stube hatte sich kaum verändert, seit Nikolas Meeris Haus vor Jahrzehnten zum ersten Mal betreten hatte. Der feine Staub, der beim Stoffzuschneiden entsteht, schwebte durch die Luft und kitzelte Nikolas in der Nase, genau wie damals.

An den Wänden standen die gleichen Regale mit Stoffballen, und im Regal an der Fensterbank lag all das Zubehör, das man beim Nähen brauchte. Da gab es Fingerhüte, Schachteln mit Knöpfen, verschiedene Scheren, Zwirn, Leinengarn, Fischergarn, Hanfschnur, Trennmesser, Einfädler, zahllose verschiedene Nadeln, Handmaße, Strass, Schnallen, Fransenband, Gummiband, Einfassbänder, Paillettenband, Korsettstangen, Planchetten, Miederbänder, Wattierungen, Büstenhalterösen und wer weiß was noch! Neben einem großen Spiegel stand eine Schneiderpuppe mit einer Krinoline aus Draht. Und natürlich Meeris größter Stolz: eine Tretnähmaschine mit Ablage.

«Bist du dir sicher, dass du diese Farbe willst?», fragte Meeri, sah Nikolas durch ihre dicken Brillengläser an und hielt sich das Hörrohr ans Ohr. «Der Mantel soll wirklich rot sein?»

«Rot, rot! Genau wie meine im Frost erfrorene Nase!», rief er und zeigte auf seine Nasenspitze. «Sie haben doch Hillas Pelzmütze gesehen?»

«Was für eine Pfütze?», fragte Meeri.

«Die Mütze, Hillas Mütze», brüllte er. «Sie wissen, wie die Mütze aussieht.»

«Ja, das weiß ich», nickte Meeri. «Was ist damit?»

«Mein Mantel soll genau dieselbe Farbe haben! Oder nein, lieber noch leuchtenderes Rot», rief Nikolas in das Hörrohr. «Moment mal», sagte er dann und wirkte auf einmal nachdenklich. Er dachte an seine widerspenstigen Rentiere und überlegte, ob ein roter Mantel allein genügen würde. «Ich nehme sicherheitshalber zu dem Mantel auch noch eine rote Mütze mit Quast! Und wenn ich es recht bedenke, nähen Sie mir auch noch eine rote Hose! Es ist ziemlich eilig!»

«Nein, da irrst du dich, ich habe es nicht eilig», sagte Meeri und schüttelte den Kopf. «Wie kommst du darauf?»

«Bisher vielleicht nicht, aber jetzt haben Sie Eile!», rief er, holte eine Goldmünze aus der Tasche und reichte sie Meeri. «Ist das genug?»

«Dafür bekommst du auch noch einen Gürtel», antwortete Meeri. «Mit einer großen Schnalle!»

«Gut! Und eines noch, Meeri», fügte er hinzu, nachdem er sich verstohlen umgeblickt hatte. «Kein Sterbenswörtchen über diese Kleider.»

«Was hast du gesagt?», fragte Meeri.

Nikolas begann die Geduld zu verlieren. «Sie sollen nicht über ... Ach was, schon gut.»

Eine Woche später war Nikolas wieder bei Meeri. Nun stand er mitten im Zimmer in seinem neuen, leuchtend roten Mantel und der gleichfarbigen Hose, deren Beine er in die Stiefel gestopft hatte. Meeri hatte die Ärmelbündchen und den Kragen des Mantels mit weißgefärbtem Pelz besetzt.

Er legte sich den breiten schwarzen Gürtel um und schnallte ihn zu.

«Na, gefällt dir der Anzug?», fragte Meeri, die neben ihm stand.

«Perfekt, nur die Mütze fehlt», erwiderte er.

«Nein, nein, die Mütze habe ich auch schon genäht», sagte Meeri stolz und reichte ihm eine rote Zipfelmütze, die sie ebenfalls mit einem weißen Fellrand und einem weißen Quast verziert hatte. Nikolas setzte sie auf und stellte sich vor den Spiegel.

«Na?», fragte Meeri.

Er musterte sein Spiegelbild. Solche Kleider trägt wahrhaftig nicht jeder, dachte er, das Rot ist doch ziemlich auffällig. Aber wenn mir in diesem Aufzug die Rentiere gehorchen und wenn ich ihn nur in der Weihnachtsnacht trage, dann ...

«Ist irgendetwas nicht in Ordnung?», erkundigte sich Meeri beunruhigt, da er nachdenklich in den Spiegel starrte und kein Wort sagte.

Er drehte sich um und breitete die Arme aus. «Nein, alles ist bestens!», sagte er lächelnd. «Passt, wackelt und hat Luft!»

«Schuft?», fragte Meeri verwundert. «Wer ist ein Schuft?»

Nikolas legte den Mund ans Hörrohr und brüllte hinein, die Kleider säßen wie angegossen.

«Gut», nickte Meeri. «Du willst sie sicher gleich anbehalten?»

«Aber nein!», entgegnete er. «Diesen Anzug hebe ich mir für ... ähm ... besondere Anlässe auf.»

«Du klebst den Unfug an geronnene Kessel?», wiederholte Meeri und sah Nikolas stirnrunzelnd an. «Was redest du denn da? Hast du etwa Fieber?»

Am nächsten Morgen stand Nikolas in seinem neuen roten Anzug und der Mütze mitten im Rentiergehege.

«Ob das wohl etwas nützt?», überlegte er laut. «Oder hat Hilla doch irgendeinen anderen Trick, den er mir nicht verraten hat? Oder von dem er selbst nichts weiß?»

Nikolas betrachtete die im Gehege herumlaufenden Rentiere, die ihm bisher noch keinerlei Beachtung geschenkt hatten.

«Frisch gewagt ist halb gewonnen», murmelte Nikolas. «Probieren muss ich es wenigstens. Aber wenn der Anzug auch nicht hilft, habe ich ein Riesenproblem. In einer Woche ist Weihnachten.» Er räusperte sich und rief: «He, ihr! Kommt her!»

Die Rentiere trabten tatsächlich folgsam an und blieben vor Nikolas stehen. Er sah sie verwundert an.

«Das läuft ja wie am Schnürchen!», jubelte er und strich über den Ärmel seines neuen Mantels. «Und letzten Endes steht mir der Anzug gar nicht schlecht, oder?»

Alle vier Rentiere schüttelten den Kopf, und Nikolas lachte zufrieden.

«Wisst ihr was, meine Lieben? Ich habe zwei Dinge beschlossen. Erstens werde ich diesen neuen, schönen Anzug nur in der Weihnachtsnacht tragen. Sonst kleide ich mich ganz normal. Und der zweite Beschluss … Hört mir genau zu, das betrifft euch. Ihr dürft das ganze Jahr über frei herumlaufen und weiden, wo immer ihr wollt, wenn ihr mir versprecht, am Tag vor Heiligabend hierher zurückzukommen. Eine Nacht müsst ihr hart arbeiten, den Rest des Jahres könnt ihr Flechten kauen und faulenzen. Was meint ihr, ist das eine gute Regelung?»

Nun nickten die Rentiere, gerade als hätten sie seine Worte verstanden.

«Dann ist es also abgemacht», lachte Nikolas. «Und jetzt üben wir mal endlich Schlittenfahren.»

16. Türchen

Seit Nikolas seinen roten Anzug besaß, folgten ihm die Rentiere aufs Wort. In der Weihnachtsnacht lief alles perfekt, und dank des riesigen Schlittens und der schnellen Zugtiere schaffte er es entgegen Eemelis Zweifeln, alle Geschenke in einer Nacht zu verteilen.

Das zweite Weihnachten kam, und diesmal klappte es noch besser. Und im dritten Jahr brauchte er den Rentieren gar keine Befehle mehr zu geben: Sie zogen den Schlitten von Dorf zu Dorf und wussten schon, wo sie anhalten mussten. Nikolas hatte das Gefühl, dass die Rentiere Gefallen an ihrer Aufgabe gefunden hatten. Es war, als genössen sie es genau wie er selbst, den Kindern eine Freude zu bereiten.

Obwohl Eemeli jedes Mal, wenn Nikolas im Sommer zum Einkaufen kam, auf ihn einredete, er solle das Dorf doch öfter besuchen, hielt Nikolas an seinem Entschluss fest. Er hatte sich völlig von der Welt zurückgezogen und widmete sich nur noch den Weihnachtsgeschenken. Es ärgerte ihn, dass Eemeli seine Entscheidung nicht verstehen, geschweige denn gutheißen wollte. Obwohl Eemeli doch gesehen hatte, wie das Leben Nikolas behandelt hatte! Jeder Mensch, den er in seine Nähe gelassen hatte, war ihm schon bald schmerzhaft entrissen worden. Es war ihm unbegreiflich, dass Eemeli das nicht einsah.

Im Übrigen war er zufrieden, denn alles schien sich so

zu entwickeln, wie er es sich gewünscht hatte. Schon nach zwei Jahren verbanden die Kinder die geheimnisvolle Gestalt, die ihnen an Weihnachten die Geschenke brachte, nicht mehr mit Nikolas, dem Einsiedler auf dem Fjell. Nach vier Jahren wussten die kleineren Kinder gar nichts mehr von einem Nikolas, der irgendwann einmal im Dorf gelebt hatte. Die Zeit verging, neue Einwohner kamen nach Korvajoki, andere zogen fort.

Die Neuankömmlinge und die kleinen Kinder kannten den wahren Nikolas nur als Oula. Oula, der jeden Sommer einmal mit seinem Pferdewagen vor Eemelis Laden hielt, den Wagen bis oben hin belud und dann wieder im Wald verschwand, um erst im nächsten Sommer wieder zum Vorschein zu kommen. Der bärtige, langhaarige Einsiedler interessierte die Kinder auch nicht besonders, sie kümmerten sich nicht weiter um ihn.

Umso mehr sprach man über den geheimnisvollen rotgekleideten Mann, der in der Weihnachtsnacht mit einem gewaltigen, von Rentieren gezogenen Schlitten voller Geschenke über die Dörfer fuhr. Über diese märchenhafte Gestalt erzählten sich die Kinder die phantasievollsten Geschichten. Einige waren davon überzeugt, ein kinderlieber Berggeist bringe die Geschenke. Andere wussten zu erzählen, im Wald lebe ein Wichtelvölkchen, die davongelaufenen Hauswichtel, die die Geschenke verteilten, als Entschädigung dafür, dass sie die Dorfbewohner im Stich gelassen hatten. Wieder andere Kinder behaupteten, die rotgekleidete Gestalt sei zweifellos ein Zauberer aus Lappland. Die Geschichten gingen von Ohr zu Ohr, und jeder, der sie weitererzählte, schmückte sie noch aus. Und schon bald hieß es, ein Kind habe in der Weihnachtsnacht mit eigenen Augen gesehen, dass die Rentiere des Rotberockten keineswegs gewöhnliche Rentiere waren: Sie konnten fliegen!

Für Nikolas lief also alles nach Plan. Das heißt, nicht ganz.

Denn auch über Oula begannen die Leute sich Geschichten zu erzählen. Es hieß nun, Oula hasse alle Menschen, ganz besonders aber die Kinder.

Die größeren Kinder machten sich einen Spaß daraus, die Kleineren zu erschrecken, indem sie sich verfilzte Hanfschnüre wie einen Bart unters Kinn banden und mit ausgebreiteten Armen, das Gesicht zu einer fürchterlichen Grimasse verzogen, die kreischenden Kleinen jagten.

«Pass auf, sonst kommt der verrückte Oula und frisst dich auf!», riefen die Kinder, wenn sie durch Korvajoki tobten.

Zwar meinten einige Kinder, der bärtige Mann, der einmal jährlich bei Eemeli auftauchte, sei wohl doch kein kinderfressendes Ungeheuer, aber auch sie wussten nicht recht, was sie von ihm halten sollten. Er hatte etwas Geheimnisvolles und Seltsames an sich, so viel stand fest. Das konnte nicht einmal Eemelis Tochter Ada bestreiten, die nun schon fünf Jahre alt war.

Auch Ada wusste nicht viel über Oula, nur das wenige, was ihr Vater ihr einmal anvertraute, nachdem sie ihm geschworen hatte, den anderen Kindern nichts davon zu sagen.

Und Ada hielt sich an ihr Versprechen, obwohl sie manchmal nahe daran war, etwas zu sagen, um die allerschlimmsten Gerüchte über Oula zu widerlegen.

Unterdessen lebte Nikolas in seiner eigenen kleinen

Welt, in der es nichts gab als die Weihnachtsgeschenke, die er schnitzte, bemalte, einpackte und schließlich in der Weihnachtsnacht in den Schlitten lud, um sie an die Kinder zu verteilen. Nikolas war mit seinem einfachen Leben zufrieden und wusste auch nichts von den Gerüchten, die über ihn kursierten. Bis es dann in seinem sechsten Jahr als Einsiedler im Sommer wieder so weit war, in Eemelis Laden einzukaufen.

Da merkte Nikolas, dass sich etwas verändert hatte.

Als Rudolf, das Pferd, das Nikolas als Ersatz für Hilma gekauft hatte, den Wagen über die Holzbrücke zog, sah Nikolas Scharen von Kindern vor Eemelis Laden.

«Wie schön, Eemeli endlich wiederzusehen», sagte Nikolas zu seinem Pferd. «Was meinst du, Rudolf, sollten wir diesen Kindern da Lutscher kaufen? Seit Jahren habe ich die Kinder nur zu Weihnachten bedacht. Meinst du, Lutscher wären eine gute Idee?»

Rudolf schnaubte.

«Schön, dass du mir zustimmst», lachte Nikolas.

Als sie näher kamen, hob Nikolas die Hand und winkte den Kindern zu. Da stoben die Kinder plötzlich in alle Richtungen auseinander. Bald saß nur noch Eemelis Tochter Ada auf den Stufen vor dem Laden. Nikolas war verwundert, umso mehr, als er die Rufe der Kinder hörte.

«Schnell weg! Der verrückte Oula kommt!»

«Was ist denn passiert?», murmelte Nikolas.

Er hielt vor dem Laden und sprang vom Kutschbock. Ada saß niedergeschlagen auf der Treppe.

«Hallo, Ada», sagte Nikolas und sah sich um. «Wo sind denn die anderen hin?»

Ada schaute zu ihm auf. «Sie haben Angst vor dir.»

«Vor mir? Warum denn, in aller Welt? Vor mir braucht man doch keine Angst zu haben, oder?»

Ada zuckte die Achseln. «Ich weiß nicht. Eigentlich kenne ich dich ja auch nicht.»

Nikolas setzte sich neben sie. «Aber du fürchtest dich doch nicht vor mir?», fragte er.

Ada zuckte wortlos die Achseln. Nikolas wollte schon die Hand heben, um ihr die vorwitzige Haarsträhne, die ihr ins Gesicht gefallen war, aus der Stirn zu streichen, hielt aber inne. Plötzlich wusste auch er nichts mehr zu sagen. Sie saßen lange schweigend nebeneinander, bis schließlich Ada die Stille unterbrach.

«Oula?»

«Ja?»

«Hast du Rentiere?»

«Rentiere, ich?», gab Nikolas in gespielter Verwunderung zurück. «Nein, ich habe nur Rudolf. Was sollte ich denn mit Rentieren anfangen?»

«Dann stimmt es nicht, dass du uns in der Weihnachtsnacht die Geschenke bringst?», fragte Ada. «Die anderen behaupten, das wärest nicht du, der Mann mit den Geschenken, und du würdest Kinder hassen. Aber ich glaube, dass du uns die Geschenke bringst. Das ist doch wahr, oder?»

Nikolas begriff, dass Eemeli ihr etwas von seinem Geheimnis verraten hatte. Sollte er dem Mädchen die ganze Wahrheit sagen oder doch lieber alles abstreiten?

Er sah Ada lange an, die gespannt auf seine Antwort wartete. Dann wandte er den Blick ab, betrachtete die am Horizont schimmernden Fjells und schüttelte den Kopf.

«Die anderen Kinder haben zur Hälfte recht und zur Hälfte nicht», sagte er.

«Wieso?», fragte Ada.

«Sie haben unrecht, wenn sie behaupten, dass ich Kinder hasse», murmelte Nikolas fast unhörbar. Ihm war plötzlich so eng in der Kehle, dass er kaum sprechen konnte. «Ich hasse Kinder nicht. Aber wenn sie sagen, dass nicht ich die Geschenke bringe, dann haben die Kinder recht.»

«Wer bringt sie denn dann?», rief Ada.

Nikolas schwieg. Er überlegte noch einmal, ob er Ada nicht alles sagen sollte, doch im letzten Moment entschied er sich dagegen.

«Eine gute Frage, Ada», sagte er. «Wenn ich es nur wüsste. Aber ich weiß nicht mehr darüber als die anderen.»

Als Nikolas Ada anblickte, sah er, dass sich ihr Gesichtsausdruck verändert hatte. Sie sah nicht mehr traurig aus, sondern wütend.

«Was ist denn?», fragte er, doch da sprang Ada bereits auf und rannte in den Laden. Die Türglocke bimmelte, bevor er selbst auf den Beinen war.

Als Nikolas den Laden betrat, stand Eemeli hinter der Theke und blickte verlegen.

«Du lügst!», schrie Ada, die sich vor ihrem Vater aufgebaut hatte. «Ich habe Oula gefragt, und er hat nein gesagt!»

«Was geht hier vor?», fragte Nikolas. Eemeli und Ada sahen ihn an.

«Gut, dass du da bist», sagte Eemeli erleichtert. «Ada behauptet, du hättest gesagt, dass nicht du es bist, der die Weihnachtsgeschenke bringt. Ich habe ihr doch erzählt, dass …»

Er verstummte, als Nikolas einen Finger auf die Lippen legte.

«Das stimmt ja auch», erklärte Nikolas. «Ich habe mit den Geschenken nichts zu tun.»

«Da hörst du es!», schrie Ada ihren Vater an. «Du hast mich angelogen!» Damit rannte sie weinend hinaus.

«Ada! Warte!» Eemeli kam hinter der Theke hervor und eilte seiner Tochter nach. Aber als er aus der Tür trat, war von Ada nichts mehr zu sehen. Die Dorfstraße war leer. Eemeli kam zurück in den Laden und schloss die Tür hinter sich.

«Warum hast du das getan?», fragte er Nikolas. «Du musst Ada suchen und ihr die Wahrheit sagen.»

Nikolas schüttelte den Kopf. «Das geht nicht.»

«Was soll das heißen? Wieso geht es nicht?»

«Weil ich es so beschlossen habe», entgegnete Nikolas. «Es war falsch von dir, Ada mein Geheimnis zu verraten. Die Kinder dürfen auf keinen Fall wissen, dass ich die Geschenke bringe.»

«Ich verstehe dich nicht», sagte Eemeli. «Glaubst du wirklich, dass es richtig war, mich vor meinem eigenen Kind als Lügner hinzustellen?»

«Es tut mir leid, aber mir ist kein anderer Weg eingefallen, mein Geheimnis zu wahren», erklärte Nikolas. «Ich hätte schon …»

«Ich stehe in Adas Augen als Lügner da», rief Eemeli wütend. «Und das nur, weil du irgendeine geheimnisvolle Gestalt sein willst, die es in Wahrheit gar nicht gibt!»

«Nein, das hast du falsch verstanden», sagte Nikolas. «Im Grunde geht es darum, dass ich nicht …»

«Ich habe mein Leben lang geglaubt, wir wären Freunde», fuhr Eemeli fort, ohne Nikolas' Einwand zu beachten. «Aber da habe ich mich wohl getäuscht. Ein Freund macht den anderen nicht zum Lügner.»

«Nein, Eemeli, du hast dich nicht getäuscht», sagte Nikolas und wollte Eemeli eine Hand auf die Schulter legen.

Eemeli stieß seine Hand weg und trat zurück. «Geh!», sagte er und zeigte zur Tür. «Verschwinde!»

«Aber Eemeli …», versuchte Nikolas ihn zu beschwichtigen.

«Lass mich in Ruhe!», rief Eemeli. «Geh zu deinen blöden Rentieren! Die sind dir scheinbar wichtiger als ich! Und du kannst dich nennen, wie du willst, das interessiert mich nicht mehr! Ich will dich hier nicht mehr sehen!»

Als Nikolas Eemeli ins Gesicht sah, begriff er, dass jede Erklärung vergeblich war. Eemeli würde ihm nicht zuhören und ihn nicht verstehen. Jedenfalls nicht jetzt. Vielleicht würde sich irgendwann eine Gelegenheit finden, ihm zu erklären, was er meinte. Später einmal.

Mit Tränen in den Augen ging Nikolas zur Tür. Als er sie aufstieß, drehte er sich noch einmal zu Eemeli um.

«Eemeli, mein Freund», sagte er leise.

«Raus!», schrie Eemeli mit hochrotem Kopf.

«Eines Tages wirst du mich verstehen», sagte Nikolas eher zu sich selbst als zu Eemeli. «Eines Tages.»

Dann ging er. Die Glocke bimmelte, und die Tür fiel zu. Eemeli ließ die Hand sinken. Der Klang der Glocke schien ihm trauriger als je zuvor. Als spiele sie ein Klagelied.

17. Türchen

Nikolas fühlte sich so einsam wie nie zuvor. Jetzt hatte er wirklich niemanden mehr, nicht einmal Eemeli. Diese Freundschaft, die das ganze bisherige Leben lang gehalten hatte, war zerbrochen. Er hatte sich ja für ein einsames Dasein entschieden, doch manchmal schien ihm der Preis dafür zu hoch. Er war sich nicht sicher. Aber so war es nun: Eemeli wollte ihn nie mehr wiedersehen, und die Kinder … die Kinder fürchteten sich vor ihm. Die einzige Freude, die ihm geblieben war, war das Weihnachtsfest, die Nacht, in der er seine Geschenke verteilte. Sie waren das Wichtigste in seinem Leben. Und von nun an waren sie auch sein einziger Lebensinhalt.

Wieder flüchtete sich Nikolas in seine Arbeit. Er stand frühmorgens auf, ging in die Werkstatt und arbeitete bis tief in die Nacht. Wie vor langer Zeit, in seinem ersten Jahr bei Iisakki.

Obwohl Nikolas routiniert und sicher arbeitete, fühlte er sich oft ratlos. Er wusste nicht recht, wie es mit seinem Leben weitergehen sollte. Einerseits hatte er ein schlechtes Gewissen, weil er durch seine Entscheidung den Streit mit Eemeli heraufbeschworen hatte. Andererseits war er immer noch verbittert darüber, dass Eemeli ihn nicht verstand, obwohl er doch seinen Lebensweg kannte. Eemeli hätte einsehen müssen, dass er Ada die Wahrheit vorenthalten musste. Aber Eemeli begriff eben nicht, dass alles, was Nikolas je bekommen hatte, ihm bald wieder weggenommen worden war.

Eines Abends beim Essen starrte Nikolas in Gedanken verloren auf seine Hände. Sie waren von der jahrzehntelangen Tischlerarbeit gezeichnet, hatten zahlreiche Narben und Schwielen: unauslöschliche Erinnerungen an abgerutschte Messer und ihre scharfen Klingen, an Brandblasen von den glühenden Eisen, an Bretterstapel, die ihm auf die Hände gefallen waren, an gebrochene Finger und alles mögliche. An einige Unfälle erinnerte er sich gar nicht mehr, es waren so viele Narben. Doch sie gemahnten ihn daran, dass die Zeit unaufhaltsam verstrich. Jeden Morgen, wenn er aufwachte, war er einen Tag älter, daran konnte er nichts ändern. Die Narben an seinen Händen störten ihn nicht, sie erzählten seine Lebensgeschichte. Wunden verheilten, zuerst taten sie weh, später, wenn der Schorf abging, juckten sie eine Weile, und schließlich waren sie nur noch leicht erhöhte, taube Stellen, die man spürte, wenn man mit dem Finger über die Haut fuhr. Doch seit dem Streit mit Eemeli spürte Nikolas die alten Narben in seinem Innern wieder, die nie ganz verheilt waren.

Plötzlich erinnerte er sich daran, was Gideon bei der Beerdigung seiner Eltern gesagt hatte: Die Zeit heilt selbst tiefe Wunden. Gewiss bleibt eine Narbe zurück, aber eines Tages schmerzt es nicht mehr, wenn man die Narbe ansieht oder berührt, so hatte Gideon gesagt. Aber das stimmte nicht. Äußerliche Wunden verheilten, nicht die in der Seele. Man müsste sie ganz und gar vergessen, ihre Existenz leugnen, nur dann könnte man leben, als wäre nichts geschehen. Aber eben das war unmöglich. Immer, wenn man sich an sie erinnerte und ihr Dasein anerkannte, war es, als sei man in der Zeit zurückgegangen, in den Moment, in dem einem die Wunde zugefügt worden war. Es gab keine Narben, über die man streichen konnte, es gab nur klaffende Wunden, die bei der kleinsten Berührung so schmerzten, dass einem Tränen aus den Augen rannen. Je mehr der Mensch erinnert, desto weniger kann er glauben.

In diesem Jahr fuhr Nikolas lustlos durch die Weihnachtsnacht. Er empfand keine besondere Freude, als er seine Päckchen vor die dunklen Häuser legte. Es gelang ihm einfach nicht, sich den Jubel der Kinder auszumalen, wenn sie am Weihnachtsmorgen ihre Päckchen finden würden.

Es schien Nikolas alles trostlos, genau wie damals, in dem Jahr, als er Korvajoki verlassen musste, um bei Iisakki zu wohnen. Auch damals war er verzweifelt gewesen, allerdings grundlos, denn schließlich hatte sich ja doch alles zum Guten gewendet, aber jetzt ... Jetzt war er nicht fähig, ein Licht am Ende des Tunnels zu sehen. Alles war ganz und gar schwarz, genau wie die sternenlose Finsternis des nördlichen Himmels in dieser Weihnachtsnacht.

Als Nikolas seine Rentiere hinter dem Dorf Korvajoki halten ließ und mit einem Eisbohrer und dem Geschenk für seine Schwester Ada zum Meer stapfte, heulte der eisige Wind in der Morgendämmerung wie ein Rudel hungriger Wölfe. Die Schneeflocken fielen so dicht, dass Nikolas nur wenige Meter weit sehen konnte. Mühsam bahnte er sich den Weg durch den weichen Schnee, der ihm fast bis zum Gürtel reichte. Das Wetter war so aufgewühlt wie sein Gemüt.

Er kletterte auf den vertrauten Felsen und blieb neben

einer verkrüppelten Kiefer stehen. Der Wind wehte immer heftiger und wirbelte Schnee auf. Jetzt schneite es fast waagerecht, die spitzen Flocken stachen Nikolas ins Gesicht wie kleine Nadeln. Das zugefrorene Meer war hinter dem Schneevorhang nicht zu sehen.

«Ich komme, Ada», sagte Nikolas laut und ging weiter. «Diesmal habe ich dir viel zu erzählen, Schwesterlein. Dieses Jahr war eins der schwersten in meinem Leben.»

Was für ein Wetter, dachte er, als er vorsichtig vom Felsen zum Meer hinabkletterte. Wahrscheinlich zieht genauso ein Sturm auf wie damals, als Ada krank wurde und …

Schwache Rufe rissen ihn aus seinen Gedanken.

«Nikolas! Nikolas!»

Nur ein einziger Mensch nennt mich noch bei meinem alten Namen, dachte er und sah in die Richtung, aus der der Ruf gekommen war. Eemeli! Er kämpfte sich durch den Schnee und fuchtelte mit den Armen.

«Nikolas! Warte!»

Er stand still. War Eemeli gekommen, um sich mit ihm zu versöhnen?

Vom Meer wehte eine heftige Bö heran, fing sich in seinen Kleidern, als wollte sie ihm einen kleinen Stoß versetzen, damit er auf Eemeli zuging.

Bald standen sich die beiden Männer gegenüber. Eemelis Gesicht war gerötet und trotz der Kälte schweißüberströmt. Er war völlig außer Atem.

«Ada!», keuchte er und stützte sich mit den Armen auf die Oberschenkel. «Hast du Ada gesehen?»

Nikolas sah ihn verwundert an und wandte sich zum Meer. «Ada?»

«Nein!», brüllte Eemeli. «Nicht deine Schwester! Unsere Ada! Sie ist verschwunden!»

«Eure Ada? Seit wann?»

Eine Weile starrte Eemeli Nikolas wortlos an. Sein Blick war ängstlich und wütend zugleich. Plötzlich packte er ihn am Kragen.

«Es ist deine Schuld!», rief er.

«Wieso meine Schuld?»

«Du mit deiner blöden Geheimniskrämerei und deinem idiotischen roten Anzug!», brüllte Eemeli. «Wehe dir, wenn Ada etwas zugestoßen ist!»

Er versetzte Nikolas einen heftigen Stoß, sodass er nach hinten in den Schnee fiel. Eemeli setzte sich rittlings auf ihn, Nikolas war schon fast ganz im Schnee vergraben.

«Eemeli! Hör auf!», rief er. «Davon wird die Sache nicht besser! Nun sag mir doch, warum du mir die Schuld gibst.»

Da begann Eemeli zu schluchzen, er gab ihn frei und warf sich selbst neben ihn in den Schnee. Er zog ein zusammengefaltetes Papier aus der Brusttasche seines Mantels, das er Nikolas reichte.

«Was ist das?», fragte der und setzte sich auf. Schnee rutschte ihm vom Kragen den Rücken entlang und ließ ihn vor Kälte zittern.

«Lies!», gab Eemeli zurück und wischte sich die Augen. «Du und dein dämliches Weihnachten.»

Nikolas entfaltete den Bogen und las die in schöner Handschrift geschriebene Nachricht.

Liebe Eltern! Macht euch nur keine Sorgen, das ist nicht nötig. Ich bin weggegangen, weil ich herausfinden will, wer die Weihnachtsgeschenke bringt. Ich komme zurück, sobald ich kann.

Viele Grüße von Ada

«Mein Gott», flüsterte er. Ein fünfjähriges Mädchen allein in einem solchen Schneesturm, dachte er, nein, sie kann nicht weit gekommen sein.

Sein Freund schluchzte auf.

«Eemeli!», rief Nikolas und sprang auf. «Wann ist Ada weggelaufen?»

«Irgendwann in der Nacht, als wir schliefen», antwortete er. «Ich habe den Brief auf dem Küchentisch gefunden und bin sofort hergekommen. Ich dachte mir, dass du noch hier sein würdest.»

Nikolas streckte ihm die Hand hin. «Nimm meine Hand und steh auf! Wir müssen uns beeilen!»

Auf dem schneebedeckten Waldweg warteten Nikolas' Rentiere und Eemelis Pferdeschlitten. Nikolas zog hastig seinen roten Anzug aus, die Mütze, den Gürtel und den Mantel. Er warf alles zu dem Eisbohrer und dem Geschenk für seine Schwester in den Schlitten. Als er die Stiefel auszog, um sich auch der Hose zu entledigen, konnte Eemeli, der bereits auf seinem Pferdeschlitten saß, nicht mehr an sich halten.

«Was zum Teufel tust du da?», rief er.

«Ich will nicht entdeckt werden», sagte Nikolas und warf auch die Hose in den Schlitten. «Du musst mir etwas zum Anziehen leihen, wenn wir im Dorf sind. Bis dahin reicht die Schlittendecke.» Damit zog er die Stiefel wieder an.

In jeder anderen Situation hätte Eemeli wahrscheinlich über den Freund gelacht, der sich in Unterwäsche und Stiefeln an seinem Schlitten zu schaffen machte, aber jetzt schüttelte er nur stumm den Kopf und reichte Nikolas die Decke. Er wusste, dass Nikolas nicht zur Vernunft zu bringen war, hatte er sich erst einmal etwas in den Kopf gesetzt.

«Rentiere, lauft nach Hause!», rief Nikolas, der sich inzwischen in die Decke gehüllt hatte, und gab Pips, der ihm am nächsten stand, einen leichten Klaps.

Die Rentiere rannten sofort los und legten ein solches Tempo vor, dass es Eemeli vorkam, als flögen sie über den Schnee. Im Nu waren sie mit dem Schlitten im dichten Schneegestöber verschwunden, das nun bereits wie eine undurchdringliche weiße Wand wirkte. Nikolas sprang zu Eemeli auf den Schlitten, und sie fuhren los.

Eine große Schar von Dorfbewohnern hatte sich bereits vor Eemelis Geschäft versammelt. Der Wind hatte sich zum Sturm ausgewachsen und heulte so laut, dass Eemeli, der neben seiner Frau Elsa auf der Treppe zum Laden stand, aus vollem Hals brüllen musste, um sich verständlich zu machen.

«Wir teilen uns in Fünfergruppen!», rief er. «Zwei Gruppen suchen auf dem Eis, alle anderen im Wald! Von Elsa bekommt ihr Teerfackeln und Butterbrote.»

Nikolas hatte Kleider von Eemeli angezogen und stand unbemerkt zwischen den Dorfbewohnern. Er fühlte sich nicht dazugehörig, es war fast, als sei er gar nicht anwesend. Andererseits war ihm jedes Mal, wenn Eemelis Blick ihn traf, als drehten sich die Leute nach ihm um und zeigten mit dem Finger auf ihn. Das stimmte natürlich gar nicht, keiner achtete auf ihn. Alle machten sich Sorgen um Ada.

Noch brauchte man die Fackeln nicht anzuzünden, die Elsa bereithielt, und Nikolas hoffte inständig, dass es auch nicht nötig werden würde. Sonst wäre es vielleicht zu spät.

Er schloss sich der Gruppe an, die, Eemeli voran, in den Wald ging. Er blieb einige Schritte hinter den anderen, denn er nahm an, dass Eemeli ihn nicht unbedingt in seiner Nähe haben wollte. Umgekehrt hätte er wahrscheinlich genauso empfunden.

Als er fast die Brücke über den Fluss erreicht hatte, zupfte ihn plötzlich jemand am Ärmel. Er blieb stehen und blickte sich um. Neben ihm stand ein kleiner Junge, der aussah, als würde er jeden Moment in Tränen ausbrechen. Außerdem hatte er ganz offensichtlich Angst vor ihm.

«Was ist, mein Junge?», fragte Nikolas so freundlich, wie er nur konnte.

«Ich weiß, wohin Ada gegangen ist», sagte der Junge.

Nikolas ging in die Hocke. Der Kleine zitterte und brachte kein Wort mehr heraus.

«Hab keine Angst», begütigte er. «Wie heißt du denn?»

«Mi-Mikko.»

«Ganz ruhig, Mikko», sagte Nikolas. «Hol erst mal tief Luft, und dann erzählst du Onkel Oula, wohin Ada gegangen ist.»

«Sie hat gestern gesagt, sie will jemandem ein Geschenk bringen», erklärte Mikko stockend.

«Ein Geschenk?», fragte Nikolas verwundert. Davon hatte in Adas Brief nichts gestanden. «Wem denn?»

«Di-dir», antwortete Mikko.

«Mir? Und warum?»

«Ada glaubt, dass du es bist», schluchzte Mikko, den Blick auf seine Fäustlinge gesenkt.

«Dass ich wer bin?», fragte Nikolas, obwohl er die Antwort schon kannte.

«Der die Geschenke bringt», sagte Mikko und sah ihm zum ersten Mal direkt in die Augen.

«Warum hast du das nicht früher gesagt?», fragte er. Dabei fühlte er einen Stich im Herzen. Woher nahm er das Recht, dem Jungen Vorwürfe zu machen? Er behielt ja selbst alles für sich.

«I-ich hab mich nicht getraut», antwortete Mikko. «Und … und ich hatte Ada versprochen, dass ich nichts …» Nun strömten ihm die Tränen übers Gesicht. «Ada kommt doch wieder zurück?»

Nikolas wischte mit dem Daumen seines Fäustlings dem Jungen die Tränen ab, dann nickte er und stand auf.

«Ich verstehe dich, Mikko. Ich verstehe dich besser, als du glaubst. Danke, dass du es mir trotzdem erzählt hast», sagte er. «Jetzt muss ich gehen.»

Er drehte sich um und folgte im Laufschritt den Spuren, die die Männer im Schnee hinterlassen hatten und die bereits zuwehten. Eemeli und der Suchtrupp waren im Schneetreiben längst nicht mehr zu sehen.

18. Türchen

Es dämmerte, als die Männer ihre Teerfackeln anzündeten. Sie kämpften sich weiter durch den tiefen Schnee. Sie gingen in einer Kette in höchstens zwei oder drei Meter Abstand voneinander. Größer hätten die Lücken auch nicht sein dürfen, denn man konnte die eigene Hand nicht vor Augen sehen. Eemeli und Nikolas gingen auf der linken Seite, Nikolas ganz am Rand. Die Männer waren müde, ihre Kleidung war durchnässt, ihren Proviant hatten sie längst aufgegessen. Von allen Seiten riefen Stimmen nach Ada.

«Es ist aussichtslos», sagte Eemeli. «So weit kann Ada gar nicht gekommen sein. Außerdem weiß sie ja gar nicht, wo du wohnst.»

Nikolas schwieg, musste insgeheim aber zugeben, dass Eemeli recht hatte. Selbst wenn Ada wüsste, wo er wohnte …

«Sie würde es nicht bis zu deinem Haus schaffen», fuhr Eemeli fort, als hätte er seine Gedanken gelesen. «Auf keinen Fall.»

Er gab keine Antwort. Stattdessen rief er weiter Adas Namen.

Wenig später war es stockdunkel, und das Gelände wurde immer unwegsamer. Hier und da verbargen sich gefährliche Felsspalten unter dem Schnee.

Auf dem felsigen, langsam ansteigenden Boden hatte sich einer der Männer das Bein verrenkt, sodass zwei weitere den Verletzten ins Dorf tragen mussten. Eemeli und Nikolas waren jetzt wieder allein.

Eemelis Stimme war immer heiserer geworden. Jetzt blieb er plötzlich stehen.

«Was ist?», rief Nikolas.

«Komm mal her!»

Er kämpfte sich durch den Schnee.

«Guck dir das an», sagte Eemeli und senkte seine Fackel, bis sie fast den Schnee berührte. «Wolfsspuren.»

Nikolas beugte sich vor. Er betrachtete die Abdrücke. Sie waren etwa zehn Zentimeter breit und ebenso lang.

«Nach dieser Biegung hier sind es Sprungabdrücke. Er hat uns gehört und ist weggerannt», sagte Eemeli. «Die Spuren sind noch ganz frisch.»

«Es müssen nicht unbedingt Wolfsspuren sein», wandte Nikolas ein und hielt seine eigene Fackel ebenfalls über den Abdruck. «Sie könnten auch von einem Luchs stammen, die Tatze ist ziemlich rund.»

«Nikolas», schnaubte Eemeli. «Du weißt so gut wie ich, dass der Wolf auf weichem Schnee, der ihn nicht trägt, seine Zehen ausbreitet, sodass die Krallenabdrücke nicht immer zu sehen sind. Guck dir doch die mittleren Zehen an, sie stehen parallel. Das ist mit Sicherheit ein Wolf.»

Nikolas musste zugeben, dass Eemeli recht hatte. «Aber das bedeutet nicht unbedingt, dass …», begann er hilflos.

Eemeli antwortete ihm nicht, sondern ging weiter und krächzte Adas Namen.

Nikolas sah noch einmal zurück, dann wollte er dem Gefährten seiner Kindheit folgen. Doch der war nicht mehr zu sehen, auch das Licht seiner Fackel war verschwunden. Rundum herrschte tiefe Finsternis.

«Eemeli!», rief Nikolas in die Stille hinein und hastete Eemelis Spuren nach. «Eemeli!»

Nach einigen Metern waren plötzlich keine Fußabdrücke mehr zu sehen, ganz als wäre Eemeli vom Erdboden verschluckt worden.

«Nikolas!», kam ein schwacher Ruf. Es klingt, als wäre er unter mir, dachte Nikolas, aber wo?

Vorsichtig ging er zu der Stelle, wo Eemelis Spuren endeten, und sah im Schein seiner Fackel, dass er am Rand einer senkrecht abfallenden Felswand stand. Als er über den Rand spähte, sah er weit unten Eemelis Fackel glühen. Die Schlucht war sehr tief, denn das Licht der Fackel schien so weit weg zu sein wie ein Stern am Himmel.

«Eemeli?», rief Nikolas, legte sich auf den Bauch und kroch vorsichtig bis an den Rand der Schlucht.

«Hier», kam die heisere Antwort.

Nikolas hielt die Fackel über den Rand und spähte in die Dunkelheit. Nun entdeckte er ihn, der sich etwa einen halben Meter unter der Kante mit einer Hand an eine Kiefernwurzel klammerte.

«Halt durch», rief Nikolas und rutschte vom Rand zurück. Er stand auf und schaufelte mit den Händen hastig den Schnee beiseite. Etwa einen halben Meter von der Kante entfernt ragte ein Fels scharfzackig aus der Erde. Den wollte er zu Hilfe nehmen. Er zog seine Handschuhe und seinen Mantel aus. Nun schob er seine Fackel bis an den Rand des Abhangs, sodass ihr Licht auf Eemeli fiel.

Er legte sich auf den Boden an die Stelle, wo er den

Schnee weggeschaufelt hatte, hielt sich mit der linken Hand an dem Felsbrocken fest und prüfte seine Festigkeit. Er schien zu halten. Dann spreizte Nikolas die Beine, so weit er nur konnte, und schob sich vorsichtig über die Felskante, bis sein Oberkörper zum größten Teil über dem Nichts hing.

«Nimm meine Hand!», rief er und streckte den rechten Arm aus.

Eemeli versuchte mit der freien Hand zuzupacken, doch der Abstand war zu groß. Nur ihre Fingerspitzen berührten sich. Gleichzeitig gab der Wurzelstock, an dem er hing, unter bedrohlichem Knirschen ein Stück nach, sodass er nun noch weiter von Nikolas entfernt war.

«Ich komm nicht ran», ächzte Eemeli.

«Doch, du schaffst es!», rief Nikolas und versuchte seinen Arm noch weiter auszustrecken. «Probier es nochmal!»

Eemeli versuchte es noch einmal: wieder vergeblich. Nun berührten sich nicht einmal mehr ihre Fingerspitzen.

«Ich halte nicht mehr lange durch», stammelte Eemeli.

Fieberhaft überlegte Nikolas, was er tun könnte. Er ließ den Felsbrocken los und setzte sich auf. Dann drehte er sich so, dass er die Füße hinter dem Stein verschränken konnte. Als er nun die Beine ausstreckte, lagen nur noch seine Oberschenkel auf festem Grund, der Rest seines Körpers hing über der Kante. Er schob sich langsam nach unten und hoffte, dass seine Füße nicht abrutschten. Nun hing er kopfüber an der Felswand wie ein Trapezkünstler im Zirkus.

«Nimm meine Hand, Eemeli!», rief er.

«Du bist verrückt, Nikolas», sagte der heiser. «Du schaffst es nicht, uns beide hochzuziehen. Ich bin zu schwer.»

«Sei still und mach schon! Schnell!», rief Nikolas wütend. «Und mit beiden Händen!»

Eemeli gehorchte. Zuerst packte er Nikolas' Arm mit der freien Hand, dann löste er auch die andere Hand vom Wurzelstock. Nun hielt er sich mit beiden Händen an Nikolas fest. Dem riss das Gewicht fast die Arme aus den Schultern. Seine gespannten Beinmuskeln brannten wie Feuer.

«Gut», ächzte er. «Ich hebe dich über meinen Kopf, und dann kletterst du an meinem Körper entlang nach oben.»

Nikolas schloss die Augen und konzentrierte sich ganz auf die Kraftanstrengung. Ich muss es schaffen, sonst stürzen wir beide ab, dachte er. Er holte tief Luft und winkelte langsam die Arme an. Seine Muskeln schwollen an, sodass er glaubte, sie müssten gleich platzen. Aber es gelang ihm, Eemeli Zentimeter um Zentimeter höher zu heben. Blitzschnell löste der eine Hand von Nikolas' Arm und klammerte sich an dessen Hosengürtel. Bald darauf konnte er auch mit der anderen Hand loslassen und sich an der Felskante festhalten. Der Druck in Nikolas' Füßen war inzwischen fast unerträglich. Er spürte, dass ihm schwarz vor Augen wurde. Da robbte Eemeli an ihm vorbei nach oben. Der Druck ließ so plötzlich nach, dass Nikolas instinktiv die Füße lockerte und auf die Kante zuglitt. Er glaubte bereits abzustürzen, doch da schlossen sich Eemelis Hände wie Schraubstöcke um seine Knöchel.

Bald lagen die beiden Männer nebeneinander auf der Felsplatte. Beide zitterten vor Anstrengung und schnauften wie Dampflokomotiven.

«Danke», stieß Eemeli hervor. «Du hast mir das Leben

gerettet, schon zum zweiten Mal. Ich erinnere mich noch gut an damals, als du mich aus dem Fluss gezogen hast.»

«Nichts zu danken», erwiderte Nikolas. «Du hast auch mich gerettet. Aus eigener Kraft wäre ich nicht mehr hochgekommen.» Er setzte sich auf und zog den Mantel an. «Lass uns weitersuchen.»

Auch Eemeli setzte sich auf. Er schüttelte den Kopf. «Es hat keinen Zweck mehr. In der Dunkelheit und bei diesem Wetter ist es zu gefährlich», sagte er und deutete auf die Schlucht. «Am Ende passiert wirklich noch etwas.»

«Aber …», begann Nikolas, doch Eemeli schnitt ihm das Wort ab.

«Nein. Ich will kein Menschenleben auf dem Gewissen haben», sagte er bestimmt und stand auf. «Wir sagen jetzt den anderen Suchtrupps Bescheid. Es ist Zeit, nach Hause zu gehen.»

Es war bereits nach Mitternacht, als die Männer bedrückt über die Holzbrücke ins Dorf zurückschlichen. Nur einige Teerfackeln brannten noch. Ihr schwaches Glimmen war wie ein Sinnbild für die erlöschende Hoffnung. Eemeli seufzte schwer.

Als Elsa den Trupp erreichte, weiteten sich ihre Augen. Sie brauchte nicht zu fragen, die Gesichter der Männer sagten alles. Sie legte eine Hand vor den Mund und sank kraftlos auf die Knie. Eemeli kniete sich zu seiner Frau in den Schnee und schloss sie in die Arme.

Nikolas stand mit seiner Fackel neben den beiden und wusste nicht, was er tun sollte. Es gab keine Worte, die Eemeli und Elsa jetzt getröstet hätten.

Eemeli sah ihn über Elsas Schulter hinweg an und

strich seiner Frau über die Haare. «Bleib über Nacht bei uns», flüsterte er Nikolas zu.

Etwas später saßen Eemeli und Nikolas in der Wohnstube hinter dem Laden und wärmten ihre erstarrten Hände am prasselnden Kaminfeuer. Eemeli saß gebeugt vor dem Kamin, die Flammen warfen Schatten auf sein Gesicht, die die Gramfalten noch tiefer erscheinen ließen.

«Weißt du noch, als wir klein waren», sagte Eemeli plötzlich, ohne den Blick von den Flammen zu wenden. «Du hast dich immer um mich gekümmert. Du hast mir alles Mögliche beigebracht, wozu Vater keine Zeit hatte. Du warst für mich wie ein großer Bruder.» Er sah Nikolas an. «Und das bist du immer noch. Ich habe nichts in meinem Leben so sehr bereut wie unseren Streit im letzten Sommer.»

«Ja, es tut mir auch leid, Eemeli», sagte Nikolas. «Ich konnte doch nicht ahnen, dass meine Geschichten …»

«Nein», sagte Eemeli scharf. Als Nikolas weiterreden wollte, hob er die Hand und schüttelte den Kopf. «Es ist nicht deine Schuld. Es war falsch von mir, dich so zu beschimpfen … Und was gestern früh am Ufer passiert ist … Ich war so durcheinander. Inzwischen habe ich nachgedacht. Und … Verzeih mir.»

«Ich dir?»

«Ja», nickte Eemeli. «Und du darfst dir auf keinen Fall die Schuld dafür geben, dass Ada weggelaufen ist. Wir können nicht die ganze Verantwortung für das übernehmen, was ein anderer Mensch tut oder unterlässt, wir können nur versuchen, darauf Einfluss zu nehmen, aber letzten Endes hängt die Entscheidung nie von uns ab.»

Eemeli verstummte. Nikolas sah, dass ihm Tränen über das Gesicht liefen.

Bevor er etwas sagen konnte, sprach Eemeli weiter: «Nikolas, ich wollte schon seit langem mit dir reden, seit Iisakkis Beerdigung.» Er fuhr mit der Hand durch die Luft, als suche er nach den richtigen Worten. «Irgendwie habe ich es nie fertiggebracht. Aber vielleicht ist jetzt die Zeit ... jetzt, wo Ada ... vielleicht ist jetzt der richtige Moment ...»

«Wofür?», fragte Nikolas, da ihm die Worte ausgingen.

«Ich weiß, warum du dich von allen zurückgezogen hast und niemanden an dich heranlässt. Nicht einmal mich.» Eemeli sah seinem Freund direkt in die Augen. «Ich habe es immer geahnt, aber gerade jetzt wird es mir ganz deutlich bewusst. Vielleicht weil Ada verschwunden ist.»

«Ich ... Ich kann jetzt nicht ...», murmelte Nikolas, aber er fand nicht die Worte, die ausgedrückt hätten, was er empfand. Vielleicht gab es diese Worte gar nicht.

«Du solltest endlich eine wichtige Wahrheit akzeptieren, der du dein ganzes Leben lang aus dem Weg gegangen bist», fuhr Eemeli fort, als hätte er Nikolas' Einspruch gar nicht gehört. «Zur Liebe gehört immer auch die Angst vor dem Verlust des Menschen, den man liebt. Das ist ein Teil unseres Lebens. Du bist immer noch ein Gefangener deiner Vergangenheit. Du kannst nicht dein ganzes Leben deinen Gefühlen ausweichen. Denn wenn du es nicht wagst, zu lieben und anderen zu erlauben, dich zu lieben, lebst du nicht wirklich.» Eemeli wischte sich die Tränen aus den Augen und schnäuzte sich.

Nikolas nutzte die kurze Pause. «Was hat denn das mit mir zu tun?»

«Nikolas, das Jahr hat außer Weihnachten noch dreihundertvierundsechzig andere Tage. Du widmest dein ganzes Leben nur der Weihnachtsnacht und den Geschenken.»

«Das ist aber wichtig», protestierte Nikolas.

«Natürlich, das bestreite ich ja gar nicht», sagte er ruhig. «Aber es muss im Leben auch etwas anderes geben als Weihnachten, sonst ist es kein richtiges Leben. Was gibt es bei dir?»

Nikolas wollte etwas erwidern.

«Sieh mich an», sagte Eemeli und breitete die Arme aus. «Ich akzeptiere, was passiert ist. Und obwohl ich jetzt das Gefühl habe, dass die Sonne nie wieder aufgehen wird und ich in meinem ganzen Leben nie mehr lachen werde, weiß ich doch, dass das nicht stimmt. Die Sonne geht morgen wieder auf wie an jedem Morgen, und wenn genug Zeit verstreicht, werde ich irgendwann auch wieder lachen können. Das glaube ich wirklich, obwohl es wehtut.» Er sah Nikolas an und erkannte, dass er ihn mit seinen Worten nicht erreichte. «Nikolas! Weihnachten ist nur ein Mal im Jahr!»

Sein Freund sprang auf. «Nicht für mich! Ich denke jeden Tag an Weihnachten, das habe ich schon als Kind getan», sagte er und ging zur Tür. «Seit ich meine Familie verloren habe. Seitdem ist Weihnachten alles für mich. Ob ich es will oder nicht. Du hast schon recht damit, dass ich der Gefangene meiner Vergangenheit bin, und Weihnachten … es stimmt, was du sagst … Es tut mir leid, dass Ada …» Er versuchte weiterzusprechen, doch ihm wurde ganz eng in der Kehle.

«Nikolas!», rief Eemeli, als er bereits an der Tür stand.

«Wenn du nicht anders kannst, als wieder zu fliehen, dann nimm meine Skier von der Hauswand. Ich will nicht, dass du dich durch den Schnee wühlst, bis du zusammenbrichst.»

19. Türchen

Es war bereits später Vormittag, und das Schneetreiben hatte sich gelegt, als Nikolas, den Bart voller Eiskristalle, in Eemelis Kleidern und auf Eemelis Skiern, bei seinem Pferdestall ankam. Er schnallte die Skier ab und lehnte sie an die Stallwand. Vor dem Stall lag eine hohe Schneewehe, und Nikolas musste seine ganze Kraft aufbieten, um die Tür so weit zu öffnen, dass er hineinschlüpfen konnte.

Als er zur Box ging, um nach Rudolf zu sehen, wanderte sein Blick wie von selbst nach oben, zum Stallboden, wo im Zwielicht ein Stück des alten, staubigen und rostigen Preisschlittens zu erkennen war. Plötzlich hörte Nikolas Eemelis Kinderstimme, so lebendig, als stünden sie beide wieder in der Stube des alten Gideon.

Der Preisschlitten gehört dir. Wenn einer ihn verdient hat, dann du. Er ist ein Weihnachtsgeschenk von uns allen, zur Erinnerung an unser Dorf! Bitte sehr!

«Danke», flüsterte er. «Aber ich habe ihn nicht verdient.»

Wieder hörte er Eemelis Stimme. Doch nun war es die Stimme des erwachsenen Eemeli.

Es muss im Leben auch etwas anderes geben als Weihnachten, sonst ist es kein richtiges Leben. Was gibt es bei dir?

«Nichts», murmelte er. «Überhaupt nichts. Weihnachten war das Einzige, was ich hatte. Und jetzt habe ich auch das nicht mehr. Ich habe nur noch dich, Rudolf. Und meine Rentiere.»

Nikolas klopfte Rudolf zum Abschied auf die Kruppe und wollte schon gehen, als ihm etwas auffiel: Der Rentierschlitten stand an seinem Platz im Stall!

«Wieso habe ich das nicht gleich gemerkt?», wunderte er sich laut und trat an den Schlitten. «Wie ist das möglich? Sollten die Rentiere …? Und wo ist mein Anzug, meine Mütze … und Adas Geschenk?» Auch der Eisbohrer lag nicht mehr im Schlitten. Als er sich umdrehte, sah er, dass der Bohrer an der Tür stand. «Sehr merkwürdig», grummelte er.

Mit langen Schritten trat er hinaus zu dem Gehege, wo seine vier Rentiere umherspazierten, als sei nichts geschehen. Er kletterte über den Zaun und rief die Tiere zu sich. Erstaunlicherweise gehorchten sie sofort, obwohl er nicht seinen roten Anzug trug.

Alle vier umringten Nikolas, der sie einzeln ansprach und streichelte.

«Ihr seid wirklich kluge Tiere», sagte er, als er Schnips tätschelte. «Ihr habt euch selbst die Zügel abgenommen und sogar den Schlitten in den Stall gebracht. Mein roter Anzug und Adas Geschenk sind unterwegs offenbar aus dem Schlitten gefallen, aber das macht nichts. Ich glaube nämlich, mein lieber Schnips, dass ich den Anzug nicht mehr brauche. Mit den Geschenken ist es wohl vorbei.»

Schnips stellte die Ohren auf, als ob er Nikolas' Worte anzweifelte. Dann schüttelte er den Kopf, sodass die Glöckchen an seinem Hals hell bimmelten.

«Doch, Schnips», seufzte Nikolas. «Ich wollte mit meinen Geschenken Freude bereiten … und ich wollte es im Verborgenen tun, aber dadurch habe ich, ohne es zu wollen, meinem besten und einzigen Freund große Trauer gebracht. Also ist es besser, wenn ich von nun an nichts mehr tue. Überhaupt nichts.»

Schnips schüttelte den Kopf noch heftiger, jetzt bimmelten die Schellen wie Kuhglocken. Nikolas runzelte die Stirn und sah Schnips in die Augen. Dann schüttelte auch er den Kopf und klopfte dem Rentier noch einmal auf den Rücken.

«Nein, nein, Schnips, es hilft nichts. Mein Entschluss steht fest», sagte er. «Du verstehst das nicht, mein kleines Rentier, obwohl du sehr klug bist. Niemand versteht mich. Vielleicht hat Eemeli recht. Vielleicht habe ich … ach was, schon gut.»

Er wandte sich ab. Schnips blieb reglos stehen und sah seinem Herrn nach, der über den Zaun kletterte und mit hängendem Kopf den fast zugeschneiten Weg zum Haus hinaufstapfte.

Als Nikolas schließlich die Stube betrat, war er restlos erschöpft. Zwei schlaflose Nächte nacheinander, Adas Verschwinden und all das … Er hatte das Gefühl, keinen Schritt mehr gehen zu können.

Ohne die Stiefel auszuziehen, schleppte er sich an den Tisch, ließ sich auf die Bank fallen, streifte die Lederhandschuhe von den Händen und nahm die Mütze ab. Eine Weile starrte er mit leerem Blick zum Fenster hinaus, dann beugte er sich vor, stützte die Ellbogen auf den Tisch, schloss die Augen und vergrub das Gesicht in den Händen. Sein ganzer Körper war so schwer, dass er sich kaum noch rühren konnte.

«Oula?»

Nikolas schrak zusammen. Jetzt fange ich schon an, Stimmen zu hören, dachte er, ich werde vor Trauer wirklich verrückt. Ich habe gerade Adas Stimme gehört! Ich muss mich konzentrieren und diesen Spuk verscheuchen.

«Oula! Bist du taub?»

Er spähte zwischen den Fingern hindurch und sah Ada. Sie lag in seinem Bett, nur ihr verschlafenes Gesicht schaute unter der Decke hervor. Er kniff die Augen zu. Jetzt sehe ich auch noch Gespenster, dachte er, es wird immer schlimmer. Und wieso hat das Mädchen meine rote Mütze auf?

«Oula! Was hast du?»

Er schlug die Augen wieder auf. Nun sah er Ada mit seiner Zipfelmütze im Bett sitzen. Sie reckte die Arme und gähnte. Nikolas schloss die Augen, rieb sie mit den Zeigefingern und öffnete sie erneut. Ada war immer noch da, und sie hatte immer noch die rote Mütze auf. Das Mädchen hatte den Kopf auf die Seite gelegt, die Arme vor der Brust verschränkt und starrte ihn an.

«Kannst du nicht mehr sprechen?», fragte Ada.

«Ada!», rief Nikolas und sprang so heftig auf, dass die Bank beinahe umgekippt wäre. Von seiner Schwerfälligkeit war nichts mehr zu spüren, er sprang leichtfüßig wie ein Reh durch das Zimmer und hob das verwunderte Mädchen mitsamt der Bettdecke hoch.

«Ada! Ada! Ada!», jubelte er und drehte sich mit dem Mädchen im Kreis, als ob er tanzte.

«Lass mich runter!», rief sie. «Mir wird schwindlig.»

Er setzte sie ab. «Entschuldige, die Freude hat mich überwältigt», erklärte er verlegen. «Was für ein Wunder, dass du hier bist! Deine Eltern sind verzweifelt, sie glauben, dass du … Niemand hat sich vorstellen können, dass du es bis hier schaffst. Mehr als zwanzig Kilometer im Schneesturm!»

«Pah!», machte die Kleine. «Das ist doch überhaupt nicht weit, schon gar nicht im Rentierschlitten.»

«Im Rentierschlitten?» Verwundert sah Nikolas das resolute Mädchen an.

«Ja. Ich war schon ganz müde und hatte mich verlaufen, und mir war kalt, und ich wollte schon die Hoffnung aufgeben, da kamen die Rene mit dem Schlitten», erklärte Ada. «Ich war sicher, dass du darin wärest, aber der Schlitten war leer bis auf deinen roten Anzug und die hier.» Sie zeigte auf die Zipfelmütze. «Ich bin in den Schlitten gesprungen und habe mich in deinen Anzug gewickelt, um mich aufzuwärmen. Die Rentiere haben mich hierhergebracht. Dein Anzug hängt übrigens zum Trocknen in der Sauna, falls du dich fragst, wo er geblieben ist. Also, danke sehr.»

«Wofür denn?»

«Na ja, eigentlich hast du mir das Leben gerettet», erwiderte Ada. «Und dabei hast du angeblich gar keine Rentiere.»

Nikolas war sprachlos. Ada nicht.

«Hast du was zu essen da? Ich bin furchtbar hungrig.»

Bald darauf saßen Nikolas und Ada am Tisch. Er schaute ihr zu, wie sie den Brei in sich hineinschaufelte, als hätte sie seit Wochen nichts mehr gegessen.

«Du isst ja beinahe wie dein Vater», lachte Nikolas. «Eemeli schlingt auch immer so.» Ada, die gerade den

Löffel zum Mund führte, hielt inne und sah ihn an. Dann legte sie den Löffel auf den Teller zurück, ballte die Hand zur Faust und schob die Unterlippe vor.

«Was ist?», fragte er. «Habe ich etwas Falsches gesagt? Es war nicht böse gemeint.»

«Ich hatte die ganze Zeit recht», sagte sie. «Du bist es. Du verteilst die Geschenke! Deshalb habe ich dir die Glöckchen gebracht, als Dankeschön.»

«Die Glöckchen?»

«Ich habe sie den Rentieren schon umgebunden, falls du es nicht gemerkt hast», versetzte Ada.

Nikolas lachte auf. «Natürlich!», rief er. «Was bin ich doch für ein Dummkopf. Ich habe mich schon irgendwie gewundert, bin aber nicht darauf gekommen, was an diesen verflixten Tieren anders ist als sonst. Die Glöckchen, klar!»

Das Mädchen lachte nicht mit. Sie funkelte ihn immer noch wütend an. «Vater hat die Wahrheit gesagt, aber du hast gelogen. Warum?»

Nikolas' Lachen erstarb. Er wand sich unter Adas bohrendem Blick. «Nun ja», murmelte er. «Du bist ein kluges Mädchen. Du kommst ganz nach deinem Vater.»

«Mit Schmeicheleien kannst du dich nicht rausreden», fuhr sie ihn an. «Warum hast du gelogen?»

Nikolas seufzte und sah ihr in die Augen. «Ich muss es dir wohl erklären, vielleicht verstehst du mich dann besser. Aber kannst du für dich behalten, was ich dir erzähle?»

«Natürlich!»

«Gut. Das, was ich dir erzählen werde, ist nämlich ein Geheimnis, das du den anderen Kindern nie verraten darfst, in deinem ganzen Leben nicht. Ist das klar?»

Sie nickte.

«Na schön», sagte er. «Ich glaube dir. Aber ich erzähle es dir erst auf der Fahrt.»

«Warum nicht sofort?»

«Es ist eine lange Geschichte, so lang wie mein Leben», erklärte Nikolas. «Außerdem muss ich dich, sobald du aufgegessen hast, schleunigst zu deinen Eltern zurückbringen.»

«Also gut, aber dann bring auch gleich Vaters Kleider zurück», sagte sie und tauchte den Löffel wieder in den Brei. «Sie stehen dir nicht. Um die Wahrheit zu sagen, sie sehen unmöglich aus.»

Nikolas sah an sich herab. Ada hatte recht. In Eemelis Kleidern sah er aus wie eine Vogelscheuche.

«Noch eins», sagte Ada mit vollem Mund. «Du hattest ein Geschenk im Schlitten vergessen. Ich habe es unter deinem Anzug gefunden. Auf dem Päckchen stand kein Name. Für wen ist es?»

«Ich habe es nicht vergessen. Aber auch das erzähle ich dir erst unterwegs. Es hat mit meinem Geheimnis zu tun. Alles hat damit zu tun. Wo hast du das Päckchen denn hingelegt?»

«Dahin», sagte sie und zeigte mit dem Löffel auf das Regal.

Dann siegte der Hunger endgültig über ihre Neugier. Nikolas sah schweigend zu, wie Ada den Brei löffelte. Er genoss es, dazusitzen und dem Mädchen zuzuschauen, alle Müdigkeit war von ihm abgefallen, und er fühlte sich so wohl wie seit langem nicht mehr. In diesem Moment wusste er, dass doch alles, was geschah, seinen Zweck hatte.

Nikolas war glücklich, als sie im Pferdeschlitten nach Korvajoki fuhren. Ada hielt Eemelis Kleider auf dem Schoß. Seine Skier und die Skistöcke lagen hinten im Schlitten. Er lenkte Rudolf mit einer Hand, mit der anderen gestikulierte er wild, während er Ada seine Geschichte ganz von Anfang an erzählte. Sie saß schweigend neben ihm, sie nickte nur ab und zu.

Schließlich verstummte Nikolas. Er hatte Ada alles erzählt. Er hatte versucht, ihr zu erklären, warum er so geworden war, wie er jetzt war. Dann hatte er ihr erzählt, dass er den Namen Oula angenommen hatte, um nicht mit jenem Nikolas in Verbindung gebracht zu werden, der früher einmal in Korvajoki gewohnt hatte. Er hatte erklärt, weshalb es ihm so wichtig war, an Weihnachten Geschenke zu verteilen, und dass er unerkannt bleiben wollte, um niemanden zu enttäuschen. Doch das verstand sie nicht.

«Wie meinst du das? Wieso wären die Kinder enttäuscht, wenn sie wüssten, dass du die Geschenke bringst?», fragte sie.

«Schau mal, ich träume davon, dass die Tradition der Weihnachtsgeschenke, die ich geschaffen habe, auch dann noch weiterlebt, wenn ich nicht mehr bin», erklärte er.

«Ich verstehe immer noch nicht», sagte sie mit gerunzelter Stirn. «Wer sollte die Geschenke denn dann bringen?»

«Na ja», meinte er zögernd. «Das weiß ich auch nicht. Eben jemand anders als ich.»

«Pah!», rief Ada. «Das wäre nicht dasselbe. Außerdem verstehe ich sowieso nicht, wieso du die Geschenke nicht immer bringen kannst. Du verschwindest doch nicht einfach! Du bringst sie jetzt, und du bringst sie auch in Zukunft. Stimmt's?»

Nikolas öffnete den Mund, doch nach einem Blick auf die Kleine behielt er seinen Einwand für sich. Er hatte in der kurzen Zeit, die er mit Ada verbracht hatte, bereits gelernt, dass es sinnlos war, mit ihr zu streiten, denn darin war er ihr hoffnungslos unterlegen.

Er schaffte es nicht einmal, sich zur Wehr zu setzen, als sie ihn unbedingt auf das zugefrorene Meer begleiten wollte, wo er sein letztes Geschenk abgeben würde.

Zum ersten Mal seit Jahren, seit Iisakkis Tod, ging Nikolas seine Schwester nicht allein besuchen. Er sah Ada an, die auf der anderen Seite des Eislochs stand, und lächelte liebevoll.

«Dein Vater hat mich auch einmal begleitet», sagte er. «Das ist schon lange her. Ich war damals elf Jahre alt.»

«Hat Vater geglaubt, dass deine Schwester eine Seejungfrau geworden ist?»

«Natürlich. Wieso denn auch nicht?»

Ada schien die Frage nicht gehört zu haben. Sie sah ins dunkle Wasser, wo ein paar Eissplitter trieben. «Was für ein Mädchen wäre wohl aus deiner Schwester geworden, wenn sie keine Seejungfrau geworden wäre?»

«Hoffentlich so eins wie du», antwortete Nikolas und zog das Päckchen aus der Tasche.

Sie lächelte schüchtern und errötete.

Er reichte ihr das Geschenk. «Gibst du es ihr?»

Ada nickte. «Soll ich es vorher aufmachen?»

Nikolas schüttelte den Kopf. «Meine Schwester packt es selbst aus.»

Sie hielt das Päckchen über das Eisloch und ließ es ins Wasser gleiten. «Frohe Weihnachten, Ada!»

Als sie aufblickte, sah sie, dass Nikolas sie mit tränenfeuchten Augen anschaute.

«Frohe Weihnachten», sagte er mit bebender Stimme. «Ihr beiden Adas.»

Als der gute Rudolf den Schlitten ins Dorf Korvajoki zog, waren sie im Nu von einer Schar fröhlich lärmender Kinder umringt. Ada und Nikolas winkten allen zu. Kurz bevor er den Schlitten vor Eemelis Laden anhielt, beugte er sich zu Ada hinüber.

«Vergiss nicht, dass ich nur unter vier Augen Nikolas heiße», flüsterte er. «Wenn andere Kinder dabei sind, bin ich Oula, so wie bisher. Je weniger sie wissen, desto mehr können sie glauben.»

«In Ordnung, Oula», wisperte Ada. «Unter einer Bedingung.»

«Und die wäre?»

«Ab jetzt darf ich jedes Jahr mitkommen, wenn du deiner Schwester ein Geschenk bringst», flüsterte sie und schenkte Nikolas ein strahlendes Lächeln. Ihre kleinen Zähne schimmerten wie Perlen in ihrem vom Frost geröteten Gesicht.

«Na gut», antwortete Nikolas. Er hätte ohnehin keine Zeit gehabt, Ada zu widersprechen, denn Eemeli und Elsa kamen aus dem Laden gestürzt und wollten ihre Tochter gar nicht mehr loslassen. Das Mädchen ist schlau wie ein Fuchs, dachte Nikolas bei sich.

«Oula, bleib doch bitte zum Essen!», rief Eemeli und drückte Ada überglücklich an sich.

«Diesmal nicht.» Nikolas stieg ab. Er nahm Eemelis Skier aus dem Schlitten und lehnte sie an die Hauswand. Dann beugte er sich noch einmal über den Schlitten und holte seine Kleider heraus. «Danke für die Sachen, Eemeli.»

Eemeli umarmte ihn.

«Ich danke dir, Nikolas», flüsterte er. «Für alles.»

Über Eemelis Schulter hinweg sah Nikolas Ada an, deren grüne Augen leuchteten wie zwei Smaragde. Er legte den Zeigefinger auf die Lippen, und Ada tat es ihm gleich. So war ihr Geheimnis besiegelt.

Nikolas setzte sich auf den Schlitten und schnalzte mit der Zunge. Rudolf trabte los.

Auf der Holzbrücke sah Nikolas sich noch einmal um. Eemeli, Elsa und Ada standen immer noch auf der Treppe vor dem Laden und winkten. Auch Nikolas schwenkte den Arm, bevor er im Wald verschwand. Die Worte, die er Ada zugeflüstert hatte, gingen ihm nochmals durch den Sinn. Er musste sie laut wiederholen.

«Je weniger die Menschen wissen, desto mehr können sie glauben», sagte er. Nachdem er den Worten eine Weile nachgelauscht hatte, fügte er hinzu: «Und je mehr die Menschen glauben, desto weniger zweifeln sie.»

20. Türchen

Ada hielt ihr Versprechen. Sie erzählte den anderen Kindern nichts von Nikolas' Geheimnis. Im Gegenteil: Sie gab ihnen zu verstehen, dass sie bei ihrem Abenteuer im Wald demjenigen begegnet war, der in Wahrheit die Geschenke brachte, einem lieben alten Mann in roter Kutte, der sich Weihnachtsmann nannte.

«Der Weihnachtsmann sieht Oula nicht mal ähnlich», erzählte sie schon am nächsten Tag den Kindern, die in Eemelis Laden auf dem Fußboden saßen, Zwieback kauten und ihr gespannt zuhörten. Unter ihnen war auch Mikko, der Nikolas von Adas Plan erzählt hatte. Mikko war glücklich über ihre Rückkehr. Er schwärmte insgeheim für die kleine Kaufmannstochter, was er freilich zu verbergen suchte, so gut er konnte.

«Es ist ein uralter, buckliger Mann mit ganz vielen Runzeln im Gesicht», fuhr Ada fort und versuchte den Weihnachtsmann nachzuahmen, indem sie den Rücken krümmte und auf einem Bein hinkte. «Er geht am Stock. Ich habe mich gründlich geirrt, als ich glaubte, dass Oula die Geschenke bringt, aber das ist ja jetzt egal, denn ich habe es sogar geschafft, den Rentieren von diesem Weihnachtsmann die Glöckchen um den Hals zu legen, bevor er geflohen ist.»

«Warum ist er denn geflohen?», wollte Mikko wissen.

«Weil Oula kam», erklärte Ada. «Der Weihnachtsmann

war so scheu und verschreckt, dass ihn sicher nie mehr jemand zu Gesicht bekommt.»

«Aber mit dir hat er doch geredet», wandte Mikko ein.

«Weil ihm nichts anderes übrigblieb», erwiderte sie. «Er konnte sich nicht mehr verstecken, als ich ihn mitten im Schneesturm überraschte.»

«Schade, dass der Weihnachtsmann so schüchtern ist», meinte Mikko. «Glaubst du, dass er sich nie wieder zeigen wird, auch dir nicht?»

«Ja, das glaube ich», nickte sie. «Nein, ich weiß es. Er will nicht gesehen werden.»

«Aber warum bringt er uns überhaupt Geschenke?», wunderte sich eins der anderen Kinder.

Es wurde still in Eemelis Laden. Alle Kinder starrten Ada an, ihre Gesichter wie ein einziges großes Fragezeichen.

«Weil …» Sie überlegte fieberhaft, was sie entgegnen sollte. Sie schloss die Augen und rief sich Nikolas' bärtiges Gesicht in Erinnerung. Sie sah ihn am Eisloch vor sich: Auf seinem Gesicht hatte ein gütiges, zugleich aber irgendwie trauriges Lächeln gelegen. «Weil der Weihnachtsmann möchte, dass wir uns über das freuen, was wir geschenkt bekommen, und so lernen, wie wichtig es ist, geben zu können. Wenn man einem anderen etwas gibt, bekommt man etwas viel Größeres zurück.»

Ada öffnete die Augen und sah, dass die Kinder nicht verstanden hatten, was sie meinte. Eigentlich verstand sie es selbst nicht ganz. Es war, als hätte ihr jemand die Worte eingeflüstert. Nikolas? Sie wusste es nicht.

«Besser kann ich es nicht erklären», sagte sie wahrheitsgemäß und zuckte die Achseln.

Sie hörte unzufriedenes Murren, hier und da lachte auch jemand ungläubig. Ada wollte gerade losschimpfen, sie sei nun mal nicht allwissend, sondern nur ein Mädchen, das zufällig dem Weihnachtsmann begegnet war. Da stand Mikko auf und sprang ihr bei.

«Ich glaube, wir verstehen, was du meinst», sagte er. «Zwar jetzt noch nicht, aber eines Tages. Wenn wir erwachsen sind.»

Ihre Blicke trafen sich. Ada nickte und lächelte.

«Genau», sagte sie, «ganz genau.»

Damals, als sie ihre Geschichte zum ersten Mal erzählte, wusste Ada noch nicht, dass sie den Kindern in Korvajoki von nun an bis an ihr Lebensende an jedem Weihnachtstag von ihrem Abenteuer mit dem Weihnachtsmann erzählen würde. Noch viele Jahre vergingen, bis die Kinder, die zwiebackkauend in Eemelis Laden gesessen hatten, verstanden, was Ada gemeint hatte, als sie vom Geben und Nehmen gesprochen hatte.

Nikolas' Leben änderte sich noch einmal von Grund auf. Obwohl er weiterhin sein Einsiedlerleben führte, brach er doch, nun bereits zum dritten Mal, sein Gelöbnis, niemanden mehr an sich heranzulassen – es war offenbar unmöglich, dieses Versprechen zu halten. An jedem Weihnachtsmorgen holte er, nachdem er alle Geschenke verteilt hatte, Ada am Waldrand ab, und dann gingen sie mit dem letzten Geschenk gemeinsam zum Meer hinunter. Es fiel Nikolas leicht, dieses Versprechen zu halten.

Denn seit er sich selbst die Erlaubnis gegeben hatte, Ada liebzugewinnen, genoss er es auch, dass sie ihn ganz offensichtlich ebenfalls mochte. Sie wurde zum Licht seines Lebens: Ada strahlte Lebensfreude und die Sorglosigkeit der Jugend aus, sodass auch Nikolas neue Kraft schöpfte. Es war, als ranke wilder, junger Wein eine alte Mauer empor. Fröhlich wuchernde Ranken kletterten die Mauer hoch, blühten auf und ließen das verwitterte Gemäuer lebendig und schön erscheinen.

Ada besuchte ihren Freund Nikolas regelmäßig in seiner einsamen Behausung. Sie kam viermal im Jahr: im Frühling, im Sommer, im Herbst und kurz vor Weihnachten. Ihre Besuche gaben seinem Leben einen neuen Rhythmus. Anfangs brachte Eemeli seine Tochter noch zu Nikolas, später lenkte sie das Pferd allein. Und jedes Mal erwartete Nikolas freudig ihre Ankunft. Dank Ada empfand er sein ganzes Dasein als erfüllt, wie früher. Am wichtigsten waren natürlich ihre Besuche im Dezember. Dann blieb sie eine ganze Woche bei ihm und half ihm in der Werkstatt, so gut sie konnte. Ihre Aufgabe war es, die Geschenke einzupacken. Zunächst wickelte das kleine Mädchen die Gaben noch zaghaft ein, mit ernstem Gesicht und ungeschickten Fingern, und war eigentlich eher eine Belastung als eine Hilfe. Aber Nikolas ließ sie gewähren, denn er ahnte, dass sie in einigen Jahren die Geschenke hübscher verpacken würde als er selbst. Er erkannte ihre Begabung, so wie Iisakki dereinst sein Talent zum Tischler erkannt hatte.

Und Nikolas täuschte sich genauso wenig, wie Iisakki sich getäuscht hatte: Schon mit zehn Jahren war Ada eine Meisterin im Verpacken. Mit geübten Griffen verrichtete sie ihre Arbeit, so flink, dass sein Blick ihren Bewegungen kaum folgen konnte. Und die fertigen Päckchen waren so schön, dass es ihm fast leidtat, wenn er sich vorstellte, wie die Kinder sie ungeduldig aufrissen.

Frühjahr, Sommer, Herbst und Winter – ein Weihnachten folgte aufs andere. Das Leben war ein ruhiger, gleichmäßiger Fluss, und Adas Besuche brachten Licht und Freude in Nikolas' einförmigen Alltag. Er sehnte sich geradezu nach ihren Besuchen, er war glücklich, wenn sie da war, und bereits voller Vorfreude in dem Moment, in dem er an der Tür stand und Ada nachwinkte, die bald nur noch als dunkler Punkt am Fuß des Fjells zu sehen war, bevor sie ganz verschwand.

Er hatte das Gefühl, so sei es immer gewesen. Ein Leben ohne Ada konnte er sich nicht mehr vorstellen. Sie war gewissermaßen seine wiedergeborene Schwester, auch wenn er das nie zugegeben hätte. Sich selbst gestand er es schon ein, aber Ada gegenüber – niemals. Es war nicht nötig, ihre Freundschaft zu kompliziert zu machen, dachte er. Man muss nicht alles aussprechen, manches behält man besser für sich.

Bevor Nikolas es gewahr wurde, waren bald zwanzig Jahre ins Land gegangen, und Ada war zu einer entzückenden jungen Frau herangewachsen. Sie hatte das Geschäft ihrer Eltern übernommen, die in den wohlverdienten Ruhestand getreten waren.

Nikolas brauchte Ada von Jahr zu Jahr mehr. Nicht nur packte sie die Geschenke ein, sie hatte auch von ihrem Vater die Aufgabe übernommen, die Liste der Kinder zu führen. Doch anders als Eemeli vermerkte sie nicht nur die Kinder im Dorf Korvajoki, sondern auch in allen Nachbardörfern.

Obwohl Nikolas sah, dass Ada erwachsen wurde und auch Eemeli und Elsa alterten, nahm er nicht wahr, wie er selbst sich veränderte. Seine strohblonden Haare und sein Bart waren im Lauf der Jahre schneeweiß geworden. Die Zeit hatte seine Haut runzlig gemacht, und seit fünf Jahren betrachtete er die Welt durch einen runden Kneifer, der auf seiner Nase zitterte. Selbst als seine Bewegungen so unsicher wurden, dass er sich einen Stock schnitzen musste, um morgens aus dem Bett zu kommen, begriff er nicht, dass er alt geworden war. Er verschwendete keinen Gedanken darauf, sondern widmete weiterhin all seine Energie den Weihnachtsgeschenken. Er selbst und seine Wehwehchen waren nur Nebensache angesichts dieser großen, lebenslangen Aufgabe.

Dass er alt geworden war, bemerkte er erst, nachdem bereits zweiundzwanzig Jahre vergangen waren seit dem Tag, als er Ada vergeblich im Wald gesucht und sie schließlich, mit seiner Zipfelmütze auf dem Kopf, in seinem Bett gefunden hatte.

Es kam ihm so vor, als wäre das alles gerade erst geschehen. Als wäre Ada erst gestern das kecke fünfjährige Mädchen gewesen, das er freudig hochgehoben hatte.

An jenem Tag saß Nikolas am Fenster und wartete. Endlich sah er Ada am Fuß des Fjells auftauchen. Zuerst war sie nur ein kleiner dunkler Punkt auf der weiten, weißen Fläche, nur ein Punkt, von dem man nicht mit Sicherheit sagen konnte, was er war. Allmählich wurde der Punkt größer und nahm dann Gestalt an, und schließlich sah Nikolas seine Ada, im knöchellangen Mantel und mit einer Pelzmütze, deren Ohrenklappen mit Lederbändern unter dem Kinn verknotet waren. Da stand Nikolas auf und eilte, auf den Stock gestützt, zur Tür.

Als Ada ihn in der offenen Tür stehen sah, winkte sie

und verfiel in Laufschritt. Er sah das Lächeln, das sich auf ihrem Gesicht ausbreitete, und lächelte zurück. Im nächsten Moment stand sie bereits vor ihm. Sie umarmten sich lange. Nikolas spürte die feuchte Winterkälte, die von Ada ausging, ihre Wange fühlte sich kalt an.

Als Nikolas Ada schließlich freigab und in die Stube führte, konnte sie sich nicht länger zurückhalten.

«Nikolas, ich habe Neuigkeiten!», jubelte sie.

Er betrachtete sie durch seinen Kneifer. Sie nahm gerade die Pelzmütze ab. In der warmen Stube trat ein gesundes Rot auf ihre runden Wangen. «Was gibt es denn?», fragte er.

«Ich werde heiraten!», rief Ada. «Hei-ra-ten», wiederholte sie Silbe für Silbe. Und als hätte sie erst in dem Moment die Bedeutung des Wortes begriffen, schlug sie die Hand vor den Mund und kicherte wie ein kleines Mädchen.

Nikolas brachte eine Weile kein Wort heraus. Erst jetzt sah er Ada zum ersten Mal als erwachsene Frau. Nun musste er sich eingestehen, dass sie schon seit Jahren nicht mehr das kleine Mädchen war, das er in ihr gesehen hatte. In diesem Augenblick wurde ihm sein eigenes Alter bewusst, er erkannte, dass er alt geworden war, fast schon ein Greis. Ach, wenn man doch die Zeit zurückdrehen könnte, dachte er. Das habe ich mir auch früher schon gewünscht, aber ich erinnere mich nicht mehr, wann.

«Oft, aber sicher nie so sehr wie gerade jetzt», murmelte er vor sich hin.

«Was?», hörte er Ada irgendwo in der Ferne sagen. Ihre Stimme klang besorgt. «Nikolas?»

Doch Nikolas war weit weg. Er schloss die Augen und

sah Eemeli und Elsa vor sich. Elsa hielt ein Bündel im Arm, aus dem sich ein winziges rundes Händchen reckte.

Elsa und ich möchten sie gern Ada nennen, hallte Eemelis Stimme in seinem Kopf. *Ich weiß nicht, was du dazu meinst.*

«Eine schöne Geste», flüsterte er.

«Was hast du gesagt?», fragte Ada. «Fühlst du dich nicht wohl?»

Ihre Frage holte ihn in die Gegenwart zurück. Er stand mitten in der Stube, stützte sich mit der rechten Hand auf seinen Stock, dessen Knauf schweißfeucht geworden war, und vor ihm, so nah, dass er sie berühren konnte, stand Ada und sah ihn erschrocken an. Nun lächelte er, er zwang sich, zu lächeln und zu nicken.

«Herzlichen Glückwunsch, Ada! Ich bin so glücklich für dich», hörte er sich sagen. Zu seiner Verwunderung klangen seine Worte aufrichtig. Aber er war ja auch glücklich! «Lass mich raten», fügte er hinzu. «Es ist Mikko, nicht wahr?»

Ada senkte den Blick, ihre Wangen wurden rot wie reife Zimtäpfel. Sie nickte.

«Eine gute Wahl», sagte Nikolas. «Dieser Mikko scheint mir ein anständiger Kerl zu sein.»

Widerstreitende Gedanken schossen ihm durch den Kopf, als er Ada in die Höhlenwerkstatt folgte. Einerseits freute er sich für sie, wirklich, aber andererseits … Ihm wurde zum ersten Mal bewusst, dass er nicht mehr lange die Kraft haben würde, in der Weihnachtsnacht Geschenke zu verteilen. Zum ersten Mal machte er sich ernsthaft Sorgen darum, wer sein Werk fortführen würde, wenn er nicht mehr war.

Hatten die Menschen etwas gelernt?, fragte er sich und blickte sich in der Werkstatt um, deren Regale sich unter den vielen Geschenken bogen. Er ging an ihnen entlang und ließ die Finger über die glattgehobelten Bretter gleiten. Oder war all dies, sein ganzes Lebenswerk, vergeblich?

Er schüttelte den Gedanken ab und nahm sich vor, sich von nun an nur noch auf das jeweils nächste Weihnachtsfest zu konzentrieren. Zu viel Grübeln schadete nur. Letzten Endes konnte man die Zukunft ohnehin nicht vorhersehen. Also war es sinnlos, seine Kraft für solche Überlegungen zu verschwenden. Er musste glauben, dass die Menschen etwas gelernt hatten, denn sonst wäre ja alles umsonst gewesen. Was hatte er damals gesagt, als er Ada gebeten hatte, ihn vor den anderen Kindern Oula zu nennen?

Je mehr die Menschen glauben, desto weniger zweifeln sie. Das war ein guter Rat, den er auch selbst befolgen wollte.

Plötzlich sah Nikolas auf und sagte, was er Ada, die schon am Packtisch arbeitete, bereits lange hätte sagen sollen.

«Ada?»

«Ja?», sagte sie, ohne ihre Arbeit zu unterbrechen.

«Danke.»

«Wofür?», fragte sie. Nun legte sie die Hände in den Schoß und sah Nikolas an, der an der anderen Seite des Tisches stand.

«Für alles», sagte er. «Ganz einfach für alles.»

Ada sah ihn verwundert an. Dann lächelte sie auf ihre unwiderstehliche Weise, die Nikolas im Lauf der Jahre zu lieben gelernt hatte.

21. Türchen

Im nächsten Sommer saß Nikolas auf der Treppe vor seinem Haus und ließ sich von der Sonne streicheln. Ihre Wärme drang bis in seine alten, brüchig gewordenen Knochen vor, sogar bis ins Herz. Ihm war aufgefallen, dass er in diesem Sommer immer häufiger stundenlang in der Sonne saß, obwohl in der Werkstatt mehr als genug Arbeit auf ihn wartete.

Immer öfter hielt er das Messer seines Vaters in der Hand, betrachtete die von zahllosen Schliffen dünn und schmal gewordene Klinge und befühlte den abgewetzten Griff aus Rentierknochen, der sich im Lauf der Jahrzehnte goldgelb gefärbt hatte. Er dachte an all das, was ihm widerfahren war, seit sein Vater mit diesem Messer zwei Scheiben Brot abgeschnitten und es anschließend in die Tischplatte gerammt hatte. Vater hatte Nikolas die eine Brotscheibe gegeben und die andere selbst gegessen.

Was schnitzt du denn da?, hatte Vater gefragt. *Soll das ein Löffel werden?*

Nikolas lachte auf, als er sich erinnerte, wie er sich umgeblickt und befürchtet hatte, seine Schwester Ada könnte ihn hören, obwohl sie noch viel zu klein gewesen war, um die Worte zu verstehen.

Er holte die Taschenuhr seines Vaters hervor. Das Reliefmuster auf dem Deckel war ganz und gar abgerieben. Oder war gar kein Muster darauf gewesen? Plötzlich wusste er es nicht mehr. Er strich mit dem Daumen über den Uhrdeckel und erinnerte sich, wie er die Uhr zum ersten Mal in seiner kleinen Faust gehalten und seinem Vater zugehört hatte, der versuchte, ihm das Geheimnis der Zeit zu erklären. Was hatte Vater gesagt? Nikolas schloss die Augen und versuchte sich zu erinnern. Nach einer Weile fiel es ihm wieder ein.

Die Zeit vergeht schneller, wenn du ihren Lauf verstehst.

Das hatte Vater gesagt.

«Die Zeit vergeht schneller, wenn man ihren Lauf versteht», flüsterte Nikolas und schloss seine Hand um die Uhr wie damals. Er hob die Faust vor sein Gesicht und betrachtete sie. Eine zitternde Altmännerhand. «Die Zeit vergeht schneller, wenn man ihren Lauf versteht», wiederholte er noch einmal und nickte.

Als er aufblickte, sah er Ada auf dem Bergpfad. Er wunderte sich, denn sie war vor zwei Wochen erst bei ihm gewesen, und die Zeit für ihren Besuch im Herbst war noch nicht gekommen. Nikolas stand auf und legte die Hand gegen die Sonne über die Augen.

«Tatsächlich, es ist Ada», sagte er verwundert.

Sie näherte sich langsam. Sie war in letzter Zeit rundlicher geworden, das hatte Nikolas schon bei ihrem letzten Besuch festgestellt. Sie gleicht Eemeli, dachte er lächelnd. Ada war die Tochter ihres Vaters, in jeder Hinsicht.

Bald darauf stand Ada vor ihm. Als Nikolas ihre verzweifelte Miene und die dunklen Schatten unter ihren Augen sah, ahnte er, dass etwas Schlimmes geschehen war.

«Vater», sagte Ada leise und warf sich Nikolas in die Arme. «Er ist schwer krank. Es steht sehr schlimm um ihn.»

«Eemeli?», fragte Nikolas ungläubig. Es konnte nichts Schlimmes sein, Eemeli war doch zwei Jahre jünger als er!

Während er die weinende Ada in den Armen hielt, hörte er in seinem Innern erneut eine Stimme aus der Vergangenheit. Wieder war es die Stimme seines Vaters. Es waren die Worte, die Vater zu Mutter gesagt hatte, bevor er Eis für die fiebernde Ada holte. Vater hatte Mutter damals auf die gleiche Weise umarmt, wie er nun Ada umarmte. Derselbe Vater, der in der nächsten Nacht mit Mutter und Nikolas' Schwesterchen hinaus in den Schneesturm gegangen war, die Tür hinter sich zugemacht hatte und für immer aus dem Leben des kleinen Jungen verschwunden war.

Er strich Ada über die Haare und legte sanft das Kinn auf ihren Scheitel. Dann sprach er die Worte aus seiner Vergangenheit aus, die er gerade gehört hatte.

«Bald ist alles wieder gut», sagte er. «Glaub mir.»

Leider behielt Nikolas ebenso wenig recht wie sein Vater damals. Zwei Wochen nach Adas Besuch hatten sich alle Dorfbewohner auf dem Friedhof versammelt, um Eemeli zur ewigen Ruhe zu geleiten.

Am offenen Grab standen Eemelis Witwe Elsa und Ada mit ihrem Mann Mikko, unmittelbar dahinter Nikolas, auf seinen Stock gestützt. Mikko hatte den Arm um Ada gelegt.

Nikolas ließ seinen Blick wandern.

Das Dorf, das unterhalb des Friedhofshügels lag, war größer geworden und hatte sich verändert, seit er hier gestanden hatte, um von seinen Eltern Abschied zu nehmen.

Und doch hatte er plötzlich das Gefühl, dass sich eigentlich gar nichts geändert hatte. Er spürte, dass in seiner alten, faltigen Haut immer noch derselbe kleine Junge steckte, der sich, während der Dorfälteste Gideon die Grabrede hielt, in die verborgenen Winkel seines eigenen Kopfes flüchtete.

Immer noch konnte er die Abgeschiedenheit des Dorfes wahrnehmen, die seltsame Zeitlosigkeit dieses Ortes. Sicher rührte sein Gefühl daher. Korvajoki war immer noch eine Welt für sich, hier funktionierten die Dinge nach ganz eigenen Regeln.

Nikolas zwang sich, in die Gegenwart zurückzukehren. Er streckte die Hand aus und berührte Ada an der Schulter. Sie drehte sich zu ihm um. Ein Tränenschleier lag über ihren Augen.

«Zur Liebe gehört immer auch die Angst vor dem Verlust des Menschen, den man liebt», flüsterte Nikolas. «Es ist ein natürlicher Teil des Lebens. Das hat Eemeli … dein Vater mich gelehrt. Er hat es jedenfalls versucht. Dein Vater war ein weiser Mann.»

Sie nickte und lächelte unter Tränen. «Das hat Vater auch zu mir gesagt, bevor er eingeschlafen ist. Ihr seid beide weise Männer. Auch von dir habe ich so viel gelernt.»

«Von mir?»

«Ja, von dir habe ich gelernt, welche Freude selbstloses Geben bringt.»

Nikolas spürte, dass ihm Tränen in die Augen stiegen. «Ich muss jetzt gehen», sagte er gepresst.

«Warte», flüsterte Ada, löste sich aus Mikkos Arm, trat zu ihm und umarmte ihn. «Nikolas», wisperte sie. «Ich finde, es wird höchste Zeit, dass du endlich auch einmal an dich selbst denkst.»

«Was meinst du?», fragte er.

«Genau das, was ich gesagt habe. Du kannst nicht immer nur an andere denken», flüsterte Ada und sah ihm in die Augen. «Alles hat einmal ein Ende. Verstehst du?»

Nikolas brachte kein Wort über die Lippen, er verstand, was Ada meinte, aber er bekam nur ein kurzes Nicken zustande. Dann wandte er sich ab und ging auf seinen Stock gestützt davon.

Bald darauf kletterte er mühsam auf seinen Pferdewagen. Als er sich auf den Kutschbock setzte, warf er noch einen Blick auf den Friedhof und sah, dass Ada ihm nachwinkte. Er hob grüßend die Hand, nahm die Zügel und schnalzte mit der Zunge. Rudolf, der ebenfalls alt geworden war, setzte sich langsam in Bewegung.

«Dieses Weihnachten noch», flüsterte Nikolas. «Noch ein letztes Mal.»

Der Spätsommer ging in den Herbst über, der Herbst brachte die ersten knisternden Nachtfröste, und bald war die Erde wieder in eine dicke, gleißende Schneedecke gehüllt. Ada hatte Nikolas im Herbst nicht besucht, doch Nikolas war zu beschäftigt gewesen, um sich deshalb Sorgen zu machen. Nach Eemelis Beerdigung hatte er sich aufgerafft und die vielen Stunden, die er im Sommer in der Sonne vertrödelt hatte, wettgemacht, indem er von früh bis spät in der Höhle werkelte.

Erst als die Woche vor Weihnachten anbrach, wurde Nikolas unruhig. Er hatte seine Freundin einfach zu lange nicht mehr gesehen. Vielleicht kommt sie gar nicht mehr, dachte er und sah nachdenklich aus dem Fenster. Der Schnee schlug fast waagerecht gegen die von Eisblumen überzogene Scheibe. Sonst ist Ada um diese Zeit immer schon …, überlegte er und klappte die Taschenuhr auf. Es war schon fast elf. Er presste das Gesicht ans Fenster, doch das Schneetreiben war so dicht, dass er nur zwei Meter weit sehen konnte.

«Ich muss wohl selbst mit dem Einpacken anfangen», seufzte er.

Im selben Moment hörte er Gepolter vor dem Haus. Er drehte sich um, und Ada, über und über mit Schnee bedeckt, schlüpfte durch die Tür.

«Hach, was für ein Wetter!», schnaufte sie.

«Ada! Mach schnell die Tür zu, damit es nicht hereinschneit», sagte Nikolas lächelnd.

«Na ja …», begann sie, «ähm … ich bin nicht allein.»

Im selben Moment steckte Mikko den Kopf zur Tür herein. Er sah aus wie ein Schneemann.

«Grüß dich, Oula!», grinste Mikko fröhlich.

Nikolas' Lächeln erstarb.

«Keine Angst», sagte Mikko rasch. «Ich kann schweigen. Außerdem habe ich, ehrlich gesagt, Adas Geschichte vom Weihnachtsmann nie so ganz geglaubt.»

«Nein?», sagte Ada überrascht. «Das hast du mir nie erzählt.»

«Ja, aber … ich dachte, das wüsstest du», sagte Mikko. «Ich habe nur so getan, als ob, weil ich dich damals schon so gernhatte.»

Nikolas sah die beiden Ankömmlinge grimmig an.

«Versteh doch, dass ich nicht anders konnte», erklärte Ada. «Ich konnte mich nicht mehr heimlich davonschleichen.» Dann wandte sie sich wieder an Mikko. «Nun komm schon herein.»

Mikko trug ein Bündel aus Pelzdecken im Arm, aus dem babbelnde Laute drangen.

«Vor allem deshalb», fügte Ada hinzu und nahm Mikko das Bündel ab, damit er die Tür schließen konnte, bevor noch mehr Schnee in die Stube geweht wurde. «Mikko und ich teilen von nun an alles. Auch die Geheimnisse.»

Nikolas stand von seiner Bank auf und lächelte vorsichtig. «Ein Kind? Euer Kind.»

Ada und Mikko nickten und sahen sich an, wie sich nur Verliebte anblicken. Der alte Mann spähte vorsichtig in das Bündel.

«Ich hatte ja keine Ahnung», sagte er. «Obwohl mir aufgefallen ist, dass du rundlicher wurdest. Aber ich dachte eben, du hättest Eemelis Körperbau geerbt. Und dabei warst du schwanger!»

Dann musterte er über seinen Kneifer hinweg das kleine Wesen. «Wie klein es ist! Es ähnelt dir, Ada. Damals, als du zur Welt kamst. Das ist noch gar nicht lange her, und jetzt hast du schon selbst ein Kind.»

Ada und Mikko sahen sich an. Mikko nickte seiner Frau aufmunternd zu.

«Es ist ein Junge», sagte sie. «Er heißt Nikolas. Ich musste Mikko deinen richtigen Namen verraten, es ging nicht anders.»

Nikolas blickte auf. In seinem Augenwinkel blinkte eine Träne. Er streckte den Rücken durch und wischte sich rasch mit dem Ärmel über die Augen.

«Hier zieht es so fürchterlich, dass meine alten Augen tränen», sagte er. «Ist die Tür auch bestimmt zu?»

«Ja, ja», versicherte Mikko.

«Aha, gut», antwortete er und schlug die Hände zusammen. «Na, dann wollen wir mal. Auch wenn ich jetzt einen Helfer mehr habe, wird die Arbeit nicht fertig, wenn wir hier herumstehen.»

Sie haben ihr Kind nach mir genannt, dachte er, ein schöneres Geschenk gibt es nicht, niemals, für niemanden.

22. Türchen

Am Abend des vierten Tages war die Arbeit fast geschafft. An der langen Wand der Höhlenwerkstatt stapelte sich eine gewaltige Zahl von Päckchen. Am nächsten Morgen würden sie die letzten Geschenke einpacken, und dann konnte die junge Familie nach Korvajoki zurückkehren. Nikolas musste zugeben, dass Ada gut daran getan hatte, ihren Mann mitzubringen. Gemeinsam hatten sie ordentliche Arbeit geleistet. Ada war meisterhaft darin, Geschenke einzupacken, und unter ihrer Anleitung hatte auch Mikko rasch gelernt. Er hatte geschickte Hände und war überhaupt ein gutherziger Mann. Ada hatte die richtige Wahl getroffen, und Nikolas freute sich für sie.

Als das junge Paar auf seiner Strohmatratze auf dem Fußboden eingeschlafen war, stand Nikolas auf und zündete die Öllampe an. Er trat vorsichtig an die winzige Wiege, in der Klein Nikolas schlief, und die Lampe beleuchtete sein Gesichtchen. Das Kind ähnelte nicht nur seinen beiden Eltern, sondern auch Eemeli.

«Schlaf gut, kleiner Nikolas, und träume etwas Schönes», flüsterte er seinem friedlich atmenden Namensvetter zu.

Dann drehte er sich um und bückte sich, um die Falltür zur Werkstatt zu öffnen. Vorsichtig, vorsichtig, damit niemand wach würde.

Bald darauf stand er auf der Treppe und zog die Falltür ebenso vorsichtig und geräuschlos hinter sich zu. Gut, niemand hat etwas gehört, dachte er und stieg hinunter in seine Werkstatt. So hatte er es jede Nacht seit der Ankunft der jungen Leute gehalten, und es war ihm gelungen, ihren Schlaf nicht zu stören. Junge Menschen schlafen tiefer und ruhiger als alte, überlegte er, sie haben noch einen so langen Weg vor sich, dass der Gedanke an sein Ende sich nicht in ihren Schlaf drängt.

Nikolas trat an die Hobelbank und setzte sich auf den Hocker. Er stellte die Lampe ab und zündete noch eine zweite an. Als er die Schatten der Flammen im Zwielicht der Werkstatt tanzen sah und das beruhigende, einschläfernde Rauschen des unterirdischen Flusses hörte, erinnerte er sich, wie sein erstes Jahr bei Iisakki zu Ende gegangen war. Damals, vor langer, langer Zeit, war er leise, um Iisakki nicht zu wecken, in die Höhle geschlichen, um Geschenke für die Kinder des Dorfes Korvajoki zu basteln. Jetzt machte er keine Geschenke für die Kinder in Korvajoki oder in irgendeinem anderen Dorf; die waren längst fertig. Er arbeitete an etwas ganz anderem.

Er zog die Schublade der Hobelbank auf und holte das halbfertige Werkstück heraus.

«Das ist das wichtigste Geschenk, das ich je gemacht habe», flüsterte er und beugte sich über die Arbeitsfläche. «Nicht so großartig wie das Geschenk, das Ada und Mikko mir gemacht haben, indem sie ihr Kind nach mir genannt haben. Daran reicht nichts heran. Aber nach meinem Maßstab, von allem, was meine Hände geschaffen haben, wird dieses Geschenk das allerwichtigste sein.»

Eine Stunde später klopfte Nikolas gerade mit einem winzigen Hämmerchen, als er Ada auf der Treppe flüstern hörte: «Nikolas?»

Rasch zog er die Schublade auf und versteckte seine Arbeit. Bevor sie am Fuß der Treppe angelangt war, hatte er die Schublade geschlossen und saß da, als wäre nichts geschehen.

«Warum schleichst du dich jede Nacht in die Werkstatt?», fragte sie und setzte sich auf die Hobelbank. «Woran hast du gerade gehämmert? Sind noch nicht alle Geschenke fertig? Dann hättest du doch Mikko bitten können, dir zu helfen, statt hier mitten in der Nacht zu arbeiten, in deinem Alter.»

Nikolas sah sie über seinen Kneifer hinweg an und schüttelte den Kopf. «Nein, ihr habt schon mehr als genug getan. Ich …», sagte er und überlegte eine Weile, bevor er fortfuhr. «Ich bastle hier nur irgendwelchen Tand, weil ich nicht schlafen kann. Aber mach dir deshalb keine Sorgen, so geht es mir immer, wenn Weihnachten vor der Tür steht. Die Weihnachtsnacht, die vielen Geschenke, die zu verteilen sind … Das ist sehr wichtig für mich. Der Höhepunkt des Jahres.»

«Darf ich sehen, woran du gebastelt hast?», fragte Ada. «Bei deiner Kunstfertigkeit ist es sicher kein Tand.»

«Es ist nichts Besonderes», wehrte Nikolas ab. «Bloß ein Kästchen. Ich zeig es dir später … Es ist auch noch nicht fertig. Aber … du wirst es noch zu Gesicht bekommen.»

«Na schön», sagte sie. «Ich weiß schon, dass ich dich nicht überreden kann. Du bist genauso dickköpfig wie ich.» Sie schwieg eine Weile und fragte dann in ernsterem Ton: «Möchtest du übrigens, dass ich dir in der Weihnachtsnacht helfe, oder vielleicht auch Mikko? Wir würden gern mitkommen. Ich …»

«Nein, auf gar keinen Fall», fiel ihr Nikolas ins Wort.

«Ich möchte die Runde allein machen. Ganz besonders jetzt … weil ich dir und auch mir selbst versprochen habe, dass es meine letzte Runde sein wird … Du verstehst doch?»

Sie nickte lächelnd. «Ja, das verstehe ich. Nur noch drei Nächte», sagte sie und sah rasch zur Treppe. Sie war leer. «Dann sehen wir uns, wie immer, unten am Meer.»

«Und Mikko?», fragte Nikolas.

«Mikko schläft wie ein Murmeltier. Genauso wie jetzt», entgegnete Ada und zwinkerte Nikolas zu. «Ich habe ihm zwar viel erzählt, aber alles habe ich ihm denn doch nicht verraten. Unser jährliches Treffen mit Ada, das ist immer noch unser Geheimnis.»

Sie legte einen Finger auf die Lippen, wie sie es als kleines Mädchen, vor mehr als zwanzig Jahren, getan hatte. Nikolas tat es ihr nach. Sie lächelten sich an.

Am Nachmittag des nächsten Tages begleitete Nikolas Ada, Mikko und Klein Nikolas zum Stall, wo sie ihr Pferd untergestellt hatten. Mikko saß bereits im Schlitten, während Ada mit ihrem Kind sich noch von Nikolas verabschiedete.

«Bist du sicher, dass du es allein schaffst?», fragte Ada. Besorgt sah sie dem alten Mann ins Gesicht, der sich schwer auf seinen Stock stützte.

«Ja», erwiderte Nikolas. «Darüber brauchen wir nicht mehr zu reden.»

«Na gut. Dann sehen wir uns übermorgen», sagte sie und drehte sich um. Doch nach einigen Schritten blieb sie stehen und blickte noch einmal zurück. «Nikolas?»

«Was?»

«Du wirst dein Versprechen doch halten? Dies ist die letzte Weihnacht.»

Nikolas nickte. «Es ist die letzte Weihnacht», bestätigte er.

«Gut», sagte Ada und stieg zu Mikko in den Schlitten.

«Auf Wiedersehen, Oula!», rief Mikko lachend. Dann legte er liebevoll eine Schlittendecke um seine Frau und sein Kind und schnalzte mit der Zunge. Schnee stob auf, und die Flöckchen funkelten im Sonnenschein wie kleine Diamanten, als der Schlitten im Wald verschwand.

Der alte Mann stand noch lange da und sah den Schneekristallen zu, die langsam auf die Erde schwebten.

Die Konturen der Berglandschaft um Nikolas' Haus wurden weicher, als der Abend seinen Schleier über sie warf. Bald war alles von schwerer Finsternis umfasst. Der Wind hoch oben trieb die Wolken vor sich her. Ferne Sterne blitzten hier und da auf wie die Laternen der Speerfischer auf dem herbstlichen Meer, und bald war die Wolkendecke, die eben so dick und schwer gewirkt hatte, nur noch hauchdünn, sodass das Licht der Sterne durch sie hindurchdrang. Schmale Wolkenstreifen zogen langsam nach Norden.

Die Nacht war sternenklar, als Nikolas Rudolf vor den Schlitten spannte. Im hellen Licht der Sterne warfen die Bäume lange Schatten auf die strahlend weiße Erde.

Nikolas machte einen weiten Umweg um das Dorf Korvajoki herum und lenkte Rudolf auf das zugefrorene Meer. Das Pferd wieherte fragend, als sie auf die scheinbar uferlose Eisdecke fuhren.

«Mach dir keine Sorgen, mein Pferdchen. Wir gehen

dahin zurück, woher ich einst gekommen bin», erklärte er dem braven Gaul. «Das ist ein besonderes Ereignis, Rudolf. Selbst mit Hilma bin ich nie auf die Insel gefahren.»

Nikolas hatte die Insel nie wieder besucht, er war kein einziges Mal mehr dort gewesen, seit Hannes und Heino ihn mit ihrem Boot nach Korvajoki geholt hatten. Er erinnerte sich, wie er, sein Kleiderbündel auf dem Schoß, im Boot gesessen hatte. Immer noch hörte er das Klirren des Eises, das Knirschen der Dollen und die keuchenden Atemzüge der Männer. Er erinnerte sich an das Gefühl unendlicher Leere, daran, dass seine Augen keine einzige Träne vergießen konnten. In dem Bündel auf seinem Schoß war alles gewesen, was ihm von seinem früheren Leben geblieben war, und im nächsten Frühjahr nach der Eisschmelze hatte er abgelehnt, als Hannes ihm vorgeschlagen hatte, weitere Sachen von der Insel zu holen. Er hatte alles so belassen wollen, wie es war. Das hatte er damals als richtig empfunden.

Jetzt ließ er Rudolf mit dem Schlitten bei dem eingestürzten Bootsschuppen warten. Der Bootssteg war nicht mehr da, das Meer hatte ihn im Lauf der Jahrzehnte mit sich gerissen. Jetzt erst begriff Nikolas, warum er als Kind bei seinem Abschied von der Insel nichts hatte mitnehmen wollen. Er hatte sich damals einreden wollen, dass er irgendwann, irgendwie einen Weg finden würde, die Zeit zurückzudrehen. Und er hatte gehofft, dass er so auch die Ereignisse ungeschehen machen könnte. Deshalb war er im letzten Moment noch einmal zurückgelaufen und hatte das Messer seines Vaters eingesteckt, um sein eigenes kleines dazulassen. Er wollte ein Zeichen hinterlassen, eine Nachricht an seine Familie: Obwohl er nicht mehr dort war, blieb doch ein Teil von ihm im Haus, so wie auch seine Eltern und Ada immer dort sein würden. Für immer.

Nikolas stützte sich auf seinen Stock und betrachtete die kleine Insel, die sich vor ihm erhob. Sie war da, sie wartete, es war, als hätte er sie erst gestern verlassen. Aber nein, das stimmte nicht. Das Wirtschaftsgebäude war nur noch ein trauriger Bretterhaufen. Man sah, dass hier schon lange niemand mehr lebte. Der Schnee war glatt und unberührt, abgesehen von Elchspuren, schwachen, kaum erkennbaren Vertiefungen.

Doch das Haus stand noch, von den Sternen beleuchtet. Nur der Schornstein war zusammengebrochen. Nikolas machte sich auf den Weg. Im Neuschnee kam er nur langsam voran mit seinem Stock und auf seinen alten Beinen, die sich nur einige Zentimeter heben wollten. Eigentlich schob er eher die Füße vorwärts wie beim Skilaufen, als dass er sie zu heben versuchte. Und als er auf halbem Weg Rast machte und sich umblickte, sah er, dass er einen Weg in den Schnee gegraben hatte. Er erinnerte sich, wie er den Schnee beiseitegeschaufelt hatte, vom Weg, der vom Haus zum Wirtschaftsgebäude und weiter zum Keller führte, damals, vor langer Zeit, als er auf Mutter, Vater und Ada gewartet hatte. Am schwierigsten war es gewesen, den Pfad zum Ufer, zum Bootsschuppen, freizuräumen. Nikolas hatte seinen Eltern und Ada den Rückweg erleichtern wollen, aber es war der Pfad gewesen, auf dem er selbst das Haus und die Insel verlassen hatte.

Schließlich stand er in seinem einstigen Zuhause und

sah sich um. Es war noch mehr beschädigt als nur der Schornstein: Im Dach war ein Loch, Dachschindeln hingen noch daran, die bald herunterfallen würden. Nikolas sah die Sterne durch das Dach blinken. Als hätte ein vom Himmel gefallener Stern das Loch in das Dach geschlagen.

Die Scheibe des einzigen Fensters war zerbrochen, und Schnee war hereingeweht, so viel, dass er bis ans Fensterbrett reichte. Zur Mitte der Stube hin wurde der Schnee weniger. Eine kleine Erhebung war dort zu sehen. Nikolas konnte nicht erkennen, was sich darunter verbarg.

Er ließ den Blick durch die verfallene Stube wandern und versuchte vergeblich den vertrauten Geruch wahrzunehmen, an den er sich erinnerte. Er schloss die Augen und versuchte sich die Stube vorzustellen, wie sie damals gewesen war. Spinnrad, Spankorb, Tisch, die Bänke, Kamin, Öllampe, Holzteller, Schemel, sein Bett, die Ofenbank, die Stangen für das Brot, die Kochstelle über dem Kamin, die Töpfe, den Kessel, die eisernen Bratroste, die Regalbretter an der Wand mit dem wenigen Geschirr, der Wassereimer und die Holzkelle …

Nikolas konzentrierte sich, und schließlich stieg ihm doch ein Hauch des altvertrauten Geruchs in die Nase. Er hörte Vaters, Mutters und Adas Stimmen. Er spürte ihre Anwesenheit. Nur ein Streiflicht aus der Vergangenheit, doch sein Herz begann heftig zu pochen. Sekunden später war der Moment schon wieder vorbei.

Nikolas öffnete die Augen. Vielleicht waren tatsächlich noch alle Sachen da, irgendwo unter dem Schnee. Die Regale zusammengebrochen, Töpfe, Kessel und Pfannen vom Rost zerfressen …

Nikolas trat näher ans Fenster. Mit den Händen schob er den Schnee beiseite, und bald spürte er die Tischplatte. An der Fensterseite waren die Tischbeine noch intakt, aber an der anderen Seite hatten sie nachgegeben. Er grub weiter und legte sie frei. Er musste sich in den Schnee knien, weil er den Rücken nicht mehr so gut beugen konnte. Und als er die Tischplatte freigelegt hatte, stießen seine Finger gegen etwas. Es war immer noch da! Das war die Erhebung gewesen.

Nikolas wischte den letzten Schnee vom Tisch. Da war es, sein kleines Messer. Er konnte kaum glauben, dass es immer noch, nach all den Jahren, dort steckte. Es ragte aus der Platte, als hätte er es gerade erst hineingestoßen. Nikolas dachte an das Brot, das damals auf dem Tisch gelegen hatte und von dem sein Vater ihnen beiden eine Scheibe abgeschnitten hatte. Sekundenlang kostete er den Brotgeschmack, der ihm das Wasser im Mund zusammenlaufen ließ. Dann hörte er wieder die Stimme seines Vaters.

Gräm dich nicht, Nikolas. Alles wird wieder gut. Jetzt hast du Zeit, dein Geschenk fertig zu schnitzen. Und du kommst schon gut allein zurecht, bist ja schon ein großer Junge.

«Ja, ich bin gut zurechtgekommen», flüsterte Nikolas. «Ich bin gut zurechtgekommen. Das begreife ich erst jetzt. Ich habe das Glück gehabt, ein gutes Leben führen zu können», fuhr er fort und streichelte den Griff seines kleinen Messers. «Ich habe viel mehr bekommen, als ich gegeben habe. Mehr, als ich jemals geben könnte. Ich war nur nicht immer fähig, es zu erkennen. Aber jetzt sehe ich es.»

Er schloss die Finger um den kleinen Messergriff und zog die Klinge aus dem Tisch. Er tastete nach seinem

Gürtel, zog das Messer seines Vaters hervor und stieß es in den Tisch. Dann steckte er sein kleines Kindermesser in die leere Scheide an seinem Gürtel, stand mühsam auf und betrachtete das aus der Tischplatte ragende Messer. Jetzt war es genau so wie damals. Jetzt war alles klar. Er hatte sich mit seiner Vergangenheit ausgesöhnt, endlich.

Noch einmal blickte Nikolas sich um. Er wusste, dass er die Stimme seines Vaters nie mehr hören würde. Nun war alles gut.

«Leb wohl, Vater. Leb wohl, Mutter», sagte er. «Von dir verabschiede ich mich nicht, kleine Ada, denn du bist eine Seejungfrau, und Seejungfrauen werden nie …»

Die letzten Worte brachte Nikolas nicht über die Lippen. Er drehte sich um und ging hinaus.

Es war immer noch Nacht, als Nikolas in seinem Pferdeschlitten über das Eis zum Festland fuhr. Wenn er zum Himmel aufgeblickt hätte, dann hätte er das Polarlicht gesehen. Und wenn er im richtigen Moment genau hingeschaut hätte, dann hätte er im Polarlicht drei lächelnde Gesichter gesehen: Vater, Mutter und Ada. Aber er schaute nicht zum Himmel auf, er blickte nach vorn, in die Dunkelheit. Seine Gedanken waren bereits bei der folgenden Nacht, der Weihnachtsnacht. Noch einmal würde er seine rote Hose anziehen, den schwarzen Gürtel um die rote Jacke schnallen und seine rote Zipfelmütze aufsetzen. Dann wäre er bereit für seine letzte Geschenkrunde. Jetzt ist es wirklich das letzte Mal, dachte er. Das habe ich schon oft geglaubt, aber diesmal ist es wirklich so. Alles hat ein Ende.

23. Türchen

Ganz früh am Weihnachtsmorgen, es war fast noch Nacht, stand Ada auf, schlich leise durch das Schlafzimmer, blieb an der Tür stehen und lauschte. Mikko schnarchte leise, und der kleine Nikolas in seiner Wiege schmatzte zufrieden im Schlaf. Gut, dachte Ada, jetzt nur Vorsicht mit der Tür, damit sie nicht doch noch aufwachen.

Bald stand Ada fertig angezogen im Flur und öffnete behutsam die Haustür. Sie trat hinaus und schloss die Tür vorsichtig hinter sich. Dann lehnte sie sich an die Hauswand. Diesen Moment hatte sie mit Spannung erwartet, sie hatte die ganze Nacht kaum schlafen können. Sie hatte sich Sorgen um den alten Mann gemacht, da sie sich nicht sicher gewesen war, ob es wirklich richtig war, ihn allein durch die Nacht fahren zu lassen. Ada zählte bis fünf, dann blickte sie nach unten. Sie seufzte erleichtert auf. Vor der Tür lag ein Päckchen mit der krakeligen Aufschrift

Nikolas

Ada lächelte. Sie wusste, was in dem Päckchen war: Nikolas hatte für seinen kleinen Namensvetter ein Rentier geschnitzt, das einem seiner Rentiere ähnelte. Genauer gesagt: Das Spielzeug glich Schnips aufs Haar.

«Er hat es geschafft», flüsterte Ada. «Er hat es wirklich

geschafft. Und jetzt ist es vorbei. Jetzt kann er sich auf seine alten Tage endlich ausruhen.»

Sie zündete die Laterne an, die sie mitgenommen hatte. Das Geschenk ließ sie liegen. Sie wollte es gemeinsam mit Klein Nikolas holen, wenn er aufwachte. Jetzt hatte sie etwas anderes vor. Sie musste zügig gehen, um rechtzeitig zum Treffpunkt zu kommen. Ihr Haus war eines der letzten, das Nikolas in der Weihnachtsnacht besuchte, danach würde er seine Rentiere über die Brücke zum Wäldchen lenken und von dort aufs Eis hinausgehen. Wie jedes Jahr.

Eine halbe Stunde später stand sie mit ihrer Laterne am Treffpunkt, ein wenig abseits vom Weg und halb verborgen hinter einer Fichte. Hier hatte sie an jedem Weihnachtsmorgen auf Nikolas gewartet, seit er sie in seiner Stube gefunden hatte, die rote Zipfelmütze auf dem Kopf. Ada musste lachen, als sie daran dachte, wie verdutzt er sie angesehen hatte.

Eine Stunde später war der Weg immer noch leer. Keine Spur von Nikolas und seinen Rentieren! Ada merkte, dass sie die Laterne nicht mehr brauchte. Die Sonne war am Himmelsrand bereits zu sehen, und die Dunkelheit der Nacht wich der Morgendämmerung. Sie stellte die Laterne in den Schnee, schlug die Hände gegeneinander und hüpfte auf und ab, um sich warm zu halten.

«Wo bleibt er nur?», überlegte sie. Sie machte sich Sorgen.

Als Ada bereits mehr als zwei Stunden gewartet hatte und so sehr fror, dass sie gerade aufgeben und nach Hause gehen wollte, sah sie das Rentiergespann näher kommen.

Der rote Schlitten leuchtete wie ein glühendes Scheit auf dem Schnee.

«Endlich!», rief sie erleichtert und trat hinter der Fichte hervor. Sie winkte und lief dem Schlitten ungeduldig entgegen. «Ich habe mir also wieder umsonst Sorgen gemacht.»

Doch als der Schlitten näher kam, verstummte Ada erschrocken. Er war leer!

Sie blickte in die Richtung, aus der das Gespann gekommen war, doch von Nikolas war nichts zu sehen. Nur ihre eigenen Fußabdrücke waren zu erkennen und die frischen Kufenspuren, zwischen denen die Hufe der Rentiere den Schnee aufgewühlt hatten.

«Was in aller Welt ist passiert?», fragte Ada laut. Sie dachte kurz nach, sprang dann in den Schlitten, packte die Zügel und lenkte das Gespann nach Korvajoki.

In wilder Fahrt erreichten sie das Dorf. Ada hielt vor dem Laden, sprang vom Schlitten und rannte zur Vortreppe. Das Päckchen war verschwunden.

Sie riss die Tür auf und lief in die Stube. Dort saß Mikko auf dem Boden, Klein Nikolas auf dem Schoß, und lachte mit dem Jungen, der das kleine Holzrentier in der Hand hielt. Als Mikko Ada erblickte, stand er auf und sah sie wütend an.

«Wo warst du denn bloß? Nikolas und ich haben …»

«Nikolas», stieß sie hervor. «Ihm ist etwas zugestoßen. Ich fahre zu seinem Haus, ihr beiden könnt mit dem Pferdeschlitten nachkommen.»

«Moment mal», sagte Mikko. «Was, wann?»

«Sofort!», rief Ada und rannte auch schon hinaus.

Als Mikko kurz darauf mit Klein Nikolas aus der Haustür trat, sah er nur noch einen riesigen roten Schlitten, der davonraste und eine Schneefahne hinter sich herzog.

«Was geht hier wohl vor?», wunderte sich Mikko. «Es bleibt uns wohl nichts anderes übrig, als deiner Mutter mit dem Pferdeschlitten nachzukommen, oder was meinst du, Nikolas?»

Klein Nikolas babbelte fröhlich und nickte, als hätte er jedes Wort verstanden.

Es begann zu schneien.

Zuerst waren es nur federleichte Flöckchen, doch bald fiel der Schnee so dicht wie eine weiße Mauer, und Ada konnte den Wald nicht mehr sehen. Rundherum war alles weiß, es war, als liefe das Rentiergespann durch einen Tunnel, der sich wie von selbst auftat und hinter ihm gleich wieder schloss.

Das gleichmäßige Klingeln der Rentierglöckchen weckte in Ada das seltsame Gefühl, durch die Zeit zu reisen. Sie war wieder das kleine Mädchen, das beschlossen hatte herauszufinden, wer die Weihnachtsgeschenke brachte, das erschöpfte, verzweifelte Kind, das Nikolas' Rentiere vor langer Zeit mitten im Wald gefunden und vor dem Schneesturm in Sicherheit gebracht hatten.

Es war bereits heller Tag, als Ada auf dem zugeschneiten Pfad zu Nikolas' Haus hinaufstieg und schnurstracks in die Stube ging. Drinnen war es halb dunkel, denn der frischgefallene Schnee hatte das einzige Fenster mit einer weißen Schicht bedeckt. Sie schaute sich um. Das Bett war leer und ordentlich gemacht. Der Tisch vor dem Fenster war nur von einer dünnen Staubschicht bedeckt. Im Ofen brannte kein Feuer, nicht einmal Kohlen lagen darin.

Ada legte die Hand an die Ofenmauer. Nikolas hatte offenbar kein Feuer gemacht, bevor er zu seiner Geschenkrunde aufgebrochen war. Die Mauer war eiskalt; als Ada die Hand wegzog, blieb auf dem Stein ein Abdruck zurück, den ihre Handfläche ins Eis geschmolzen hatte.

«Nikolas?»

Keine Antwort. Sie bückte sich und klappte die Falltür zur Höhlenwerkstatt hoch. Sie lauschte eine Weile, bevor sie die Treppe hinunterging.

In der Höhle war es noch dunkler als oben. Nahezu stockdunkel.

«Nikolas, bist du hier?»

Nichts. Alles war still und reglos. Und irgendwie kam es ihr vor, als sei schon vor langer Zeit alles zum Stillstand gekommen. Als wäre seit Jahren niemand mehr in der Werkstatt gewesen. Sie wunderte sich, denn vor ein paar Tagen hatte sie ja selbst mit Mikko hier unten gesessen und Nikolas geholfen. Ada ging zur Hobelbank und fuhr mit dem Finger darüber, der eine Spur in der dicken Staubschicht auf der Arbeitsfläche hinterließ.

«Wirklich seltsam», wisperte Ada. Im selben Moment wurde ihr klar, dass sich noch irgendetwas anderes verändert hatte. In der Werkstatt fehlte etwas, aber was? Sie sah sich um. Nein, alles schien an seinem Platz zu sein, wenn auch verstaubt und unbenutzt. Was fehlt, ist Nikolas, dachte sie, bevor sie plötzlich begriff: In der Werkstatt herrschte völlige Stille. Es ist zu still, begriff Ada, das Rauschen des Flusses fehlt.

Sie trat an die Luke im Fußboden, aus der das Schaufelrad ragte. Es stand still. Die Schaufel, die sie vorsichtig berührte, war knochentrocken. Sie hockte sich neben das pechschwarze Loch und horchte. Nichts deutete darauf hin, dass unter der Höhlenwerkstatt jemals ein Fluss geströmt war.

«Vielleicht ist er plötzlich ausgetrocknet oder hat seinen Lauf geändert», überlegte sie laut. Im selben Moment ging oben die Tür.

«Nikolas!», rief Ada und lief zur Treppe.

Als sie den Kopf durch die Bodenluke steckte, sah sie, dass es nicht Nikolas war, sondern Mikko, der ihr Kind auf dem Arm trug.

«Puh! Du bist also doch hier!», sagte Mikko erleichtert und klopfte sich den Schnee ab. «Ich dachte schon … wer weiß was.»

«Natürlich bin ich hier. Das habe ich doch gesagt, als ich losgefahren bin.» Ada stieg die Stufen in die Stube hinauf. «Aber Nikolas … er ist spurlos verschwunden.»

«Dafür gibt es bestimmt eine Erklärung», sagte er. «Wo hast du übrigens die Rentiere und den Schlitten gelassen?»

«Wieso? Beim Stall natürlich.»

Mikko sah seine Frau verwundert an und kratzte sich am Kopf.

«Ja, das dachte ich auch, aber …»

«Aber was? Was ist los?», fragte Ada.

«Beim Stall ist keine Spur von den Rentieren oder vom Schlitten zu sehen», erklärte er. «Deshalb war ich mir nicht sicher, ob du wirklich herkommen wolltest oder ob ich dich falsch verstanden hatte.»

Ada war unfähig, etwas zu sagen oder zu tun, sie stand stocksteif da und versuchte die seltsamen Ereignisse zu begreifen.

«Was ist denn das?», fragte Mikko.

Sie schreckte hoch. Sie sah in die Richtung, in die er zeigte. Auf dem Tisch stand etwas Eckiges. Dabei war der Tisch bei ihrer Ankunft ganz leer gewesen. Oder doch nicht? Plötzlich war Ada sich nicht mehr sicher, sie zweifelte allmählich an ihren eigenen Sinnen.

Sie ging zum Tisch. Mikko folgte ihr mit Klein Nikolas.

«Das Kästchen», flüsterte Ada. «Es ist das Kästchen.»

«Was für ein Kästchen?», fragte er.

Ada gab ihm keine Antwort. Sie nahm das Kästchen in die Hand.

«Wie schön es ist», flüsterte Mikko.

Er hatte recht. Das Kästchen, das auf ihrer Handfläche stand, war über und über mit girlandenartigem Schnitzwerk verziert. An jeder Seite waren mit winzig kleinen Nägeln Metallbeschläge befestigt.

«Es ist verschlossen», hauchte Ada.

«Guck mal, ein Schlüssel», sagte Mikko und nahm ein winziges Schlüsselchen vom Tisch. «Der lag wahrscheinlich unter dem Kästchen.»

Ada hob es hoch und steckte den Schlüssel in das winzige Schloss. Als sie ihn umdrehte, war ein leises Knacken zu hören, der Riegel des Schlosses sprang zurück und gab den Bügel frei. Ada stellte das Kästchen auf den Tisch und klappte den Deckel auf.

«Was ist drin?», fragte Mikko ungeduldig und sah Ada über die Schulter.

«Eine Uhr», antwortete Ada. «Die alte Taschenzwiebel, die Nikolas von seinem Vater geerbt hat.»

Das Kästchen war mit tiefblau gefärbtem Robbenfell

ausgeschlagen, und die Taschenuhr lag in einer genau abgemessenen Vertiefung.

Ada nahm die Uhr heraus und stellte verwundert fest, dass sie sich warm anfühlte. Sie klappte den Uhrdeckel auf. Ein winziger Papierstreifen fiel heraus.

«Was ist das?», fragte Mikko.

Sie legte die Uhr auf den Tisch, hob das Papier auf, entfaltete es und las, was darauf stand. Dann reichte sie Mikko das Briefchen, damit auch er es lesen konnte.

«Für die kleine Ada?», wunderte sich Mikko. «Für welche kleine Ada? Und was heißt *Dein Bruder Nikolas*? Ist das ein Geschenk für dich?»

Ada sah ihren Mann an und schüttelte den Kopf.

«Es ist nicht für mich», sagte sie. «Aber ich weiß, für wen es ist. Wir werden Nikolas nie wiedersehen, Mikko.»

«Wieso? Ich verstehe nicht ganz, was hier vorgeht.»

«Ich verstehe es auch nicht», seufzte Ada. «Ich weiß es einfach.»

«Aber das ist doch wirklich seltsam …»

«Lass gut sein, Mikko», unterbrach sie ihn. «Es lohnt sich nicht, über Dinge nachzudenken, die man mit dem Verstand nicht erklären kann. Vom Grübeln werden sie auch nicht verständlicher.»

Mikko wollte etwas einwenden, doch als er Adas Miene sah, verzichtete er darauf. Er nahm die Taschenuhr und hielt sie sich ans Ohr. «Sie steht», stellte er fest und sah auf die Zeiger. «12.25.»

«Das ist eine Botschaft», sagte Ada nach kurzem Überlegen. «Von Nikolas.»

«Die Uhrzeit?» Mikko sah seine Frau zweifelnd an.

«Das ist keine Uhrzeit», erwiderte sie. «Es ist ein Datum. Ein Auftrag an mich, für nächstes Weihnachten.»

«Ein Auftrag? Jetzt verstehe ich gar nichts mehr», schnaubte Mikko. «Wieso nächstes Jahr an Weihnachten?»

«Mehr kann ich dir nicht sagen. Das ist ein Geheimnis zwischen Nikolas und mir», entgegnete Ada. Und dabei blieb sie, obwohl Mikko sie immer wieder fragte und auf dem ganzen Heimweg ein saures Gesicht zog.

Das nächste Jahr verging schnell, viel zu schnell, vor allem in Adas Augen. Bald war wieder Vorweihnachtszeit. Ada verspürte unermessliche Sehnsucht und Trauer, als sie sah und hörte, wie sich die Dorfbewohner auf Weihnachten vorbereiteten. Vor allem die Freude und die gespannte Erwartung der Kinder zerrissen ihr fast das Herz. Sie konnte an nichts anderes mehr denken als an die schwere Enttäuschung, die den Kindern bevorstand. Seit Nikolas verschwunden war, hatte Weihnachten für Ada jede Bedeutung verloren. Nicht einmal die schönen Erinnerungen an Nikolas, in denen sie sich immer häufiger verlor, konnten den brennenden Schmerz in ihrem Innern lindern.

Am letzten Tag vor Weihnachten schloss Ada abends den Laden ab, löschte die Öllampen und öffnete die Tür zur Wohnung. Sie erstarrte, als sie Mikko in der Stube auf dem Fußboden sitzen sah. Er packte ein Geschenk ein!

«Was tust du da?», fragte sie.

Mikko blickte auf, legte einen Finger an den Mund und machte «Psst». Dann deutete er mit dem Kopf auf die Schlafzimmertür.

«Nicht so laut», flüsterte er. «Der Kleine ist gerade erst eingeschlafen. Das hier muss ein Geheimnis bleiben.»

«Mikko», schnaubte Ada. «Das ist doch Unsinn.»

«So?», fragte Mikko. «Findest du es etwa besser, unserem kleinen Nikolas das Weihnachtsfest zu verderben?»

«Das meine ich nicht, aber …», Ada suchte nach Worten, «… selbst wenn du unserem Nikolas ein Geschenk machst, werden die anderen Kinder doch enttäuscht.»

«Nicht unbedingt», entgegnete Mikko.

«Wieso?»

«Wir Männer haben nachgedacht», grinste Mikko. «Die Väter der anderen Kinder haben auch heimlich Geschenke für ihre …»

«Das ist doch nicht dasselbe!», fiel ihm Ada ins Wort. «Das ist Betrug!»

«Nun sei doch nicht gleich wütend!», sagte Mikko. «Ich verstehe dich nicht», fügte er hinzu und zeigte auf das halbfertige Päckchen. «Genau das hat Nikolas doch gehofft … dass die Tradition fortlebt. Das hast du mir selbst erzählt.»

Ada sagte nichts mehr. Sie lief aus der Stube und gleich weiter, aus dem Haus. Sie rannte die Dorfstraße entlang und blieb erst auf der Holzbrücke stehen. Keuchend lehnte sie sich an das Geländer und betrachtete den zugefrorenen Fluss. In ihren Augen standen Tränen. Natürlich wusste sie, dass Mikko recht hatte, aber es erschien ihr so schwer und traurig, es zuzugeben. Sie sehnte sich so sehr nach Nikolas! Sie erinnerte sich in allen Einzelheiten an ihr Gespräch vor vielen Jahren. Damals, als Nikolas sie nach Korvajoki zurückgebracht hatte und sie ihn zum ersten Mal aufs Eis begleitet hatte.

«Ich träume davon, dass die Tradition der Weihnachtsgeschenke, die ich geschaffen habe, auch dann noch weiterlebt, wenn ich nicht mehr bin», hatte Nikolas gesagt. Ada hatte sich damals gewundert. Wer sollte die Geschenke denn dann bringen? Und Nikolas hatte sie angesehen und erwidert, das wisse er nicht. «Jemand anders als ich», hatte er schließlich nach langem Zögern gesagt. Ada hatte damals nicht verstanden, was er meinte.

«Jemand anders als ich», wiederholte sie nun laut. Dann wischte sie sich die Tränen ab.

Sie drehte sich um, betrachtete das Dorf Korvajoki, das weiter unten an der Bucht lag, und nickte. Man musste das Leben weitergehen lassen, man musste es wie den Fluss strömen lassen, man durfte seinen Lauf nicht eindämmen, so wie sie es versucht hatte. Sie musste sich endlich damit abfinden, dass ihr Leben ohne Nikolas weiterging, ohne ihren Vater. Mikko hatte recht: Es brauchte dennoch nicht ohne die schöne Tradition weiterzugehen, die Nikolas begonnen hatte. Diese Tradition durfte nicht in Vergessenheit geraten, denn sie war Nikolas' ganzer Lebenszweck gewesen.

«Ich war selbstsüchtig. Ich habe es nur nicht erkannt», flüsterte Ada, während sie ins Dorf zurückging.

Nun lief sie nicht mehr, sondern ging besonnen, und mit jedem Schritt sah sie klarer.

Ada erwachte in der Weihnachtsnacht wie in all den Jahren zuvor. Sie stand auf und schlich vorsichtig durch das Schlafzimmer, doch diesmal war sie nicht leise genug. Denn als sie gerade die Tür aufgeklinkt hatte und in die Stube gehen wollte, hörte sie Klein Nikolas' verschlafene Stimme.

«Mama?»

Ada drehte sich um und sah, dass der Junge in seinem Bettchen saß. Rasch warf sie einen Blick auf das Ehebett, doch Mikko drehte sich nur auf die andere Seite und schlief weiter. Ada hob Nikolas aus dem Bettchen.

«Ganz leise», flüsterte sie. «Wir wollen Papa nicht wecken.»

Sie beschloss, den Jungen mitzunehmen. Dann ist wenigstens ein Nikolas auf dem Eis, dachte sie, so soll es zu Weihnachten auch sein.

Es war eine sternklare Nacht, und der Frost wurde zum Morgen hin immer schärfer, als Ada und Nikolas im Pferdeschlitten hinunter zum Meer fuhren.

«Mama, was?»

Nikolas zeigte nach oben. Ada schaute hoch. Am Himmel über dem Binnenland flammten gewaltige Polarlichter auf, so hell, dass sie Schatten bis auf das zugefrorene Meer warfen. Ihre Bögen und Gürtel zogen rasch über den Himmel, im Grün bewegten sich rote, blaue und violette Wellen, erhoben sich wie Lichtsäulen und schienen schließlich miteinander zu verschmelzen.

«Da wirbelt ein Fuchs mit seinem Schwanz den Schnee auf», erklärte Ada ihrem Sohn. Das hatte ihr Vater zu ihr gesagt, als sie klein war. Und sie hatte es geglaubt. Es war eine schöne Vorstellung gewesen.

«Großer Fuchs», nickte Nikolas ernst.

«Ein sehr großer Fuchs», sagte Ada und musste lachen. Genau dasselbe hatte sie ihrem Vater damals geantwortet, mit dem gleichen Ernst. Wahrhaftig, ein Riesenfuchs.

Als sie an ihr Ziel gelangten, war es wieder dunkel.

Ada bohrte rasch ein Loch ins Eis. Sie wollte keine Zeit verschwenden, da sie ihren kleinen Sohn dabeihatte.

Bald kniete sie neben dem Eisloch, Nikolas auf dem einen Arm, das Kästchen in der freien Hand.

«Das ist der Abschluss einer schönen und ereignisreichen Zeit in meinem Leben», flüsterte sie. «Frohe Weihnachten, kleine Ada», fügte sie hinzu und ließ das Kästchen ins Wasser gleiten. «Frohe Weihnachten … Nikolas. Leb wohl.»

Ada konnte den Blick nicht vom Eisloch lösen, denn es schien ihr plötzlich, als ob in der Tiefe ein bläulich schimmerndes Licht aufflammte. Vielleicht habe ich mir das nur eingebildet, dachte sie, als das Licht gleich darauf wieder verschwand.

«Mama!»

«Was?», fragte Ada.

Der kleine Nikolas zeigte zum Himmel. Über dem Wald war eine helle Lichtwelle aufgetaucht, die sich zu nähern schien.

«Da hat der Fuchs wohl noch einmal mit dem Schwanz gewedelt», sagte Ada unsicher. Denn ein solches Polarlicht hatte sie noch nie gesehen, obwohl sie ihr ganzes Leben im Norden gewohnt hatte, wo Polarlichter nahezu alltäglich waren. Im Allgemeinen wiederholten sich die Polarlichter in einem ruhigen Bogen, nicht so wie jetzt. Erst das Licht aus dem Meer und jetzt das, was in aller Welt ist da los?, überlegte Ada. Liege ich vielleicht doch noch im Bett und träume nur?

«Mama! Glöckchen!»

Nikolas strahlte über das ganze Gesicht. Nun hörte auch Ada das Bimmeln. Das Licht wurde immer heller, sodass sie die Hand über die Augen legen und die Augen sogar zukneifen musste. Das Klingeln der Glöckchen war ohrenbetäubend. Dann war das Licht plötzlich verschwunden, und von den Glöckchen war nur noch ein leiser Widerhall zu hören. Schließlich war es ganz still.

«Mama! Guck!»

Als Ada die Augen aufschlug, sah sie, dass direkt neben ihnen ein Rodelschlitten auf dem Eis stand. Sie erkannte ihn sofort: Es war Nikolas' uralter Schlitten, den ihr Vater Eemeli ihm geschenkt hatte. Aber dieser Schlitten sah nicht uralt aus, er war frisch lackiert, und die breiten Kufen waren funkelnagelneu.

«Nikolas!», rief Ada und blickte zum Himmel, aber von dem Licht war nichts mehr zu sehen, nicht einmal am fernen Horizont. Über dem Meer spannte sich nur der sternklare Nachthimmel. Ein wunderschöner Nachthimmel. «Nikolas», wiederholte sie fast unhörbar.

«Was?»

«Nicht du, sondern ein anderer Ni…», Ada verstummte plötzlich. Sie versuchte immer noch zu begreifen, was gerade geschehen war, aber sie verstand genauso wenig wie vor einem Jahr, als Nikolas verschwunden war.

«Ein anderer», sagte sie und sah ihrem Sohn in die Augen. Einem einjährigen Jungen die Geschichte des anderen Nikolas zu erklären war zu schwierig. Vielleicht später, wenn er einige Jahre älter war. Vielleicht würde sie ihm dann auch erklären, was gerade geschehen war, sofern sie bis dahin irgendetwas begriffen haben sollte. Wenn all das nicht doch ein Traum ist und ich gleich neben Mikko aufwache, dachte sie.

«Das war Oula», sagte sie lächelnd zu Nikolas. «Der vorbeigeflogen ist. Wegen Weihnachten. Oula ist ein Mann, der dort in den Bergen lebt.»

«Weihnachtsmann! Weihnachtsmann!», jubelte Nikolas. «Das war der Weihnachtsmann! Er kann fliegen!»

«Nein … Oder … Warum nicht», lachte Ada. «Weihnachtsmann? Tatsächlich, ja, der Weihnachtsmann. Er hat dir einen Schlitten gebracht.»

Ada sah ihren Sohn an, dann den Rodelschlitten. Jetzt fahren wir zurück ins Dorf, und dort stelle ich den Schlitten draußen vor die Tür, überlegte sie. Dann gehen Nikolas und ich schlafen, falls wir nicht jetzt schon im Bett liegen. Und morgen früh nehme ich Nikolas und sehe vor der Tür nach, und wenn der Rodelschlitten dann immer noch vor dem Haus steht, erst dann glaube ich, dass es Nikolas … dass es den Weihnachtsmann wirklich gibt.

«Vorher nicht», sagte Ada laut. «Vorher glaube ich es nicht.»

24. Türchen

Das war die ganze Geschichte», sagte Großvater. Er warf einen Blick auf das Kästchen in seiner Hand und schaute dann hinaus auf das Meer. Die Sonne war so tief gesunken, dass ihre Strahlen eine golden funkelnde Brücke vom Horizont bis zu den Uferfelsen bildeten.

«Seid ihr etwa eingeschlafen?», fragte er. Tommi und Ossi saßen still neben ihm, einer links, der andere rechts, und hatten den Kopf an ihn gelehnt.

«Nein», sagte Ossi. «Ich jedenfalls nicht.»

«Ich auch nicht.» Tommi richtete sich auf. «Öhm … war der Schlitten am Morgen noch da?»

«Hmm.» Der Großvater rieb sich die Bartstoppeln. «Das hat mir mein Großvater nie erzählt. Was meint ihr denn?»

«Bestimmt war er da», sagte Ossi.

«Oder hast du die Geschichte bloß erfunden, Opa?», fragte Tommi zweifelnd.

«Nein, nein», entgegnete Großvater. «Ich habe euch nur erzählt, was ich selbst gehört habe.»

«Was ist denn später mit diesem Nikolas passiert», wollte Tommi wissen, «nachdem er sich in den richtigen Weihnachtsmann verwandelt hatte? Und wie hat er es angestellt, dass seine Rentiere fliegen konnten? Das kapier ich nicht.»

«Pah!», rief Ossi. «Das ist doch nichts Besonderes!

Wahrscheinlich hat ihn eine radioaktive Spinne gebissen, so wie den Spiderman, und davon hat er Superkräfte gekriegt.»

«Ha-ha!», machte Tommi. «Hat die Spinne etwa auch die Rentiere gebissen?»

«Woher soll ich das wissen?», rief Ossi. «Denk dir selbst eine bessere Erklärung aus, du Blödmann!»

«Jungs, Jungs, nicht streiten», mischte sich Großvater ein. «Wie Nikolas sich in den Weihnachtsmann verwandelt hat, weiß niemand. Ihr solltet euch zu Herzen nehmen, was Ada zu Mikko sagte, als die beiden dieses Kästchen fanden. Erinnert ihr euch, was sie sagte?»

«Das ist ein hübsches Kästchen, was kriegt man wohl dafür, wenn man es verkauft? Das hat sie gesagt, glaube ich», versuchte Tommi sich zu erinnern.

«Nee, stimmt nicht!» Ossi schüttelte den Kopf. «Sie hat gesagt, es lohnt sich nicht, über Sachen nachzudenken, die man nicht mit dem Verstand erklären kann, weil man sie davon auch nicht besser kapiert. Davon kriegt man bloß Kopfschmerzen.»

«Genau», nickte Großvater. «Aber auch wenn niemand weiß, wie es Nikolas später erging, gibt es eine Menge Geschichten über das, was er tat, nachdem er sich in den Weihnachtsmann verwandelt hatte. Die bekannteste ist sicher die Geschichte, dass er am Fluss Korvajoki entlangging ist, bis zur Quelle.»

«Zum Berg Korvatunturi!», rief Ossi. «Da hat er eine neue Höhlenwerkstatt gebaut! Das wissen doch alle, dahin kann man doch mit der Post aus der ganzen Welt seine Wunschzettel schicken.»

«Stimmt», sagte Großvater. «Das würde auch zu dem

passen, was Nikolas als Kind zu dem Dorfältesten Gideon sagte, als er das Dorf Korvajoki nicht auf der Landkarte fand. Erinnert ihr euch?»

«Ja, daran erinnere ich mich», meinte Tommi. «Er hat gesagt, eines Tages kennen alle das Dorf und den Fluss Korvajoki und den Berg Korvatunturi.»

«Richtig», sagte Großvater. «Aber damit hat Nikolas nur zum Teil recht behalten. Denn, wie Gideon ihm damals erklärte, Flüsse ändern ihren Lauf oder trocknen aus, und Dörfer entvölkern sich, wenn die Menschen wegziehen. Oder die Dörfer wachsen zu Städten und bekommen neue Namen, und die früheren Zeiten sind vergessen. So wie es mit dieser Stadt passiert ist, die ihr dort drüben seht, da, wo früher das Fischerdorf Korvajoki lag. Dagegen sind Berge und Fjells nahezu unveränderlich, sie sind ewig.»

«Ja, genau wie der Weihnachtsmann», ergänzte Ossi.

«Genau wie der Weihnachtsmann», wiederholte Großvater und strich mit dem Daumen über das Kästchen. «Dieser Fund ist wirklich und wahrhaftig ein Wunder.»

Schweigend betrachteten alle drei das vom Zahn der Zeit angenagte Kästchen.

«Ähm …», unterbrach Ossi die Stille. «Sollten wir es vielleicht wieder ins Meer werfen? Ich finde, das wäre irgendwie richtiger, als es zu behalten.»

«Genau das habe ich auch gedacht!», rief Tommi. «Werfen wir das Kästchen gleich wieder dahin, wohin es gehört!»

Großvater sah die Jungen lächelnd an. «Ich habe eine noch bessere Idee.»

Eine dicke, blanke Eisschicht lag auf dem Meer. An manchen Stellen hatte der Wind den Schnee aufgetürmt wie Sanddünen in der Wüste.

Die Sterne funkelten am nächtlichen Himmel, als drei Skiläufer sich der Stelle näherten, an der der Fels wie eine steile Wand zum Meer abfiel. Die Nacht war so still, dass das Klirren der Skistöcke auf dem Eis weit auf das Meer hinausgetragen wurde.

Bald darauf hatten Großvater, Ossi und Tommi ihre Skier abgeschnallt und standen vor dem Uferfelsen. Die Jungen richteten ihre Taschenlampen auf den Eisbohrer ihres Großvaters, der sich knirschend ins Eis fraß.

«Na, war das nicht eine gute Idee?», fragte Großvater, während er den Bohrer drehte.

«Doch», antworteten die Jungen im Chor.

«Ich hatte von Anfang an dasselbe im Sinn», fügte Tommi hinzu. «Schon damals im Sommer.»

«Gar nicht wahr!», ereiferte sich Ossi. «Im Herbst hast du sogar vorgeschlagen, das Kästchen auf dem Flohmarkt zu verscherbeln und für das Geld Bonbons zu kaufen.»

«Hab ich nicht!»

«Hast du doch! Ich erinnere mich genau!»

«Du erinnerst dich falsch, Mann!»

«Jungs!», rief Großvater mahnend. Er zog den Bohrer aus dem Loch, Wasser schwappte auf das Eis.

«Das ist wohl groß genug», sagte er und legte den Bohrer beiseite. Dann nahm er das Kästchen aus seinem Rucksack. «Wer?»

«Ich!», sagte Tommi und streckte die Hand aus. «Ich bin älter.»

«Nein, ich! Ich hab es gefunden!», rief Ossi.

«Jungs, ich bitte euch! Es ist Weihnachten», beschwichtigte Großvater die Streithähne. «Wie wäre es, wenn ihr es gemeinsam ins Wasser werft? Geht das?»

Die beiden sahen sich an und zuckten die Achseln.

Bald darauf knieten die Jungen am Eisloch. Der Großvater richtete das Licht der Taschenlampe auf ihre Hände, die das Kästchen festhielten.

«Liegt unser Zettel auch drin?», fragte er.

«Ja», antwortete Ossi.

«Stellt euch mal vor, dass in hundert oder zweihundert Jahren irgendwer das Kästchen findet, so wie ihr im Sommer», sagte Großvater. «Der wird sich ganz schön wundern.»

Er hatte recht, darin waren sich beide Jungen einig. Denn unter dem Deckel der Taschenuhr in dem Kästchen lag nun auch ihr Briefchen:

Superfröhliche Weihnachten, kleine Ada und Nikolas (den man heute auf der ganzen Welt unter dem Namen «Weihnachtsmann» kennt),

wünschen

Ossi, Tommi und Opa

Das stand in dem Brief. Den Text hatten Ossi und Tommi verfasst, und Großvater hatte ihn aufgeschrieben.

«Fertig?», fragte Ossi.

«Ja», sagte Tommi.

«Eins, zwei, drei, jetzt!»

Keiner der beiden hatte das Kästchen losgelassen.

«Das hab ich mir gedacht!», rief Ossi.

«Du hast ja auch nicht losgelassen! Nochmal!»

«Eins, zwei, drei, jetzt … noch nicht, aber jetzt!»

Diesmal ließen beide los, und das Kästchen fiel platschend ins Wasser.

«Frohe Weihnachten, Ada und Nikolas!», riefen die Jungen und hielten den Blick fest auf das schwarze Wasser geheftet.

«Frohe Weihnachten, Jungs!», sagte Großvater. «Und jetzt laufen wir nach Hause, bevor wir hier festfrieren.»

Auf dem Heimweg blieb Ossi, der den Zug anführte, plötzlich stehen und zeigte mit dem Skistock zum Himmel.

«Guckt mal! Ein Polarlicht!»

Großvater und Tommi schauten nach oben. Weit draußen über dem Meer sah man eine kleine, strahlend helle Lichtkugel mit einem funkensprühenden Schweif.

«Das ist kein Polarlicht», murmelte Großvater. «Es scheint sich zu entfernen.»

Kaum war er verstummt, als die Lichtkugel einen Bogen schlug und auf sie zukam.

«Das Ding kommt hierher!», rief Tommi.

Die Lichtkugel wurde rasch heller und größer. Nun beleuchtete sie bereits das Eis vor dem Ufer. Die drei Skiläufer legten schützend die Hände vor die Augen.

«Hört ihr?», rief Ossi. «Die Glöckchen!»

Tatsächlich waren die Glöckchen nicht zu überhören, ihr lautes Klingeln übertönte beinahe sogar Ossis Ausruf.

«Das ist Nikolas! Der Weihnachtsmann!», jubelten die Jungen.

«Unmöglich», versuchte Großvater einzuwenden. Aber auch er konnte nicht leugnen, was er sah. In der Mitte der strahlend hellen Lichtkugel, die über den Himmel zog, waren deutlich vier Rentiere zu erkennen, die einen riesigen rotleuchtenden Schlitten zogen. Im Schlitten saß eine weißbärtige Gestalt im roten Mantel und winkte ihnen fröhlich grinsend zu. Automatisch hob Großvater die Hand und winkte zurück.

Im selben Moment war die Lichtkugel auch schon an ihnen vorbeigezogen. Am Himmel waren nur noch die Funken zu sehen, die die Schlittenkufen geschlagen hatten und die nun einer nach dem anderen verglühten.

«Die Weihnachtsgeschichte ist also wahr!», rief Ossi.

«Ich hab die ganze Zeit gewusst, dass sie wahr ist!», erwiderte Tommi.

«Hast du nicht!»

«Hab ich doch!»

«Bestimmt nicht!»

«Doch, ganz bestimmt!»

Diesmal mischte sich Großvater nicht ein. Er war vollkommen verblüfft über das, was er gerade erlebt hatte. Denn obwohl er das Kästchen in der Hand gehabt hatte, hatte er selbst die Geschichte, die er den Jungen im Sommer erzählt hatte, keinen Moment lang für wahr gehalten. Er hatte die ganze Zeit gedacht, dass irgendjemand das Kästchen einfach ins Meer geworfen hatte, der die gleiche Geschichte von seinen eigenen Eltern oder Großeltern gehört hatte. Diese Erklärung schien ihm am wahrscheinlichsten.

Vielleicht liege ich im Bett und träume, überlegte Großvater. Ich kann es nicht sagen, denn manchmal sind Träume so lebensecht. Aber wenn ich aufwache, gehe ich sofort in den Flur und fasse die Skistiefel an, die ich jetzt an den Füßen habe. Und wenn sie noch feucht sind, dann muss ich glauben, dass dies kein Traum ist und dass es den Weihnachtsmann wirklich gibt. Ja, das mache ich, nur so kann ich die Wahrheit herausfinden. Aber bis dahin gehe ich davon aus, dass ich nur ungewöhnlich lebensecht träume, dachte Großvater und sagte, ohne es zu merken, laut: «Vor morgen früh glaube ich es nicht.»

«Was glaubst du nicht vor morgen früh?»

Großvater schrak auf. Er merkte, dass die Jungen ihren Streit beendet hatten und ihn verwundert ansahen.

«Ähm … also», stammelte Großvater und suchte verzweifelt nach einer Erklärung. «Ich glaube nicht, dass Nikolas von einer radioaktiven Spinne gebissen wurde», sagte er. Als ihm klar wurde, wie dumm sich das anhörte, fügte er hastig hinzu: «Jedenfalls nicht vor morgen früh. Dann glaube ich vielleicht sogar das, falls meine Stiefel dann immer noch nass sind.»

Schon bevor er ausgeredet hatte, begriff Großvater, dass das, was er sagte, keinen Sinn ergab. Daher überraschte es ihn nicht, dass die beiden Jungen sich ansahen und bedeutsam den Kopf schüttelten.

«Hmm», machte Ossi. «Opa, ist deine Mütze vielleicht zu dünn? Ich meine, ist dir vielleicht der Kopf eingefroren?»

«Kann sein», antwortete Großvater. «Kann gut sein. Das ist sogar wahrscheinlicher als die Annahme, dass ich gerade schlafe.»

Nun wirkten die Jungen ernstlich besorgt. Großvater konnte nicht mehr an sich halten, er fing an zu lachen, immer lauter und heftiger, bis er schließlich vor lauter Lachen auf die Knie fiel. Und als er vor den verdutzten

Jungen im Schnee kniete, legte er die Arme um die beiden und drückte sie fest an sich. Er fühlte sich plötzlich so warm und glücklich, weil er Ossi und Tommi hatte, seine Enkelkinder, und er war sicher, dass die Wärme, die ihm durch Mark und Bein drang, auch auf die Jungen ausstrahlte. Wenn das ein Traum ist, dachte der Großvater, als die beiden Jungen seine Umarmung erwiderten, dann soll der Traum von mir aus ewig dauern. Möge dieser Traum so ewig sein wie der Himmel, das Meer und die Erde – und der Weihnachtsmann.

Dank

Dank an Juha Wuolijoki für brillante Ideen und für die Begeisterung, mit der er aus meinem Drehbuch über die Weihnachtsgeschichte einen Film gemacht hat: Ohne ihn wäre weder das Drehbuch noch dieser Roman entstanden.

Dank an die verstorbene Amelia Catherine Houghton, deren Erzählung «The Life and Adventures of Santa Claus» der Roman vieles zu verdanken hat.

Dank an Onkel Markus, Markus Rautio (17. 5. 1891 – 14. 2. 1973), der in seiner «Kinderstunde» im Radio als Erster verkündete, dass der Weihnachtsmann auf dem Berg Korvatunturi wohnt.

Dank an meine Frau Päivi für die unglaubliche Geduld, mit der sie dreieinhalb Jahre lang meine bisweilen sehr verschwommenen Geschichten angehört und kommentiert hat, während ich zuerst am Drehbuch und dann am Roman arbeitete.

Dank an meine Mutter und meinen Vater, die mir geholfen haben, die «alte Zeit» wahrheitsgetreu zu schildern.

Dank an meine Neffen Ossi und Tommi, deren Existenz mir den Anstoß gab, auch für Kinder zu schreiben.

Dank an meine Lektorin Johanna Paaso für ihre Kommentare zum Romanmanuskript und dafür, dass sie mir keinen Fehler durchgehen ließ.

Dank an Aku Louhimies, Tiina Kristoffersson, die Abteilung für Kinderkultur der Kommission für Kunst, den Bibliotheksstipendienausschuss, den Finnischen Schriftstellerverband und an alle Personen und Institutionen, die zur Entstehung dieses Buches beigetragen haben.

Ich widme meinen Roman dem Gedächtnis an meine liebe Großmutter Elin Aleksandra. Ihr Tod am Heiligen Abend im Jahr 1978 hat das Weihnachtsfest und seine Bedeutung für mich für immer verändert.

Espoo, am 24. Dezember 2006
Marko Leino